普天之下·盡是好書
普天出版家族
Popular Press Family
凌雲文創
A-Plus Creative Company

# 三國大爆笑 全集

## 三國歷史另類爆笑解讀

七月來

三國，中國歷史上最傳奇、最精采的時代。三名各領風騷的英雄霸主，從瘋狂的時代浪潮中脫穎而出，上演著談談打打、爾虞我許的戲碼。

那是一個英雄輩出的時代，同時也是一個活寶遍地的時代！自大的曹操、脫線的孫權、神經質的劉備率領各自的粉絲團，賣力合演了一幕幕妙趣橫生、精采迭出、笑死人不償命的無厘頭喜劇！

看著他們搏命搞笑，你會驚喜地發現，原來三國也可以這麼爆笑。

出版序

# 最傳奇的時代，最爆笑的三國

那是英雄輩出的時代，也是活寶遍地的時代！自大的曹操、脱線的孫權、神經質的劉備率領各自的粉絲團，賣力合演了一幕幕妙趣橫生的無厘頭喜劇！

東漢末年，連年天災饑荒，黃巾賊趁勢作亂，敲響了東漢政權的喪鐘。

然而，朝廷裡，宦官與外戚的宮廷鬥爭更加白熱化，年幼的皇帝淪爲傀儡，地方上，擁兵自重的封疆大吏急劇擴張軍事力量。

爲了剿滅宦官勢力，少壯派貴族領袖袁紹、曹操與外戚合作，召來西北軍閥董卓入京，進行血腥大屠殺。這個引狼入室計劃卻造成了更嚴重的混亂，董卓仗恃著一代猛將呂布與優勢兵力權傾朝野，荒淫無度，濫殺無辜，舉國義憤塡膺，討伐聲浪此起彼落。

就這樣，延續了四百多年的大漢帝國名存實亡，接踵而來的是持續一百餘年的亂世，也是中國歷史上的大傳奇時代——三國。

三國，無疑是中國歷史上最耗人腦力、最熱血沸騰的時代，前期上演的是群雄鬥智鬥勇的混戰戲碼。

逃出京城的曹操振臂高呼，糾集了包括袁紹、袁術、劉備、孫堅……在內的十八路群雄會盟，共同討伐董卓。

歷經幾場激烈戰鬥後，董卓挾持皇帝遷都逃亡，十八路群雄內部也爆發利益衝突，隨即分崩瓦解，整個中國籠罩在大混戰的烽煙之中。

爾後，曹操與袁紹爆發了官渡之戰，這場歷史性的戰役讓局勢急轉直下，曹操統一北方，旗下謀臣濟濟，戰將雲集，成爲實力最堅強的霸主。而在江東，孫堅之子孫策和孫權先後接棒，勵精圖治，也有周瑜、魯肅、呂蒙……等一干文臣武將，成爲割據一方的霸主。至於浪跡中原，屢戰屢敗的劉備三兄弟也尋得諸葛亮輔佐，終於有了立錐之地。

赤壁大戰之後，三國鼎立局面形成。從此，從瘋狂的時代浪潮中脫穎而出的這三名英雄霸主各領風騷，上演著談談打打、爾虞我詐的戲碼。

《三國大爆笑》是第一部無厘頭趣味歷史，作者別開生面，以詼諧幽默調侃卻又忠於歷史的現代語言，爲讀者全新演繹輝煌而混亂的三國崢嶸歲月，將中國最絢爛的黃金時代演繹得精采紛呈，使讀者更深入瞭解這段魅力十足的歷史，和一群生動活潑的亂世英雄。

在作者筆下，那是一個英雄輩出的時代，同時也是一個活寶遍地的時代！自大的曹操、脫線的孫權、神經質的劉備率領各自的粉絲團，賣力合演了一幕幕妙趣橫生、精采迭出、笑死人不償命的無厘頭喜劇！

看著他們搏命搞笑，你會驚喜地發現，原來三國也可以這麼爆笑。

本書以《三國演義》爲框架，同時參照衆多歷史資料，以無厘頭搞笑的形式重新笑看三國爭霸風雲。

這是一本讓人捧起就放不下的經典讀物！

三國歷史的另類解讀，陰謀陽謀的搞笑演繹，盡在此書中。

・本書為《三國可以很爆笑》全新增修版，謹此說明

【出版者】最傳奇的時代，最爆笑的三國

第 1 回

# 桃園三結義

劉備騎著三輪車載著張飛找了一家叫桃園的酒吧。正在兩人酒逢知己千杯少時，一個滿臉通紅的大漢走過來，神秘兮兮地說：「我叫關羽，網名雲長，我是殺人犯。」

亂世出英雄，東漢末年，皇帝陽痿不舉，引起政權紛爭、黃巾起義，造就了曹操、劉備、孫權、諸葛亮、關羽、張飛、周瑜……等一大批叱吒風雲的超級男生。

話說這天，劉備和衆小商小販一樣，正在涿縣走街串戶推銷自己的主打產品麻鞋、草席，突然看到有一群人圍著一根電線桿議論紛紛。劉備猜測：A、治性病的小廣告；B、辦假證件的小廣告；C、尋寵物啓事；D……湊近一看，才知道原來是一張爲了鎮壓恐怖組織黃巾軍的「徵兵啓事」。

劉備從頭到尾看完後不覺自嘆一聲，身旁有個大鬍子聽了，問道：「你是嘆不能爲國出力嗎？」

劉備說：「狗屁！我是嘆現在做生意還不如當兵打仗！」

大鬍子問：「老兄做什麼生意？」

劉備向自己的三輪車呶呶嘴，「現在一來是穿麻鞋、睡草席的人越來越少，二來是老百姓越來越賊精，再整什麼『綠色』、『純天然』之類的廣告詞有點忽悠不住了，唉！老弟你也是做生意幹活的？」

大鬍子答道：「我做的是酒肉生意，現代人喝酒怕傷肝，吃肉怕長膘，唉！生意難做啊！」

劉備說：「看來咱倆有共同語言，要不，找個酒吧喝一杯？」

大鬍子上下打量了劉備一番，看他土裡巴嘰的，不太像騙子，但害人之心不可有，防人之心不可無，於是就說：「雖然你看起來很老實，但我張飛也不認識你，AA制啊！」

劉備說：「OK！這一說不就認識了？我和當今皇帝是一家，姓劉名備，網名玄德。你上網Google一下或百度一下，就知道我是誰了。」

於是，劉備騎著三輪車載著張飛找了一家叫桃園的酒吧。

正在兩人酒逢知己千杯少時，一個滿臉通紅一看就知道喝高了的大漢走過來，「我一個人喝挺無聊的，能湊個熱鬧嗎？」

兩人同時問：「你是誰？」

紅臉人神秘兮兮地小聲說：「實話告訴你們吧！但我說了你們可不要嚇一跳！」

劉備和張飛都笑著點頭，紅臉人接著說：「我叫關羽，網名雲長，我是殺人犯。」

劉備笑著對張飛說：「靠！這年月什麼酒鬼都有！」

張飛問關羽：「你說你是殺人犯，說說看都殺了什麼人！」

於是，關羽眉飛色舞講了殺人的全過程，劉備問：「既然你殺了人，還不趕快想個出路，還敢在這喝酒？」

關羽回答說：「今天我在廁所裡看到了一張『徵兵啓事』，我已經想好了，我要去當兵。」

物以類聚，既然都有當兵的共同心願，於是互通了姓名、年齡，結果，劉備最大爲大哥，關羽其次爲二弟，張飛最小稱三弟。

話說這涿縣和他們一樣要去當兵的還有五百多人，按規定，這天衆人烏泱烏泱地去涿郡報名，路上閒著無聊，有人提議：「咱們這麼多人總得有個頭吧？總不能群龍無首吧？」

衆人都頂，又有人提議：「比唱歌吧！看誰唱得好聽聲大？」

衆人又頂，於是一個個輪著全唱了，因爲都是粗人，沒有一個唱得稱得上好聽，只有劉備因爲常年走街串戶的職業性質，練就了一腔大嗓門，衆人見劉備的聲音分貝最高，於是就推選他爲頭了。

衆人到涿郡的第一天就被安排去PK黃巾軍程遠志的部衆。

程遠志估計打敗劉備的可能性不大，就在陣大喊：「都是可憐天下農民工，我哪裡忍心下得了手？我認輸行不？」

劉備也喊：「靠！誰和你都是可憐的農民工？你是恐怖組織，我是漢朝正式註冊的正規軍，不管你是馬是騾子，今天我都溜定你了！不許認輸！」

程遠志部的鄧茂不服氣站了出來，劉備見了吩咐：「三弟！上！」

張飛只一回合就把鄧茂喀嚓於馬下。

程遠志大吃一驚，正想撒開腳丫子逃跑，下半身卻不聽使喚，低頭一看，靠！自己已經被關羽喀嚓爲兩截。其他嘍囉們見了，逃的逃，降的降，於是劉備的處女戰旗開大勝。

回來的路上，見另一夥黃巾軍圍著董卓PK得正歡，劉備們就過去幫忙打敗了黃巾軍。Over，董卓激動地拍著劉備的肩說：「今天我請客！」

劉備說：「舉手之勞嘛！你太客氣了！」話雖這麼說，劉、關、張三人還是屁顛屁顛跟在董卓後面找酒店。

到了門口，董卓問：「對了，你們什麼級別的？」

劉備一楞說：「將來不好說，現在嘛，暫時還沒有。」

董卓一聽立馬拉下臉來，「靠！你早說呀！」然後自顧自悻悻而去。

這老小子這麼現實啊，張飛氣不過，非要上前和董卓過兩招，劉備勸他：「算了吧！官大一級壓死人，這個姓董的，咱們惹不起。」

與此同時，其他戰場上和黃巾軍PK的還有曹操、孫堅……等等，黃巾軍被鎮壓之後，曹操被提拔爲濟南相，孫堅被提拔爲烏程侯。劉備因爲人老實不擅長誇張手法，戰報裡灌水成份少，顯得功勞也小，只被安排了個安喜縣縣尉，但對於劉備這種容易滿足的人來說，已經是很值得興奮的了。

誰知好景只過了三個多月就風雲突變，據可靠的小道消息指稱，皇帝下達一紙紅頭文件，說是軍人出身爲官的，都在考慮勸退之列。切！眞是過河拆橋，卸磨殺驢。劉備雖然氣憤，但人在屋簷下，也得彎彎腰。

這天，劉備正想打探一下紅頭文件裡有沒有自己，突然得到可靠消息說到安喜縣暗訪的督郵正在縣招待所洗桑拿，就連忙趕去要爲督郵搓背。

督郵拒絕：「去去去！就你天天編麻鞋、草席的破爪子哪有小姐的手嫩？你那鹹豬手八成是來占我便宜的吧？你的花花腸子我全明白，你們這些沒有學位甚至文盲的軍人，不就是靠吹牛逼當的官？」

劉備聽了低頭不語，心裡把他家十八代祖宗都問候一遍。又見督郵用拇指和食指一搓，賊兮兮地說：「不過，有這個的話就好使！」

劉備臉紅，誰來洗澡會帶一大把錢？再說了，就他這月光族，就是到銀行提款又能有幾個錢？督郵見劉備面露難色，嘆了口氣：「哎！算我倒楣！那你那二奶或三奶讓我雲雨一番也行。」

劉備更狼狽了：「我就算有那賊心也沒那賊膽，有那賊膽也沒那賊款，就我那點收入，不貪污不受賄的，別說二奶三奶了，就是大奶都還在她娘胎裡呢！」

督郵二目圓睜，大怒：「靠！那你和我磨什麼牙，快滾吧！」

劉備回到寓所鬱悶，張飛見了問緣由，劉備說：「七四五六（氣死我了）！」並如此這般說給張飛聽。

張飛氣憤抓狂，出了門騎上馬就絕塵而去。到了桑拿房，看到督郵那廝還在腆著腐敗的肚皮讓小姐按摩，張飛不由分說拖了督郵就走。到了門外，扯了督郵的浴巾撕做兩半，一半把督郵綁於電線桿上，一半掄起就抽，直抽得那督郵挺而不舉、舉而不堅、堅而不久，引得無數路人圍觀，湊不得前的在圈外好奇地問圈內看得見的：「是不是小日本浪人又在賣大力丸呢？」

第 2 回

# 皇宮裡的人事變動

袁紹、曹操聽得動靜正要吹哨子喊人，就看到從牆內扔出一個圓溜溜的東東，媽呀！竟然是何進的人頭！從此以後，何進請來的董卓憑著兵勢掌控了皇宮。

按下張飛闖禍，劉備帶張飛、關羽逃於劉恢不表，這時朝廷裡，忠臣劉陶、陳耽向漢朝靈帝進言說，因爲宦官腐敗才引起各地恐怖組織滋生，這不，剛按下黃巾那只葫蘆，這邊張舉、張純這兩個恐怖分子又冒出來了。

不知道皇帝是ＩＱ低還是變態，反正是寧願相信宦官也不相信忠臣，並和宦官合夥把劉陶、陳耽給喀嚓了。暴風來了把樹喀嚓了有什麼屁用？你難道不知道樹欲靜而風不止嗎？再說劉陶、陳耽也眞是的，打人別打臉，揭人別揭短。回頭再說這個弱智的靈帝，雖說人無完人哪能無錯，但宦官根本就稱不上完人了，大夥說是吧？忠臣殺了，但恐怖組織還得反，劉恢瞅得這一將功補過的良機，向反恐總司令劉虞推薦劉備。劉虞樂得合不攏嘴，就讓劉備去打。劉備這回牛了：「切！我以前老虎都打過，還在乎兩隻小貓？小菜一碟！」

果不其然，張純的手下聽得劉備的威名，馬上提著張純的頭來請求寬大。劉備說：「你是來棄暗投明的吧？靠！你這一招還挺高，記得明天申請個專利啊！」

正在這時，秘書遞過來手機：「喂！沒有打錯，我是劉備，什麼？張舉畏罪自殺了？靠！他也太膿包了。」

劉備立刻打手機向皇帝彙報，皇帝樂了：「你小子還有兩下子啊！算了，打督郵的事一筆勾銷了。」

劉備連說：「多謝皇帝的關照！多謝皇帝的栽培！Thank you！」

皇帝說：「看不出來，你小子跟著誰學會甜言蜜語了？這樣吧，就封你爲平原縣縣令！」

按下劉備如何高興，如何開Party慶祝不表，沒多久皇帝就樂極生悲，病倒了。經眾多特級郎中認眞反覆檢查，最終估計是疑難雜症，反正是活頭不多了，皇帝連忙聯繫妻舅何進來商量接班人的事。

何進心說：「切！那還用商量，不就是我妹和你生的寶貝兒子劉辯接班嗎？」剛走到皇宮門口，潘隱走過來小聲對何進說：「你別去了，去了就沒命了。」

何進問：「Why？」

潘隱說：「你是眞傻呀還是裝傻？你妹夫要把接班人傳給二奶生的劉協！」這怎麼行？何進大驚，急忙打手機給袁紹，讓他多帶些打手到皇宮。

何進一干人進得皇宮時，皇帝已經翹辮子了，何進走到棺材前對眾人說：「我是他妻哥，我說了算，下屆皇帝爲劉辯，各位是頂也得頂，不頂也得頂，誰要是敢砸磚，我喀嚓了他！」

本來何進想趁機把那禍國殃民的十個宦官殺了，誰知道他妹妹護著不讓，Why？不好說，據猜測是他妹妹和哪個或想和哪個宦官有一腿。

哈哈哈哈……各位看官可別笑何妹妹變態，皇帝有三宮六院七十二妃，不知道過多久才會輪上一次，絕大多時間裡，皇后身邊除了女人就是宦官，更何況現在皇帝死了，如果再把宦官殺了，那餘生只有和女人相伴一生，到死都很難再近得男人了。宦官雖然不是完全的男人，但畢竟不是女人吧？人們常說寧缺勿濫，不過濫總比沒有強吧？這是人家的私生活，我們不便多說。

但何進可不這樣想，深怕哪天八卦媒體冷不防捅出「何皇后生了個小宦官」之類的緋聞，主意打定，那十個宦官非死不可。

袁紹建議他借西涼分部董卓的二十萬人馬來殺。曹操聽了大笑：「要殺宦官，一個獄卒就夠了，何必興師動眾？」

何進說：「你懂個屁！」

消息靈通的宦官們聽說後心生一計，讓何進的妹妹請何進來，說要請何進兄妹倆吃飯。何妹妹一聽也好，冤家宜解不易結，就給何進打手機。何進一聽是妹妹，也沒多想，再說了，他以爲自己大權在握，光天化日之下誰敢整他？

豈知，何進剛一進門，一群打手就圍了上來，「誰敢整你？看我不整死你！」

這群打手話到手到，而且下手忒黑。護送何進的袁紹、曹操聽得動靜正要吹哨子喊人，就看到從牆內扔出一個圓溜溜的東東，落在地上。仔細一看，媽呀！竟然是何進的人頭！

曹操要撥一一○報警，袁紹說：「靠！以咱倆多年修練的少林武功，還怕他們不成？不如殺個過癮，警察盤問起來就說是正當防衛。」

曹操說ＯＫ！兩人便衝進皇宮，見了活物就喀嚓，過小的蟑螂、鑽進老鼠洞的耗子除外。

不久之後，何進請來的董卓樂顛顛來了，憑著兵力優勢掌控了皇宮。

一天，在宴請屬下的轟趴上，董卓突然說：「我越看越覺得咱們現在的皇帝劉辯不順眼，劉協倒是眉清目秀的像個小帥哥，不如讓小帥哥當皇帝，也能引來一群女粉絲聚聚人氣。」

這話立馬引來丁原反對：「你說的是你奶奶那個球！」

董卓藉著酒勁本想收拾了丁原，但看了看丁原旁邊的保鏢呂布，怕收拾不過反被收拾了，便不敢下手，只有另找時機了。

第二天，董卓和丁原兩幫人在街上為泡妞的事打了起來，結果董卓的人馬被呂布打得落荒而逃。董卓嚥不下這口惡氣，非要整死丁原。

屬下李肅給他獻計說：「你不就是怕呂布嗎？不如送給呂布一匹赤兔馬，並許他高薪，把他從丁原那挖過來。」

董卓覺得言之有理照辦。那呂布果然是愛馬之人，而且做事很有效率，第二天便提了丁原的人頭來見董卓，並認董卓為乾爹。難怪會被稱為「三姓家奴」！

隨後董卓又害死了皇帝劉辯及他的老媽，當上了不是皇帝的皇帝。

袁紹看不順眼，便拜託王允設法除掉董卓，王允和屬下商議，商議來商議去，實在想不出來好辦法，一群人急得嗷嗷直哭，只有曹操哈哈大笑。

「你小子為什麼不跟著哭啊？笑什麼笑？」

曹操吹牛逼：「靠！你們哭就能把董卓哭死？把你那把屠龍刀拿來，喀嚓個董卓還不小菜一碟！」

王允破涕為笑，半信半疑，抹了一把眼淚，把寶刀交給了曹操。

曹操給董卓打手機，說是十二點半要去獻給董卓一個寶物，董卓說：「靠！你會有什麼值錢的東東？」

直到下午一點二十分，曹操才到，董卓昏昏欲睡地看了看手機說：「小曹，你這時間觀念也太淡薄了，怎麼遲到了快一個小時？」

曹操說：「我是擠公車來的。董總，您說這坐出租車太貴、走路太累，要是騎馬多好！又省油又環保。」

董卓呵呵一笑：「就你那點花花腸子，我還不知道你在打什麼主意？你又盯上我餐廳門口的那匹馬了吧？本來我是買來吃馬肉的，算了，小布！你去給師傅說一下別殺了，牽給小曹吧！」

呂布走後，曹操覺得正是下手的時機，但是看董卓又高又壯，怕整不過他，就心不在焉地和董卓聊天打屁，董卓倒把曹操獻寶的事給聊忘了，打了個哈欠躺在沙發上用手機打起了遊戲。

曹操心想此時不下手更待何時？就把刀抽了出來。董卓從手機殼的光亮部看到了光線的異常，扭過頭來問曹操幹什麼呢？曹操的心跳一下竄到了一七〇，連忙雙膝著地說：「我跟金庸那老頭訛了一把屠龍寶刀，估計很有升值空間，我想著董總你有品味，就拿來孝敬給你。」

這時，剛好呂布牽來了馬，曹操來到院中直誇是好馬，說著說著便翻身上馬絕塵而去。呂布和董卓覺得今天曹操的舉止有點反常，經過分析，呂布得出結論：「他曹操八成是要喀嚓你！」

董卓立即撥曹操手機，果然不接。董卓驚得一頭腳汗，急忙吩咐手下通知所有報社、網站、電台、電視台，全面通緝曹操。

第 3 回

# 關羽溫酒斬華雄

過了不久，關羽又回來了，眾人都笑關羽吹牛逼現在又怕死後悔了。關羽從背後取下一布包扔到辦公桌上，那東西在桌上滴溜溜直轉，原來正是董卓大將華雄的人頭。

話說曹操這哥們很能跑，一路逃到了中牟縣，被縣裡的警察抓個正著。

縣令陳宮審問曹操爲什麼被通緝，曹操想，反正不說也是死，不如乾脆招了吧。誰知，陳宮聽了不但不生氣，反而拍手稱快，大呼過癮，覺得曹操是個爺們，非要跟著他闖蕩江湖。

這下子，變成兩個一起跑。

這天，兩人逃到了曹操老爸曹嵩的結義兄弟呂伯奢家裡。

呂伯奢見了大吃一驚，「現在全地球都在通緝你，你老爸也躲到陳留去了，你怎麼竄到這了？」

曹操說：「要不是這陳縣令老哥，我都不知道見了多少次閻王了。」

呂伯奢說：「既來之則安之，你們可倆就先歇一會兒，我騎上毛驢去集上給你們買瓶好酒。」

呂伯奢這哥們眞不錯，於是曹操和陳宮兩人就一邊喝茶一邊等吃飯喝酒。誰知喝了N杯茶，還不見呂伯奢回來，正疑惑，忽然聽到院子裡有人鬼鬼祟祟地商量：「捆著殺吧？」

兩人大吃一驚，曹操說：「我看，咱們得先發制人，先下手爲強。」隨即衝了出去，手起刀落，一口氣殺了全家八口人，最後來到廚房，看到地上捆著一頭豬，曹操悔得腸子都青了。

繼續跑吧！兩人逃到半道，剛好碰到呂伯奢倒騎著毛驢買酒回來，曹操乘其不備如法炮製把呂伯奢也斬落馬下——不對，是驢下。

陳宮不解：「剛才是誤會，現在為什麼還要錯上加錯呢？」

曹操說：「他到家後看到我喀嚓了他全家，還不報警？他一報警，那咱們麻煩可就大了，還不如一不做二不休！你就跟著我多學學吧，這就是我教給你的第一招：先發制人。寧可我負天下人，不可天下人負我！」

陳宮說：「那你也太不厚道，太不是東西了吧？」

曹操說：「無毒不丈夫，要想成為人上人，就得學會做不是東西的人。」

晚上，陳宮思前想後，決定不和曹操混了，這傢伙太危險了，還是各跑各的吧。

曹操逃到陳留，見著了老爸，非要他拿錢出來招兵買馬和董卓火併不可。他老爸說：「董卓這小子有二十萬大軍，老爹我窮得只剩下錢，怎麼跟他拼？拿錢砸他啊？」

曹嵩這話可唬弄不了曹操，再加上曹操那在大專辯論賽上練就的口才，半軟半硬說：「你那家底別人不清楚，我還能不清楚？你不就是靠行賄、走私、逃稅漏稅積的嗎？我不幫你，還有誰幫你洗這黑錢？」說得曹嵩一把鼻涕一把淚，拱手讓出了大半家產。

然後曹操又郵寄假紅頭文件、張貼小廣告、上網散布謠言，說董卓篡權，名如何的不正，言如何的不順，號召了十八路反董勢力結盟，一場轟轟烈烈的軍事政變就這樣開始了。

在選舉大會上，按照法定程序競選、拉票、無記名投票，最終選出袁紹為盟主，呼聲很高的曹操意外落選，心裡鬱悶哪。

再說董卓聽說有人要政變後，二話不說立即派人來平叛，盟軍的人畢竟大都是只想來混碗飯吃，哪眞想賣命，無人能敵。

在這危機關頭，盟軍適時召開了政治協商會議，會議由曹操主持，首先由袁紹做了總動員，接下來是商議破董卓之計。

商議來商議去，各派不是推說這幾天感冒就是推說肚子疼，還有個人說：「不怕大夥笑話，我那四奶懷孕了，老婆鬧離婚，二奶鬧分手，三奶索要青春損失費，我，我……」下面的話被哄堂大笑埋住了。

笑歸笑，還是沒有人敢打董卓，正在這時，在旮旯裡旁聽的劉備急得抓耳撓腮，關羽見狀站起來大聲說：「何以解憂？唯我關羽！」

袁術大怒：「都什麼時候了，你這個紅臉的二楞子還來瞎搗亂？」立即下令四個人抬了關羽的胳膊腿，就要扔出門外。

「靠！你才是二楞子！讀過《三國演義》的，都叫我關老爺，警察局那些人都得叫我二哥呢！」關羽一邊掙扎，一邊罵道。

「慢！」曹操心想：A、軍中再無如關羽這般不要命的；B、有時奇兵是很奏效的；C、養兵千日用兵一時，如果戰死說明關羽無用，以後也能省點飯錢，如果勝了，能讓別人覺得曹操我慧眼識英雄；D……先想這麼多理由吧。綜上所述，可以一喊，於是曹操說道：「添個蛤蟆還增四兩力呢！不如讓他試試，也爲咱們積累點經驗教訓？」

眾人見曹操說得很有點小理就依了他，曹操從公事包裡拿出一包興奮劑倒入杯中的水裡要讓關羽喝。關羽說：「你小瞧我不是？殺個人還用吃興奮劑壯膽？給我溫壺酒，等我回來喝。」隨即走出門外，翻身上馬絕塵而去。

過了不久，關羽又回來了，眾人都笑關羽吹牛逼現在又怕死後悔了。關羽從背後取下一布包扔到辦公桌上，那東西在桌上滴溜溜直轉，靜止後有人打開看，啊！啊！啊！（人多沒人指揮不太齊），原來正是董卓大將華雄的人頭。有人懷疑關羽是不是魔術師？不過，看那人頭血都還直往下淌，應該不假。

正在這時，張飛站出來大聲說：「這有什麼？我也不喝興奮劑，不變魔術，現在就去把董卓的人頭提來給大夥開開眼！」

這牛逼吹得也太大了，眾人都覺得臉上無光，袁術大怒：「俺們各盟主副盟主都這麼謙虛謹慎、戒驕戒躁，就你們這幫靠運氣撿了便宜的人愛吹牛逼！劉備、關羽、張飛，你們三人統統被開除了。」

曹操說：「立功就該發獎金，你還要把人家開除？」

袁術說：「有我沒他們，有他們沒我，大夥選擇吧！」

曹操無奈，只好命令公孫瓚辦理劉、關、張三兄弟捲鋪蓋回家的事，並暗中給他們三人的銀行帳戶上打了不菲的獎金。

第 4 回

# 盟軍瓦解

袁紹首先找軟一點的柿子公孫瓚開刀，殺得公孫瓚毫無還手之力。劉備、關羽、張飛聽說了，過來充當公孫瓚的幫手，同時，孫堅率兵也正和劉表打得熱鬧。

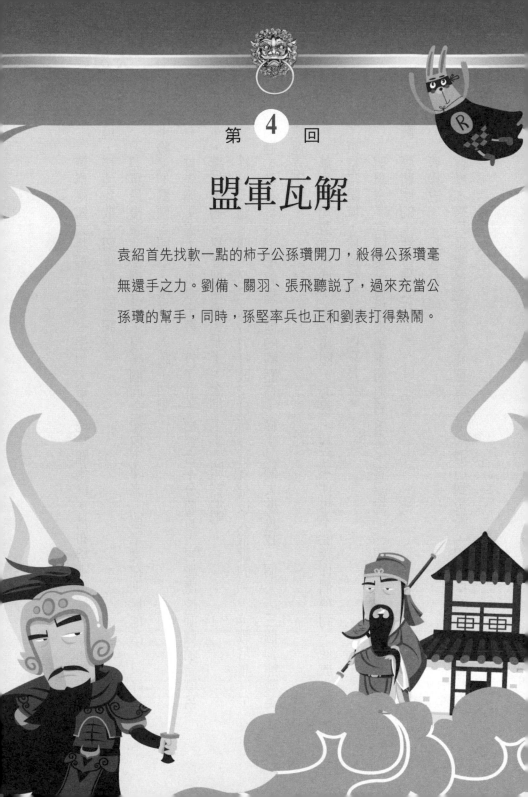

董卓得知大將華雄被殺，便領大軍到虎牢關報仇。呂布勢不可擋，如入無人之境，接連殺敗了盟軍的八路諸侯。

盟軍最後派公孫瓚去打，沒幾個回合便敗下陣來。盟軍實在別無他法，只好拉下臉又把劉備、關羽、張飛三人請了回來。

首先派牛逼大王張飛出戰，打了五十個回合不分勝負，再派魔術師關羽合戰呂布，還打不過，只好把劉備也派了，全押上了，賭一把吧！

終於，劉、關、張三人合力打敗了呂布。這就是後人常說的「三英戰呂布」，不過，呂布可不這麼認爲，他的觀點是：靠！三個人欺負我一個人，三個狗熊戰英雄還差不多。

董卓不知盟軍家底，不敢再賭，心說：我守不住也不能讓你們得到，便放火燒了東京洛陽城，挾持皇帝逃往西京長安。

盟軍占了洛陽後，曹操提議乘勝追擊董卓，袁紹說：「切！就這還是賭上劉、關、張賭勝的，要打你去打。」

曹操說：「打就打！」

曹操本來只是想逞能嚇唬嚇唬董卓，誰知道追到滎陽，和董卓的末將李儒一交手就打不過，帶的一萬多人被殺得只剩下五百多人，自己的小命還差一點丟了，想想沒臉回洛陽，只好夾著尾巴跑到揚州另圖發展了。

再說孫堅帶人到洛陽城救火時，水桶碰到一個硬硬的東西，派人下井撈上來一看，「乖乖！是漢朝玉璽大印，說什麼也是國寶中的國寶。」

唉呀，這麼機密的事怎麼說出來呢？孫堅自知失言，但已經來不及了，屬下聽後就圍過來哄搶，孫堅說：「誰搶，我開除誰！」

有了國寶誰還在乎開除？沒有用。孫堅又說：「誰搶，我斃了誰！」

這下沒人搶了，國寶再值錢也沒有命值錢，命是前提，只有命存在了，命題「誰擁有玉璽＝誰擁有巨大財富」才成立，如果沒命了，這命題就是假命題。

孫堅見屬下全散開了，便懷揣玉璽撒開腳丫子往外跑，屬下眼見自己得不到，就有人給袁紹打電話。袁紹連忙給孫堅打手機，只聽見一陣不男不女的聲音：「你好！你撥打的電話已關機。」

靠！怎麼關機了呢？還來個不男不女的聲音，肯定有問題。袁紹放下電話叫了出租車就往孫堅的方向趕，在一個菜市場門口撞了個正著。袁紹付了錢下車，孫堅見了問：「袁兄，你也來買菜呀？搭車買菜也太奢侈了吧？」

袁紹說：「這不打了大勝仗，總部決定三天內搭車費報銷。」

孫堅說：「是嗎？那我回去也搭一個。」

孫堅說著就叫住了剛才袁紹坐的那輛出租車，正要鑽進去，袁紹問：「聽人說你撿了個寶？」

孫堅一臉狐疑：「哪個王八羔子說的？」

袁紹又問：「那你手裡提的塑膠袋裡報紙包的是什麼東西？」

孫堅說：「我小的時候最愛吃老倭瓜了，這不，剛發了獎金我就買了一個，要不要分你一半過過癮？」

這哥們說話臉不紅氣不喘，袁紹想想，這肯定是誰想離間他們，謠言真可惡！便說：「我從小都不愛吃那東西，我愛吃紅燒肉和排骨。」

孫堅見袁紹這小子很好唬弄，心口的一塊石頭方才落地，鑽進出租車直叫：「機場！快！快！」

袁紹扭身進了菜市場，轉悠了老半天也沒有想起來要買什麼東西。我這是來市場幹嘛呢？對了，我是來找孫堅的嘛。突然，想起孫堅去的方向不是市內，而是市外，又想，那不正是機場方向？

袁紹跑向市場外招了車就追。快到安檢口之時，一架飛機帶著轟鳴聲從頭頂飛過，袁紹一下癱倒在地，口中念念有詞：「我的國寶……我的國寶……」

有路人說：「看他衣冠楚楚的，怎麼也是個瘋子？」

於是，一群熱心民眾七手八腳地把袁紹弄進了精神病院。

等袁紹從精神病院回到總部，十八路諸侯全走光了，又問劉備、關羽、張飛的下落，有人說：「可能是回平原縣了，見過他們訂到平原的臥鋪。」

袁紹心中怒罵：「這群狗日的眞沒良心！我非找到你們討個說法不可！」

袁紹首先找軟一點的柿子公孫瓚開刀，袁紹的大將文醜直殺得公孫瓚僅有招架之勢，毫無還手之力。正在這時，曾是袁紹屬下後來跳槽到公孫瓚那裡的小屁孩趙雲救了公孫瓚。劉備、關羽、張飛聽說了，也過來充當公孫瓚的幫手，袁紹眼看打不過，只好握手言和了。

同時，孫堅率兵也正和劉表打得熱鬧，劉表打不過就向袁紹求救，誰知袁紹還未到，孫堅已被射死馬下，孫堅的兒子孫策繼承了父業。

第 5 回

# 計套三姓家奴

王允把呂布的網名「奉先」告訴貂蟬，讓貂蟬去勾引呂布。貂蟬對著視訊跳了一段恰恰，直把呂布勾引得神魂顛倒。

話說董卓在長安聽說孫堅死了，和屬下在自己剛建成的超級別墅眉塢裡開轟趴慶祝。正在興頭上，董卓口出狂言：「切！又少了一個對手，對手多了才好玩嘛！」

屬下有人說：「太師放心，孫堅他兒子孫策都十七歲了，剛考上北大，過幾年一畢業就能陪你玩了！」

董卓氣得鬍子翹老高：「靠！正反話都聽不出來？唉！聽說現在什麼肉都不敢吃了，吃牛肉怕有狂牛病，吃豬肉怕有口蹄疫，吃雞肉怕有禽流感，這樣吧，反正你這人這麼蛋白質（傻蛋＋白癡＋神經質），活著也就是個造糞機，不如剁了你的手腳，挖了你的眼，割了你的舌頭，煮熟了給大家嘗嘗鮮。」

那屬下當場暈死過去，眾屬下也都暈了。

人肉端上來後，眾屬下哪裡敢吃？正嚇得哆嗦時，呂布走過來向董卓說悄悄話，董卓大笑N聲：「把張溫拉出去給喀嚓了！」

這下，眾屬下全都嚇趴了。

膽子比較大的王允戰戰兢兢地說：「嚇死我這小心肝了！對了，你這不是涉嫌濫殺無辜嗎？」

呂布說：「經查，張溫這小子給孫策發了個E-mail，我念給大家聽：『你既然考上北大了就不應該放棄，雖然你老爸不在了，但還有國家，還有希望工程，聽說現在上大學還可以無息貸款，實在不行我支助，反正我這黑錢放在家裡也不安全。』他竟敢和太師玩諜中諜，你說有辜沒辜？再說了，這張溫也太蛋白質了吧，郵箱地址爲zhangwen@sina.com，密碼爲出生年月日，太弱智了吧？」

衆屬下暈趴的同時皆思忖：回去先把密碼改了再說。

轟趴散後，王允給一個和呂布很鐵的哥們上了支好煙，一邊走一邊聊，聊著聊著聊到了呂布。王允問呂布有什麼個人愛好，那哥們想也沒想：「靠！他有什麼愛好？不就喜歡網上聊天、泡妞！」

王允進一步問：「那你知道他QQ號嗎？」

那哥們想了想說：「也不知道是一二三三……還是一二三四……反正他的網名叫奉先。」

王允回到家時已是深夜，取了鑰匙開了門，正要進屋，突然見院中有道白影飄過，王允暗想：莫非是張溫陰魂不散訴冤來了？又想，平時只做一點點虧心事，半夜不用太怕鬼上門，怕什麼怕？但兩腿已是瑟瑟發抖。

只見王允用顫音喝問：「你可是張溫？」

那白影聽了，轉身答道：「叔叔可回來了，是我。」

張溫應該是男鬼啊，怎麼會發出女聲呢？莫非死後被閻王閹了？王允心裡更害怕，嚇得都快尿褲子了。

等那鬼走近了，仔細一看，原是家中歌妓貂蟬，王允這才放下心來，罵罵咧咧，「大半夜不睡覺在院裡裝什麼鬼？莫不是要和小白臉幽會？」

貂蟬連忙下跪，哭哭啼啼的，「叔叔，我哪有那賊心？我哪有那賊膽？我哪有那賊款？我哪有那……」

王允：「好了好了，沒有就沒有，幹嘛那麼囉嗦？」

貂蟬：「天地良心，知叔叔者，我貂蟬也，我見叔叔這些天一直愁眉不展，正想著如何以身報答叔叔呢。」

王允知道貂蟬是在講場面話，轉念再想，便順著台階將計就計。王允撲通兩聲（兩膝不太齊）跪在地上，「誰會想到漢朝天下會落在妳手上？」

貂蟬連忙用手摸王允的頭，「叔叔，你是不是得了流行感冒了？怎麼平白無故說起胡話來？可別燒壞了腦袋！」

王允：「靠！誰感冒了！現在漢朝江山被董卓和呂布霸占著，我實在是看不順眼，PK吧肯定PK不過，所以，我想讓妳腳踏兩隻船，讓他倆窩裡鬥，鬥得兩敗俱傷，死了最好，我好坐收漁利。」

貂蟬心想，我才不關心什麼狗屁政治，我早就心儀呂布英雄帥哥了，董卓也不錯，又有權又有錢，姐妹們都說權、錢、帥哥擁其一死都瞑目，我一下子就要擁有三個了，真要興奮死了！不過，我可不想死，我得好好享受享受。心裡這麼想，口裡卻說：「叔叔言重了，你雖然沒有生我（王允就算想，也沒這功能），但對我這麼好，我願赴湯蹈火報答你的大恩大德。」

王允便把呂布的網名「奉先」告訴貂蟬，讓貂蟬去勾引呂布。

貂蟬進了書房，開了電腦，打開QQ搜索，叫「奉先」的共有八個，一二三……的只有一個，再看資料，原名呂布，是他無疑了，於是申請加入，通過。不一會兒，呂布就傳來：「靠！妳是女的嗎？」

貂蟬連忙敲上：「是。」

呂布：「靠！就算是，也一定是恐龍，怎麼起了個動物的名字？」

貂蟬急忙解釋：「我可是中國四大MM（美眉）之一，貂蟬是也。」

呂布：「吹牛吧妳，地球人都知道，中國四大美女是西ＭＭ、王ＭＭ、楊ＭＭ和志玲ＭＭ，哪有妳個鳥貂蟬？」

貂蟬：「嗚嗚嗚，我眞是ＭＭ。」

呂布問：「妳是多大的ＭＭ？」

貂蟬：「芳齡二八。」

呂布：「靠！以前都是十六歲叫二八，現在實在點的二十八歲叫二八，不實在的八十八歲也叫二八。」

貂蟬：「嗚嗚嗚，我眞是十六歲的二八，不信你打開視訊看看。」

足足過了一分鐘，也沒見呂布有什麼動靜，貂蟬問：「下線了嗎？」

呂布連敲：「沒沒沒。」鍵盤有點濕滑，拿指頭放鼻下細聞，原來是自己的口水。又敲上：「閉月羞花、沉魚落雁，靠！靠！我都不知道用什麼詞來形容妳了。妳……妳幹什麼的呀？」

貂蟬假裝生氣不理，呂布：「小姐姐！」

貂蟬不理。呂布：「貂ＭＭ！」

貂蟬仍不理。呂布再說「貂蟬ＰＬＭＭ（漂亮美眉）！」

貂蟬才理：「我是王允的歌妓。」

呂布：「妳會什麼？」

貂蟬：「我會唱歌。」於是給呂布唱了K鈴製造的〈我不想說我是雞〉。

呂布：「妳眞是個可愛的MM，還會什麼？」

貂蟬：「我還會跳恰恰、探戈、倫巴、牛仔、鬥牛舞。」於是對著視訊跳了一段恰恰，直把呂布勾引得神魂顛倒。

呂布：「我今生別無他求，但求能娶貂MM。」

貂蟬：「我也早仰慕呂GG（哥哥）的威名。」

兩人聊著，眼見天色放亮，貂蟬問：「你明天，不對，你今天不上班嗎？」

呂布說：「我們上班如休息，休息如上班。」接著又說：「我今天見了王允就向他提親。」

貂蟬：「你還是去迷瞪一會吧，多注意身體。」

呂布心裡那個感動啊：「什麼也別說了，眼淚涮涮的，Thank you！妳也多保重，TTYL（Talk to you later，再見）！」

貂蟬：「八八六（掰掰了）。」

第 6 回

# 釣太師

董卓開著BMW，貂蟬在副駕用手機玩遊戲，一會兒，偷偷給王允發簡訊：太師要把我帶到酒店，我該怎麼辦？王允回道：按A計劃繼續。

因爲一夜沒闔眼，直到十點多了，呂布也沒有起床。

王允心裡有事倒是起得早，比看大門的起得都早，等呀等，終於看到了董卓腆著腐敗的肚皮晃來了。王允就湊到董卓跟前聊大天，聊著聊著就旁敲側擊說今天是自己生日，看董卓遲鈍毫無反應，只得硬著頭皮說：「董太師！今天我要開個生日Party，你老人家能不能賞光？」

董卓看實在是躲不過就說：「是嗎？祝賀你啊！」停了一會又怪不好意思地說：「我給你多少禮金合適呢？少了拿不出手，多了，你也知道我妻管嚴。」

王允醉翁之意哪在份錢，連忙陪笑：「我哪敢讓你老人家破費，只要你肯賞光就OK了。」

早說嘛，害我心疼了老半天！董卓心裡嘀咕著。

將近十一點，呂布才兩眼惺忪來上班，王允見呂布來了，若無其事，隻字不提生日的事。

中午，呂布非要請王允吃KFC，王允心知肚明，也就不多問。吃到一半，呂布問：「聽說你家有個養女，賊漂亮的，還沒有婆家，你看我，我，我……」

王允心領神會，裝作恍然大悟：「噢——我明白了，但我也不能做主呀，只要女兒願意，我也沒意見。」

呂布心中大喜，連忙實話實說：「我們昨兒晚上聊得很來電，我有情她有意。」

這隻色魚已經上鉤，王允也喜：「呂布，你可是個大英雄，又是個大帥哥，我家貂蟬高攀了！我回頭就請人合合八字讓你們成婚。」

呂布聽了直樂呵！

晚上八點整，董卓準時趕到，看來董卓的時間觀念就是比曹操強。

董卓進得客廳，並不見其他人，只見一個美眉在開葡萄酒。

王允甩著兩隻手上的水從WC出來，猛一下看到董卓，頓時喜笑顏開：「不知太師駕到，有失遠迎。」

董卓：「你喝山西老陳醋了？說話也太酸了！對了，怎麼不見其他朋友呢？」

王允：「我思忖著太師你是有品味之人，我那朋友們都是粗人，怕他們破壞了你的雅致。」

董卓又朝正彎腰點蛋糕上的蠟燭的美眉的圓屁屁呶呶嘴：「我看人家車展Model都賊漂亮，你請的是飛機Model？」

看來有戲，王允笑說：「你太抬舉我家貂蟬了，貂蟬雖然從DNA上說和我沒有任何關係，但我像親閨女一樣對待。蟬兒！快來見過太師！」

貂蟬聽了，連忙放下手中的打火機，輕移碎步來給董卓行禮，並給董卓暗送秋波。那董卓雖也是見過大世面的人，但何曾見過如此超強的美眉，而且還跟他眉目傳情，當場暈而未倒。

第一項是吹蠟燭，以王允的這把年紀，以王允那缺八顆門牙的嘴，要一口氣吹滅一片蠟燭，談何容易？王允試了N次都未成功（據推測，王允有故意的嫌疑），最後在董卓和貂蟬合力之下才大功告成。

吹蠟燭的過程中，董卓看到貂蟬那一對玉兔中間那條迷人的乳溝，以及吹來的那股香風，哪裡招架得住，又差一點暈倒。

第二項，貂蟬用遙控器把VCD打開，和董卓又伴著音樂合唱：「Happy birthday to you，Happy birthday to you……」

那腔調，那場景，就跟唱黃梅調似的。這般鳥語，王允哪能聽得懂？據推測，也有可能是懂裝不懂。王允自嘆：「吾老矣，不中用矣。」貂蟬和董卓又都笑王允的酸。

Next，分了蛋糕，碰了葡萄酒，再Next，董卓又拿著麥克風鬼哭狼嚎了幾首歌爲王允助興，引得貂蟬興來，也又扭又唱……終於，王允藉口說年紀大了瞌睡多，回屋睡了。

Next，董卓說：「現在誰還玩破VCD，只有你家和博物館有，早八百年前就都玩DVD了，早五百年前就都玩SVCD了。走，去我總部的酒店，裡面有高級SVCD。」

董卓開著BMW，貂蟬在副駕用手機玩遊戲，一會兒，偷偷給王允發簡訊：太師要把我帶到酒店，我該怎麼辦？

王允回道：按A計劃繼續。

第二天快中午了，呂布見董卓沒上班，就去問董卓的秘書：「太師今天怎麼沒上班呢？」

秘書知道呂布是董卓的乾兒子，也不是外人，就小聲跟他說：「太師在酒店裡泡妞呢！聽說還是王允的女兒。」

呂布大吃一驚，哪肯相信，問得了房號就殺奔而去。在酒店的走廊裡，剛巧認出了去衛生間洗漱的貂蟬。

貂蟬見是呂布，馬上做出淚水漣漣、傷痛欲絕狀，也不理他，只瞟了他一眼後便進了房間。呂布心都碎了。

過了好一會，呂布才穩了情緒，敲了門進得了房間，看見董卓正在吃早點。他娘的！中午了還在吃早點。

董卓見是呂布問：「有事嗎？」

呂布：「沒事。」便坐在一邊看董卓吃，一邊和貂蟬眉來眼去。

董卓瞧見呂布魂不守舍的賊樣，就跟呂布說：「沒事的話，你就回去吧！」

呂布只得依依不捨地離開。

第 7 回

# 打翻醋罈子

回到酒店。映入眼簾的是一對鴛鴦戲水圖，董卓氣得血壓飆高，罵罵咧咧、口口聲聲非要殺了呂布。呂布見勢急忙跳出水池，撒開腳丫子跑了。

呂布在餐廳見著了王允，便把他拉到一邊問：「靠！你要我呀？你明明答應把貂蟬嫁給我，爲什麼還讓董卓泡貂蟬？再說了，他還是有家室的人！」

你就沒家室？王允聽了，把呂布拉到花園裡說：「阿布啊，你說我是這種人嗎？我哪裡願意？可是，現在天下是董卓的天下，屋簷是董卓的屋簷，我除了忍氣吞聲，還能怎樣？」

呂布：「……」

後來聽說董卓泡妞泡得腎虛，呂布給董卓送去鹿茸，見董卓正睡，便放下鹿茸，但放不下貂蟬。

董卓聽得有些許動靜便睜開眼，看到呂布正和貂蟬眉目傳情，不禁大怒：「好你個龜孫子（推測，董卓氣糊塗，罵岔輩了）！你敢調戲我的馬子？」

呂布只得夾著尾巴離開，路上碰見了李儒。

李儒問：「小呂，你今天好像很有情緒。」

呂布便如此這般給李儒說了。

李儒回頭見了董卓說：「太師，你也太感情用事了，你和兒子爭一個馬子，要是傳出去了，不是讓人笑掉大牙？不如多給呂布發點獎金，自然沒事了，有了錢，外面的馬子多得是！」

董卓點頭稱是，便給呂布打手機：「謝謝你的鹿茸啊！我這幾天有病，老說夢話，回頭我讓帳務給你發點獎金，放你兩天假，你也出去放鬆放鬆。」

董卓吃了補藥病好後，一日正和獻帝談事，呂布看董卓一時半會說不完，就偷偷摸摸來見貂蟬，貂蟬讓他到院中的鳳儀亭等她。

過了好久，貂蟬打扮得像月中的嫦娥似地飄過來，哭著說：「早就聽得你的威名，那天和你聊天時，我就決定哪怕是做牛做馬也要跟定了你，生是呂家的人，死是呂家的鬼。誰知天有不測風雲，被董卓糟蹋後，我只想一死，忍辱偷生只是想最後見上你一面，現在見也見了，我就放心地去了，只能說咱倆有緣無份，那就只求下輩子了。」

貂蟬說完假裝要往荷花池裡跳。呂布懷疑貂蟬話中有假，便不理她，再說了，他也推測水並不深。貂蟬見呂布並沒來抱她，心想：「難道他覺察出來什麼了？」箭在弦上，不得不跳。

呂布聽得「撲通」一聲，扭頭看時，貂蟬已跳進水中只露髮梢。呂布大罵：

「靠！這是誰設計的荷花池？水這麼深，不是害人嗎？」不由多罵也跳入水中。跳後才發現水並不深，只是貂蟬兩膝跪於池底才顯得深。

Next，兩人開始在水中嬉戲。

再說董卓和獻帝Over後回頭不見了呂布，給呂布打手機，關機（作者注：手機在荷花池中已泡壞，天知地知我知，董卓不知，呂布也不知），董卓心中起疑，忙給貂蟬打電話，無人接聽，打手機也無人接聽，連忙回到酒店。映入眼簾的是一對鴛鴦戲水圖，董卓氣得血壓飆高，罵罵咧咧、口口聲聲非要殺了呂布。呂布見勢急忙跳出水池，撒開腳丫子跑了。

董卓扭頭就追，追到門口和李儒撞了個滿懷。

李儒一手捂著下巴，一手把董卓拉到靜處，說道：「你難道眞要娶貂蟬不成？那你家裡的那一套老婆孩子怎麼辦？你不就是圖個一時新鮮？這也好多天了，你還不如做個順水人情。再說了，呂布也不是外人，他是你兒子，難道你眞要爲了一個馬子殺了兒子？」

董卓細想有理，回到房間時，貂蟬正在換衣服，董卓怒斥：「妳爲什麼和呂布私通？這叫亂倫，妳知道嗎？」

貂蟬：「我哪敢？我正在鳳儀亭看荷花，哪知道他神不知鬼不曉靠過來，就用鹹豬手占我便宜。我以死相逼跳到水裡，誰知他又追到水裡，多虧太師你及時趕到救了我，嗚嗚嗚……」

董卓：「我把妳送給呂布，妳看好不好？」

貂蟬「撲通」一聲跪到地上，「太師你又有權又有錢，我也不管是二奶五奶八奶什麼的，跟了你，我吃香喝辣慣了，他呂布又能給我什麼呢？那還不如讓我死了算了，嗚嗚嗚……」

董卓捨不得了，連忙把貂蟬擁入懷中，刮了一下貂蟬的鼻子：「小心肝！我是和妳開玩笑呢！」

貂蟬破涕爲笑：「這餿主意肯定是李儒給你出的吧？李儒和呂布是鐵哥們，他會向著你？再說了，他竟然讓你把我讓給你兒子，他李儒爲了呂布，也太不顧你太師的臉面了吧？」

董卓思忖著也是。

第二天，李儒問貂蟬送給呂布的事，董卓：「我和呂布是父子，怎麼能送？」

李儒：「太師，你不要重色輕子了。」

董卓大怒：「靠！我把你的妻子送給呂布，你看怎麼樣？這事就此打住，不許再提，再提我開除你！」

李儒只得自言自語：「這個女人哪，不尋常。」

董卓：「這話怎麼聽著耳熟？你從哪裡盜版的？」

第 8 回

# 董卓被割頭

貂蟬激動地流下淚來。據推測，貂蟬的激動為終於得到了日思夜想的大帥哥，流淚是為失去了有董卓這個至高無上權力的靠山。

晚上，呂布約了王允到酒吧，一個是女兒被姦淫，一個是未婚妻被老爸霸占，同病相憐，本來想一醉方休，誰知道酒還能壯人膽，兩人從罵董卓不得好死說到計謀殺董卓。呂布問王允：「你心裡有譜沒譜？有多大的勝算？」

王允笑：「沒有金鋼鑽，我會幹這瓷器活？再說了，董卓本來就是軍事政變那一路貨色，如果我們失敗了，屬於爲國捐軀的烈士，青史傳名，流芳百世。如果成功了，一、我可以掏回女兒，你可以掏回未婚妻；二、可以分了他的家產；三、爲己爲民爲皇帝出一大口惡氣；四、我們兩人都屬於爲國立了大功之人，也可以青史傳名，流芳百世；五……好處夠多了，先說這麼些吧。萬一失敗了，再多的好處也是瞎子點燈白搭蠟，成功了，有的是時間去補充。」

呂布問：「關鍵是讓誰去實施呢？」

兩人商來量去，最後呂布說：「有了！讓李肅去，一是要對李肅動之以情曉之以理，二是，我還握著他一個小辮子呢。」

最後，兩人發完誓，簽了生死同盟。

按下兩人最後如何碰杯預祝成功，如何結帳走人不表，話說第二天，李肅帶著從租賃公司租來的五十輛豪華轎車，每輛車上都貼個「漢一」、「漢二」、「漢三」

……「漢五十」，浩浩蕩蕩開到董卓門口。

董卓見了深信不疑，嗯，這絕對是皇帝派來的。李肅說：「我是代表皇帝向你送紅頭文件的，他說既然你占著皇權不給，他也沒辦法，乾脆把皇位轉讓給你算了，轉讓費見面商量。」

董卓當時高興的程度爲：屁顛屁顛。董卓：「怪不得我昨晚夢見龍了呢，還眞靈驗。各位稍等一下啊，我回去給我老媽說一下，讓她也高興高興。」

董卓見了母親說：「媽！我要當皇帝了！妳要當皇太后了！」

他母親上前摸了摸董卓的額頭說：「沒發燒呀？啊——又說夢話了吧？要不，就是想讓我給你買糖吃？」

董卓：「妳眞是老糊塗了，我都多大了？」

董卓告完別，換上西裝，打完摩絲才出門上車。

走了不到三十里，董卓以多年駕齡的經驗斷定車軲轆有毛病，下車查看後，罵道：「靠！車軲轆都快掉了。」接著問李肅：「這好像不吉利吧？」

李肅一邊吩咐司機換備胎，一邊對董卓說：「吉利著呢！這不正是棄舊換新？」

話雖這麼說，董卓思前想後覺得汽車還是不安全，具體不安全的因素可以列出來一百條。正在這時，董卓看到胡同裡一對夫妻趕著頭毛驢拉了一車西瓜在賣，便跑上前問：「我要當皇帝了，你這毛驢借我使使？」

西瓜夫妻不理他，西瓜妻對西瓜夫說：「昨天夢見了個棺材，今天還眞倒了楣，剛才碰見一個乞丐要西瓜，現在又碰到一個瘋子要毛驢。」

董卓急了：「我給你錢，五萬。」

西瓜夫說：「去去去！別耽擱我賣西瓜。」

董卓眞的從包裡取出五疊錢，西瓜夫妻半信半疑接過錢，一張一張對著日頭照，確信全是眞鈔後卸車賣驢。

董卓走遠後，西瓜夫妻異口同聲說：「眞是個瘋子！」然後西瓜夫問西瓜妻：「妳昨兒個夢見的棺材是黑的還是白的？」

西瓜妻：「白的，怎麼啦？」

西瓜夫一拍大腿：「那就對了，白棺材不正是白財？」

高興之餘看著沒有驢的西瓜車發愁，最後兩人一合計開始吆喝：「又大又圓又砂又甜的大西瓜！錢多錢少你看著給啊！」

一老太太聽了半信半疑，從口袋裡摸出一個銅板：「我眞的可以抱兩個嗎？」

西瓜夫說「OK！」老太太懷裡抱著兩個大西瓜，口裡嘟噥：「眞是兩個瘋子！」

再說董卓得了毛驢，和五十輛豪華轎車走在路上，驢慢車快，只得等驢。走著走著，聽到一群小屁孩在唱：「千里草——何青青——十日卜——不得生——」董卓示意讓車隊停下來，並問李肅：「聽小屁孩們唱得挺悲切的，什麼意思？」

李肅：「他們在唱劉氏滅，董氏興。」

董卓聽了心裡高興。又行一段，毛驢叫著拒載。你想啊，以前毛驢用兩肩拉西瓜車時是滾動摩擦，充其量也就是百八十斤力，現在地球對董卓二百多斤的引力全壓在驢的腰上，驢哪裡受得了？老子不幹了！

董卓無法，只得棄了毛驢，上了李肅的車。

董卓問李肅：「這驢拒載什麼意思？」

李肅：「你是皇上了，你要坐眞龍寶座，牠一隻小毛驢哪裡受用得起？」

又行一段路，刮起了沙塵暴，董卓問李肅：「這是怎麼回事？」

李肅：「你要當皇帝了，必然要有紅光紫霧什麼的，以壯天威嘛。」

又行一段，到了城門口，董卓看到一算卦仙拿的布上有兩個「口」字，正待問，李肅下了車，吩咐司機也下車。

董卓問李肅：「什麼意思？什麼意思？」

李肅喝道：「什麼意思？要喀嚓你！黑客們！還不快動手？」

衆黑客一擁而上，董卓見勢不妙，扯開喉嚨大喊：「救命啊——殺人了——阿布快來呀——」

呂布果然聞聲趕到，卻猛拳直擊董卓咽喉：「去死吧你，狗日的！」

李肅把董卓的頭割了提在手中，呂布從懷中取出一紙展示給大夥看，「這就是皇上讓大夥暗殺董卓的絕密文件。」

衆人聽了都拍手稱快。這時，李肅看到有電視台在拍攝，走過來用手蓋住鏡頭：「Stop！停！停！播的時候把最後一段Cut了，太血腥，兒童不宜。」

Over後，衆人抄董卓的家分贓時，呂布第一個分得了貂蟬，呂布那個歡喜！貂蟬也激動地流下淚來。據推測，貂蟬的激動爲終於得到了日思夜想的大帥哥，流淚是爲失去了有董卓這個至高無上權力的靠山。

第 9 回

# 王允成為烈士

王允「通」的一聲重重地摔在城下，頓時七竅出血。

呂布用望遠鏡仔細看了，估計就是拉到三級甲等醫院也急救不過來，只得作罷。

按下呂布和貂蟬如何嘿咻不表，且說以李傕爲首的董卓死黨們聽說王允設計殺了董卓後，投靠無門，便在西涼散布謠言，說王允準備掃蕩這裡，不想死的請跟我們走！

哪個活人想死？於是李傕集了十萬人浩浩蕩蕩殺奔長安而去。走到半道，遇見了董卓女婿牛輔帶了五千人要爲丈人報仇，於是十．五萬人繼續進發。

王允聽說西涼大兵壓境，嚇死了，急忙和呂布商量。

呂布說：「水來土掩，兵來將擋，就他李傕率領的是烏合之衆，我派一個李肅就夠他們招架了。」

果然，李肅部殺得牛輔部潰不成軍。偷雞不成反倒蝕把米，牛輔氣炸了！有人給他獻計，如此這般一說，牛輔聽後連連點頭稱是。

到了半夜，牛輔偷襲李肅得手，李肅逃命回去見呂布：「大哥！我敗了，我都無臉見你了。」

呂布說：「是嗎？那我就成全你。」

呂布命人喀嚓了李肅。第二天，呂布親自帶兵，那牛輔哪裡還是對手？

晚上，牛輔和心腹胡赤兒商議：「呂布那小子可眞厲害，你也都看到了，照這樣打下去，仇不見得能報，咱們早晚都得戰死，不如收拾了金銀逃吧？」

胡赤兒說：「頂！」

逃到半路，胡赤兒把牛輔殺了，私吞了金銀，只把牛輔的頭獻給呂布，想裡外是人。呂布問：「請說出你背叛牛輔的理由。」

背叛還要理由？這呂布忒難搞。胡赤兒還未編出個頭緒，親隨搶答：「他是爲了錢而殺的牛輔，爲了立功而獻的頭。」

呂布聽了大怒：「這種人渣留著何用？」又命人喀嚓了胡赤兒。

李傕失去了牛輔，只得硬著頭皮自己打，打不過，只得躲到山裡和呂布周旋，N多天過去，呂布倒也拿李傕沒有辦法。

正在呂布抓耳撓腮之際，有探子來報，說李傕的大部人馬已經去攻打長安了，呂布只得也回師長安，到後才發現長安已經被圍成了個鐵桶。都說水往低處流，人往高處走，呂布部下看西涼兵得了勢，便紛紛轉投西涼兵。

呂布想起岳父大人王允還在城內，便帶兵殺開一條血路，一路大叫：「老丈人快跑！跑得慢了就玩完了！」

王允帶著漢獻帝登上城樓，看看城下黑壓壓的西涼兵，再看看自己的老胳膊老腿，想想也跑不了。反正是得死，不如留個爲國捐軀的美名，只聽得王允喊：「願與漢朝共存亡！漢獻帝萬歲！漢朝萬……」

估計王允的重力加速度學得不好，或是對城高估計不足，反正就是少喊一個「歲」字，「通」的一聲重重地摔在城下，頓時七竅出血。

呂布用望遠鏡仔細看了，估計就是拉到三級甲等醫院也急救不過來，只得作罷，抹了一把眼淚和鼻涕後投奔袁術而去。

話說曹操立了軍功發了家後，在各家媒體上廣發招聘啓事，包括車站、廁所、電線桿上，一時引來各路豪傑。曹操眼看自己的規模越來越大了，就給老家父母寫了封信（作者注：深山小村，無寬頻、無電話、無手機信號），一來是想向村裡亮騷一下自己混得不錯，二來確實想讓家人過來享享清福。

曹嵩接到信後在村裡顯擺之餘，賣了家中的田地、糧食、農具，牲畜、房產，再加上曹操平時腐敗寄回家的錢，還眞有不少。臨走那天，村裡有臉皮厚的非要沾光跟著曹操混，這樣子就有一百多號人。

話說路過徐州時，太守陶謙聽說後想巴結一下曹操，就把他們請到五星大酒店暴吃了一頓。

Over，陶謙說自己是曹操的超級粉絲，非要給曹操的家人買軟臥，曹的父母哪裡肯，陶謙一拍胸脯說：「我對朋友向來都是兩肋插刀。」當場取出了幾疊錢交給秘書，並交代月底按出差費報。

話說這秘書是見錢眼開之人，接了陶謙給的錢後哪心甘去買車票？再說了，據估計曹操家人這一百多號人也必然帶有不少錢，主意打定，藉口上廁所時給黑社會老大打了電話。接著，領著他們七拐八拐進了一條死胡同。

曹操的家人看著這黑燈瞎火的，不像火車站，正要問，從一門裡閃出來幾十個黑鞋、黑衣、黑墨鏡的黑社會，一陣血腥的殺戮後，從秘書手裡領完勞務費後揚長而去，從此，曹操家的一百多號人從這個地球上消失了。

再說曹操接到公安的通報後，首先是睜圓了小眼，然後是哭倒在地，後來是肺就差○．○○一％要氣炸，最後咬牙切齒要掃蕩徐州爲家人報仇。

當然了，倒楣的陶謙也知道曹操很生氣，以及後果的嚴重性，就給自己的哥們聯繫，商量對策。

九江太守邊讓聽說後帶了五千人來幫陶謙，被曹操的手下夏侯惇截殺。又有和陶謙很鐵，又救過曹操性命的陳宮找曹操說情，曹操不為所動。

陶謙眼看著徐州的老百姓就要被曹操殺戮，心說乾脆死了算了，當下就想一了百了。手下糜竺給他出主意：「我去北海郡請孔融，再找個和我一樣能說會道的人去青州請田楷，兩軍一到，曹操眼看打不過自然會退。」

第 10 回

# 劉備借兵救徐州

劉備酒醒之後，想起來自己一時衝動答應幫陶謙打曹操，後悔不已，自己才三千人，怎麼整啊？突然想到公孫瓚兵多將廣，如能借個三五千豈不很好？

話說這孔融生性機靈，愛賣乖得便宜，有一天，老爸端來一盤梨讓孔融兄弟幾個吃，孔融把幾個小的一一分給哥哥弟弟，把最大的一個分給老爸，老爸不解問：「爲什麼你自己沒有啊？」

孔融說：「我這叫尊老愛幼。」

老爸把大梨還給孔融，摸著孔融的頭說：「眞懂事，明天獎你一頓麥當勞。」

再說麋竺到北海郡時，黃巾餘黨管亥部衆幾萬人和孔融打得正熱鬧。麋竺很不好意地說明了來意，孔融一聽說：「靠！你也太沒眼色了！我還想搬救兵呢！」並當著麋竺的面給劉備打電話討救兵。

放下電話後，孔融接著數落麋竺：「我忙於和恐怖分子打仗衛國，你們眞閒的話，看看螞蟻上樹也行啊，非要玩這殺人遊戲。再說了，我與曹操無冤無仇，倒是你家陶謙的手下殺了人，都說欠債還錢，殺人償命，與我何干？你沒聽說過家事、國事、天下事，事事……」孔融想想扯遠了，就拐了個彎：「家事哪有國事大？要不這樣吧，我給曹操打個電話，儘量讓你們大事化小，小事化無。」

麋竺：「屁用沒有！」

孔融喝斥道：「大膽！敢和我說粗話？那你說怎麼辦？」

糜竺討了個沒趣，鬱悶！

不久，劉備帶了三千人馬前來救援，管亥見劉備人少並不在意。但管亥和劉備不在一個級別上，如果說劉備是九段的話，管亥充其量只是三四段，哪裡是劉備的對手？行家一出手便知有沒有，劉備軍直把管亥打得如大象踩了西瓜——稀哩嘩啦。

在慶功Party上，孔融作爲笑資說起了曹操和陶謙的破事，劉備可是行俠仗義之人，一聽大罵曹操：「冤有頭債有主！秘書殺了你家人，你找陶謙屁事？」

劉備有功，孔融聽了只得連連稱是，那糜竺何等IQ，連忙隨聲附和，並大肆添醋加油。劉備聽了一拍桌子，只震得盤碟紛紛落地。

劉備：「不好意思啊！我太過激了。」

孔融：「劉兄言重了，盤碟才值幾個錢？只是那鮑魚還沒吃幾口。」

劉備：「那這樣吧，鮑魚錢從我獎金裡扣。」

那糜竺見是個機會忙說：「都是我的錯，我賠，如果是各位肯出手相助的話。」

劉備接過話茬說：「我的意思是路見不平還一聲吼呢，更不用說爲朋友豈能見死不救？孔兄你說是吧？」

孔融心說：「我老師說過朋友是用來出賣的。我老師還說過沒有永遠的敵人，也沒有永遠的朋友，只有永遠的利益。我老師還說過……」孔融打斷思緒連忙說：「對！咱們得拉陶謙一把，明天就出兵！」

孔融說完後繼續心說：「劉備剛救了我，我當然不好意思不救陶謙。再說了，如果去救陶謙，還能賺回來一些勞務費。再說了，這養兵不就是為了打仗？人嘛，生來不就是為了製造矛盾和解決矛盾的？」

半夜，劉備酒醒之後，想起來自己一時衝動答應幫陶謙打曹操，後悔不已，曹操哪有管亥這般「蛋白質」好打？自己才三千人，怎麼整啊？輾轉反側，不能入眠，突然想到公孫瓚兵多將廣，如能借個三五千豈不很好，就給公孫瓚打電話。

公孫瓚哈欠連天：「正在做美夢呢，誰呀？」

劉備：「不好意思啊，公孫哥，我是小劉，曹操和陶謙的事你都聽說了吧？」

公孫瓚：「聽說了，怎麼了？」

劉備：「我想幫陶謙打曹操。」

公孫瓚：「你掃好你那門前雪就行了，管什麼人家的瓦上霜？不過，你願意打那打就打唄。」

劉備：「可是我只有三千人，還不夠塡曹操個牙縫。」

公孫瓚：「你腦子進水了？還是被驢踢了？還是被門擠了？你沒有那金鋼鑽，攬什麼瓷器活？」

劉備：「我不是還有大哥公孫瓚你嗎？」

公孫瓚：「切！你我和曹操無冤無仇，何必為人賣命呢？」

劉備：「都是小弟我酒後失言，你就借個三千五千吧？人不能沒有信用啊！」

公孫瓚想了想：「那就兩千吧，下不為例啊！」

劉備大喜：「那你再借我一人，趙雲，行不？」

公孫瓚：「你還得寸進尺了，OK吧。」

劉備連說：「Thank you，公孫哥！有空請你吃……」聽到公孫瓚已經掛了，心說：「掛就掛了，省一頓是一頓吧。」

那糜竺早給陶謙打了電話報了喜，陶謙說青州田楷那頭也答應幫一把。

再說孔融、田楷兩軍到徐州後，只是想嚇唬嚇唬曹操，哪敢眞和曹操打？誰又眞能打得過？便依山勢，離徐州大老遠就紮了寨，不敢輕舉妄動。劉備見他倆都在裝孫子，很看不慣，再說了，駐在山裡餐風宿露的，哪比得上駐在城裡有吃有喝有住的？於是打定主意自己帶軍先殺進徐州城再說。

曹操不太想讓劉備的軍和陶謙匯合，便派蝦將于禁攔阻。

第 11 回

# 曹操逃過一劫

曹軍和呂軍展開了一場肉搏戰。混戰之際，曹操看見呂布騎著馬過來抓他，心說這下完了，正想舉手投降說不玩了，那呂布已經到了跟前……

那陶謙在城上看得清楚，劉備和曹操的人眞刀眞槍在打，便開了城門把劉備的人馬放進城中。劉備這哥們把陶謙感動得眼淚涮涮直流，非要把徐州送給劉備。

劉備哪裡是乘人之危之人，便把眞實想法說與陶謙：「冤家宜解不宜結，我給曹操打個電話，他如果不同意再打不遲。」

陶謙心裡咯噔一下，心說：「難不成你是來混飯吃的？」但也別無他法。

話說曹操得悉劉備已經進得了徐州城，正在開軍事會議，秘書屁顛屁顛送來手機：「誰呀？」

劉備：「劉備，曹兄，好久不見了，別來無恙啊？什麼時候請你吃飯？」

曹操：「是劉老弟呀！我也是，這不一直都忙。」

劉備：「忙什麼？你不就是要替你家人報仇嗎？我也聽說了，關鍵是殺人的是陶謙的秘書而不是他，我也知道曹兄是通情達理之人，你要報仇就找那秘書報嘛！」

曹操一聽就來氣，打人別打臉，揭人你別揭我曹操的短嘛！那秘書躲了藏了閃了消失了，我哪裡找得著？

曹操正要發火，秘書給他使眼色，曹操壓下怒火說：「劉老弟的心我領了，我們再商量商量吧。」

放下電話，曹操問秘書原由，秘書說：「他劉備畢竟是局外人，咱們不可樹敵太多，不可給劉備打咱們的藉口。」

曹操連連點頭稱是。正在這時，有急電說曹操的老窩兗州、濮陽已經被呂布端了，曹操大驚，急命回師濮陽。半道上，曹操給劉備打了個電話：「小劉呀！看在你劉老弟的份上，我就不打陶謙了。」

劉備給陶謙報功，陶謙將信將疑，登上城樓一看，果然曹操的兵全不在了，心中大喜，不管打沒打仗，來的都是客，趕緊招呼孔融、田楷等人進城開Party慶祝。酒過三巡，陶謙喝高了，說劉備功勞最大，又要把徐州讓給劉備。

劉備心說：「靠！不必那麼感激我吧！我也就是說了一句話，這不是比那買彩票中了五百萬還五百萬？」

張飛急了，這便宜不佔白不佔，非要劉備答應，劉備心知肚明陶謙說的是酒話，便死命不肯。

第二天，陶謙酒醒之後，想起昨晚當著眾人面說要送劉備徐州的話後悔不已，給吧哪捨得，不給吧太沒面子，就給劉備打電話說：「劉老弟，你實在不答應的話，我就把小沛送給你，別不給我面子喔！」

劉備想想，不要白不要，小沛還不至於讓陶謙傾家蕩產，便答應了，把部隊駐在了小沛，讓趙雲捎話謝謝公孫瓚，並把公孫瓚借的兩千人馬讓趙雲帶走。孔融、田楷也領了陶謙的勞務費，拍拍屁股走人。

話說曹操到了濮陽城下後，正抓耳撓腮想破城之計時，忽聽來報說有個自稱田老闆的人要面見曹操。

田老闆說：「我是在城內做生意的，因爲呂布的苛捐雜稅太多，我們都不願受他的統治，呂布的兵都去打黎陽了，現在的濮陽城只是個空城而已。」

曹操明知道其中很可能有詐，但反正都是來打濮陽的，寧可信其有不可信其無，只是要多加小心而已。這晚，曹操帶兵偷襲濮陽城，等他進得了城中，大街上空無一人，知道中了計，暗叫不好，明叫：「撤！」但爲時已晚，只聽到處炮聲震耳欲聾，只見四處火光沖天，然後曹軍和呂軍展開了一場肉搏戰。

正在混戰之際，曹操看見呂布騎著馬過來抓他，心說這下完了，正想舉手投降說不玩了，那呂布已經到了跟前……然後居然從跟前走過去了。曹操都不敢相信自己的眼睛了，正暗自叫好險，看見呂布又折回來了，又暗叫不好。

呂布近了，問：「你，你……」

曹操心都提到嗓子眼了，正要說「我認輸，我投降」，只聽得呂布問：「喂！二楞子，你看見曹操了嗎？」

曹操心下一陣狂跳，看來一是因爲天黑，二來是呂布騎著馬視線高，三來自己變帥了……總而言之，呂布這哥們硬是沒認他出來。曹操來不及再分析下去，連忙胡亂指了一個騎黃馬的，捏著腔說：「就在那！」

呂布飛奔而去，曹操逃過一劫。

到了軍營後，曹操仰面大笑：「靠！眞是雕蟲小技！呂布，你想和我玩陰的，我得讓你瞧瞧我的厲害！」吩咐手下散布謠言，說曹操被火燒傷，到了軍中搶救無效身亡，並讓將士披麻戴孝。

話說這小道消息比那電視新聞跑馬燈跑得快多了，呂布得報，立即帶軍殺奔而來，誰知道正中了曹操精心設下的埋伏，呂布大敗。

從此以後，曹操和呂布誰也不敢輕舉妄動。

第 12 回

# 劉備首得根據地

曹操聽說後老大不高興：「他娘的！陶謙殺了我全家人，怎麼沒經過我同意，說死就死了呢？劉備這小子倒好，不動槍不動刀的就得了徐州城。」

再說陶謙這年六十三歲，忽然得了重病，有說是愛滋病，也有說是禽流感、新流感什麼的，更有甚者說是中了木馬病毒。都是小道消息，不足爲證，具體什麼病不得而知，反正是挺嚴重的。

陶謙想想自己這輩子結交的朋友，都眞些勢利鬼，除了劉備對自己稍好一點外再無他人，就派人把劉備叫到床前說：「床前明月光，疑是地上缸……」

劉備暗笑，心說：「陶謙看來眞是病得不輕，說話都糊塗了。」於是更正說：「應該是窗前明月光，疑是地上霜。」

陶謙：「看來我是病糊塗快不行了，想來想去還是你劉老弟對我最好，你給我一碗水，我得還你一缸水。既然我說過，那我就決定把徐州送給你，雖然當時說的是醉話，但現在是眞話。這麼大一個徐州城，生不帶來，死帶不去。」

劉備心說：「人之將死，其言也善。」口說：「我也沒有你想的那麼好，我只不過是給曹操打了個電話而已，怎麼能無功受祿呢？」

陶謙不管，自顧自叫來了公證處的公證員，口述遺囑，公證員記下後又念一遍，陶謙先行簽字畫押。

劉備想，當時是醉話，現在可是病話，哪裡肯要？陶謙可能過於激動，用手指心，兩眼圓睜，一陣抽搐。劉備那個感動啊，眼淚涮涮的，不得已也簽了字畫了押，只聽「吧嗒」一聲，陶謙閉上了眼。

曹操聽說後老大不高興：「他娘的！陶謙殺了我全家人，怎麼沒經過我同意，說死就死了呢？還有，這徐州城，我動用幾萬兵馬都沒打下，當初給你劉備面子，你小子倒好，不動槍不動刀的就得了徐州城。」

曹操當下就要把打徐州擺上議事日程。反對者說：「以前陶謙就不好打，現在的劉備更不好打，咱們不如改打黃巾餘黨，一是黃巾好打；二是黃巾劫掠百姓、官府的錢糧多，打勝了實惠多；三是皇帝高興，老百姓高興。」

曹操連連點頭稱是。果然，黃巾餘黨哪裡是曹操的對手？沒幾回合，便死的死，傷的傷，逃的逃，降的降，曹軍輕而易舉就奪來錢糧無數，並攻下了黃巾黨盤據的潁川、汝南等地。

話說這天，曹軍猛將典韋率軍追殺一群黃巾餘部到葛陂，忽然一轉眼，一群黃巾軍變成了一猛男。典韋以為眼花，擦了眼屎再看，還是一猛男。掐自己的胳膊，疼，狠掐，都掐出血了，更疼，再看，還只是一猛男。

典韋再摸額頭，手感約三十七度，沒發燒。拿出望遠鏡細看，是更近一點的猛男。戴上一〇〇度近視鏡，是更清一點的猛男。又拿出放大鏡看，從各方面觀察都比地球人大一圈，典韋心裡一驚，心跳加速，問：「你……你可是傳說中的外星人？你……你，你可是來擄掠地球人做試驗的？」

典韋正擔心外星人能否聽懂地球的語言，那猛男發話了：「我不是外星人——星人——人——也不做什麼鳥試驗——試驗——驗——」那聲音如洪鐘，又如天籟之音，在山谷中迴盪。

典韋更驚：「你……你……你……你不是外星人，爲什麼後話老是重複？」

猛男哈哈大笑：「那你爲什麼前語老是重複？我只是說話比你聲音大，所以在山谷裡迴盪，這叫回音，你小子也未免太沒常識了吧？」

典韋有點不好意思：「我只是有點膽怯而已嘛。」

接著問道：「那你是魔術師？我聽說美國的大衛最多也就是把一個人變不見，你怎麼一下子把那麼多人變沒了？」

那猛男也把音量調到和典韋一般高說：「我也不是魔術師，只是路過，見他們不像好人就逮了去。」

典韋吃驚地問：「Only one？」

猛男笑笑，典韋雲裡霧裡，也不知道猛男聽得懂聽不懂，據典韋估計，九十％的可能性是聽懂了，對猛男連豎大拇指，又問：「在哪工作呀？」

那猛男不好意思起來，「我是山裡人，在家種地，沒有工作。」

典韋向猛男推薦說：「以你的能力不如跟著我們曹總幹，工資肯定低不了。」

猛男面露喜色：「眞的嗎？」

隨後，典韋把猛男引見給曹操，曹操將信將疑，當場讓猛男面試了一把，果然很滿意，工資果然定得不低，還封爲都尉。

那猛男樂壞了，當場跳了一段鍋莊舞，末了說：「我們村有好幾百號和我這樣的，你還要嗎？」

曹操聽了也高興：「照單全收！」

那猛男正要回村報喜，典韋拉住了猛男，一拍腦門：「咳！只顧著說話了，我還沒問你貴姓呢？」

猛男說：「我的姓不貴，我姓許，名褚。」接著也一拍腦門：「咳！只顧說話了，我還得Thank you你呢！」

第 13 回

# 呂布敗逃

呂布和許褚打了二十個回合不見勝負，曹操眼見打不過，便又派典韋等五人助戰。那呂布縱有三頭六臂，哪抵得上六頭十二臂？眼見打不過扭頭就走。

有了許褚這等牛人，曹操底氣強多了，就又把攻打兗州提上議事日程。

有了上次打兗州的經歷，誰都知道難打，都不作聲，只有許褚說：「兗州是個什麼東東？我手到擒來。」

衆人都笑，有人說：「兗州不是個東東，是座城。」

許褚聽明白了，但還是說：「我來打！給你當見面禮！」

曹操心下高興，想成功，首先是相信成功嘛，便同意許褚帶人去打。

這天，曹操搓麻將，正擔心兗州的戰事而心神不寧，秘書送來手機，說是許褚打來的，曹操忙問：「戰況如何？」

許褚只說了兩個字：「拿下！」

曹操聽了連說：「好！好小子！好你個許褚小子！」放了電話，向麻友們宣布：「今天我請客！」麻友們高興得嗷嗷直叫。

話說一鼓作氣，再而衰，三而竭，拿下了兗州，就有人提議一鼓作氣拿下濮陽。曹操就召開軍事會議，舉手表決，最終多數服從少數。大多數人都認爲不能貪功躁進，但曹操見許褚手舉得堅決，就拍板通過了。

這天，呂布聽得城下有人叫陣，登城一看，原來還是曹操。呂布大怒：「好你個小曹！你打又打不過，非要這樣折騰，耽誤我睡覺？」

曹操低聲下氣地說：「呂哥！別這樣嘛，求求你再玩一回好不好？」

呂布不耐煩了：「下不爲例啊！快點打完，我好繼續睡覺。」

呂布便和許褚在城下擺開了陣勢。呂布還是厲害，和許褚打了二十個回合不見勝負，曹操眼見打不過，便又派典韋等五人助戰。那呂布縱有三頭六臂，哪抵得上六頭十二臂？眼見打不過扭頭就走。在城上觀戰的田老闆，也就是上次打濮陽給曹操使壞的那個，急忙讓人拽起吊橋。

呂布看不懂：「靠！你是頭被驢踢了，還是被門擠了？你倒是讓我過去呀！」

田老闆呵呵一笑說：「水往低處流，人往高處走，你現如今失了勢，曹操得了勢，我不跟你玩了，我要跟曹操玩。」

呂布乾著急，沒辦法，只得領軍跑路去定陶，於是，曹操又得了濮陽。接著，曹操氣又鼓了，一把拿下定陶。

呂布失了定陶，無處藏身，便決定投奔袁紹。有手下說別急，先探探袁紹的口風再說。於是，呂布找了一家還算便宜的網吧，百度了一下「袁紹」，然後連結到一個軍事論壇，壇裡對近來自己和曹操爭鬥的回應很多，呂布一一打看，有頂呂布是英雄的，也有砸板磚說呂布是狗熊的。再看袁紹的帖，居然罵自己是狗熊，嚴重頂曹操打自己，並聲稱要派五萬精兵支持曹操。靠！眞是牆倒衆人推！

倒是有個有關劉備的帖子引起了呂布的注意，說是劉備沒動刀槍就得了徐州，切！好事怎麼全讓劉備那小子趕上了？

再搜，沒有再好的去處了，那就劉備了，便加了劉備的QQ問：「小劉，我現在破產了，能不能跟著你幹？」

劉備回了兩個笑臉，然後又說：「呂兄可是個天下難得的人才，請還怕請不來呢，當然歡迎了。」

呂布出得網吧，涼風一吹才發現自己一頭的冷汗，用手一抹，竟有臭腳之味。

再說劉備下了機和手下商量說：「當初呂布攻打曹操的兗州，客觀上說解了咱們徐州的危機，這次他有難，咱們不幫誰幫？」

麋竺跳出來反對：「呂布可是條毒蛇，你收養了，可得小心他反咬你一口。」

劉備不樂意了：「呂布雖然不是超強帥哥，但絕不是青蛙，看長相也不像壞人，反對無效。」

眾人見胳膊扭不過大腿，也就不再堅持，只是張飛說：「大哥的心也忒好了，現在的善良就等於傻蛋。」

話說那呂布果然大大的狡猾，到了徐州後沒說三兩句話就問：「徐州的牌印（掌管的證明）長得什麼樣，拿出來讓我見識見識？」

劉備就取了讓呂布看，那呂布看了愛不釋手，還非要拿回家仔細研究研究。張飛話直，罵道：「靠！一個牌印你沒見過？有什麼鳥可研究的？你又不是科學家什麼的，可別把我家的牌印研究沒了！」

呂布惱羞成怒，回罵道：「喂！鬍鬚張，你可別以小人之心度君子之腹，我可不是那種人。」

劉備：「我也知道呂哥是個人材，如果呂哥眞有此心的話，不如咱們合夥幹？」

張飛：「合個鳥！可別三兩天把徐州搞丟了！你也別要你那小九九算計我劉哥，我和你單挑三百回合如何？」

呂布見無法繼續騙下去只得作罷。到了半夜，呂布打電話激將劉備：「我現在無家可歸，是你劉老弟心地善良收留了我，可是你那鬍鬚張弟弟恐怕不能容留我，我還是去睡馬路得了！」

劉備面子掛不住，但又考慮到張飛畢竟是自家兄弟，手心手背劉備知道哪頭近，只得說：「都怪我張弟心眼太小，對你多有冒犯，要不這樣子吧，如果你不嫌棄的話，我把徐州郊區的小沛送給你暫住如何？」

呂布看牌印實在沒戲，只得謝了劉備，等待時機吧。

第 14 回

# 天上掉下個劉皇帝

皇帝到洛陽一看，「哇」地一聲就哭了：「嗚嗚嗚，他娘的，這張濟真是個江湖大騙子，太能忽悠人了，你看這要住沒房，要吃沒糧，還不如投奔曹操呢！嗚嗚嗚。」

自從王允設連環計滅了董卓後，漢獻帝本來想這回天下該太平了，誰知道董卓的手下李傕和敦汜又控制了政權。漢獻帝感覺很不爽，便不自覺嘆了口氣，楊彪聽了便問：「靠！你要美眉有美眉，要錢有錢，要權有權，你還鬱悶，那俺這平頭老百姓還不鬱悶死？」

漢獻帝：「其實你哪懂我的苦？我爺爺時可是一〇〇%控制政權，到了我老爸手裡被十個宦官股份了十%，但還屬於控股，到了我手了，我和董卓各控五十%。現在倒好，我、李傕和敦汜控制政權，我只剩下三三．三三三三三三三三（不說了，後邊的三說到明天後天也說不完）%的政權，眼看越來越少，我能不鬱悶？」

楊彪：「拿破崙．希爾他老人家不是說得樂觀地去看待問題嗎？你應該這樣子想：上帝爲你關上一扇門，必然會爲你打開一扇窗。」

漢獻帝：「靠！他把我的門關上，給我開扇窗有個屁用！這麼高的樓，他不是逼我跳樓自殺嗎？再說了，他給我關了兩扇門，只開了一扇窗，他上帝也太不講道理了吧？他上帝也太狗拿耗子了吧？」

楊彪：「我爲你打開這兩扇門如何？」

漢獻帝憂慮：「他倆肯轉讓嗎？那得多少資金往裡投呢？」

楊彪：「不用資金，我只需一個反間計，你只需坐山觀虎鬥就OK了。」

漢獻帝將信將疑：「管用嗎？有多大的把握？」

楊彪：「成功首先是相信成功，有七九．九九九九%的把握吧！」

漢獻帝似乎看到了黎明：「你儘管放手好好幹，即使失敗了也沒關係，只當交了次學費，失敗是成功的老媽嘛！對了，你要多少勞務費？我也不能讓你白幹。」

楊彪：「那多不好意思呢？你就按市場一般價格吧，我也不想給你多要。」

漢獻帝感動得眼淚涮涮的，「你為什麼對我這麼好呢？」

楊彪：「不用磕頭，噢——還沒磕呢，那你也不用客氣了。」

楊彪一回到家衝著老婆喊：「菜！上菜！上好菜！」

楊老婆不解：「今天又看見了一個美眉？要不就是今天發獎金了？」楊老婆一拍大腿：「肯定是你買的彩票中了？呵呵！中了多少？」

楊彪故弄玄虛：「不是彩票的事，我今天可是接了個大活！」

楊老婆：「什麼大活？發射神州八號？還是發射嫦娥奔月號？不管發什麼號，軍功章可是有你的一半，也有我的一半。」

楊彪：「這下妳可猜對了，還真得有妳的一半軍功呢。」然後楊彪如此這般對著楊老婆耳語。

楊老婆聽後說：「就這餿主意呀？那我也太不是東西了，那軍功章各一半不行，我得有一多半！」

楊彪：「肉不全爛在咱鍋裡？什麼妳呀我的？」

過了幾天，楊老婆邀請郭汜的老婆去美容，郭老婆不願去：「孩子都這麼大了，自己也一大把年紀了，又不準備泡牛郎什麼的，還不如在家搓麻將呢。」

楊老婆哪裡肯放過，小聲給郭老婆說：「妳沒見李傕的老婆天天美容，打扮得跟狐狸精似的，妳家老公整天往李傕家跑？」

郭老婆心裡咯噔一下，「好你個老不死的！怪不得老說加班，原來是和李老婆加班，我非拆散了你們這對野鴛鴦不可！」

這天，郭汜接了個電話就披上西裝要往外走，郭老婆問：「誰的電話？」

郭汜：「李傕家有個Party。」

郭老婆：「那我也去！」

郭汜：「妳去不方便。」

郭老婆心中起疑：「我去不方便？莫不是你要和李老婆幽會吧？」

郭汜無端被冤枉，罵了郭老婆一句：「眞是臭三八，不可理喻！」

郭老婆：「我不可理喻？你才不可理喻呢！就你那蛋白質腦子，人家李傕把你當狗肉賣了，你還問多少錢一斤呢。」然後，兩人從對罵到對打。

郭汜見實在沒了心情，便給李傕打電話：「老李，不好意思啊，家裡有點急事不能去了，你們吃吧！」

李傕：「呵呵！不會是又和嫂子吵架了吧？女人嘛，多哄哄。」

被李傕一猜就中，郭汜不語放了電話。過了會兒，電話又響，郭汜生氣不接，郭老婆氣不過，接了。是李傕打來的：「嫂子！妳也不用忙著做飯了，我馬上讓我老婆送去，都是我老婆的手藝，歡迎你倆批評指導！」

過了一會兒有人敲門，果然是李老婆，果然妖艷，郭老婆謝過李老婆之後每樣菜都嘗了一下，果然十分可口，比那五星級大酒店差不到哪去。

郭老婆正要端出去，轉念又想，這可不能讓老公吃上癮了，他一吃上癮，就不愛吃自己做的了，就更愛往李傕家跑了，就更愛和李老婆說上話了，就……郭老婆不願多想，不敢多想，老公的這點念想得把它扼殺在搖籃裡。於是，郭老婆把毒耗子的藥全拿出來放菜裡拌了，方才端了出去。

郭汜早餓得不行了，拿起筷子就要開吃，郭老婆說：「慢！他李傕今天爲什麼對咱這麼好呢？該不會是害咱們的吧？先讓咱家狗吃了試試。」

郭汜沒好氣地說：「妳發什麼神經呀？是腦子進水了，還是被驢踢了，還是被門擠了……」郭汜話未說完，狗已經四腿一蹬命喪黃泉。

郭汜大吃一驚，然後是號啕大哭。郭老婆也一驚，嫁郭汜以來還從未見他這麼痛哭過，忙過來安慰：「乖乖不哭！知道他李傕沒安好心，咱以後不去就是了。」

郭汜淚珠漣漣：「妳知道我這藏獒花多少錢買的嗎？」

郭老婆知道把事鬧大了，本來只是想讓狗難受一陣，誰知道這藥耗子吃了活蹦亂跳，倒對狗是特效。「你命重要，還是狗命重要？」

郭汜想想也是，便止住了淚。

又有一次，郭汜回到家中肚子痛，郭老婆問：「是不是吃了不乾淨的東東？」

郭汜：「沒有啊，我只吃了工作餐。」

郭老婆：「有李傕嗎？」

郭汜：「怎麼了？工作餐還是李傕替我領的呢。」

郭老婆大叫一聲：「不好！準是你和李傕的老婆好，被李傕發現了，李傕不願戴這綠帽子，想把你害了。」

郭汜覺得老婆說得太離譜：「這都哪跟哪呀？」

郭老婆：「你喜歡漂亮美眉，還是喜歡恐龍？」

郭汜：「靠！這問題和一加一等於二有什麼區別？」

郭老婆：「李老婆和你老婆誰漂亮？」

原來是個套，郭汜不願回答，用喊肚子痛做擋箭牌。郭老婆聽他叫得跟殺豬似的，就把他送到醫院。診斷完，郭老婆私下裡問醫生：「什麼病？」

醫生：「可能是他中午吃的扁豆有點夾生，他免疫力又差，所以有點食物中毒，不過不嚴重。」

郭老婆給醫生塞了錢，讓醫生在診斷書上只說中毒，別提食物，更別提扁豆。

郭汜看到自己的診斷書上赫然寫的是中毒後，便對李傕要害他深信不疑。

郭汜想，眞是知人知面不知心，沒想到天天見面的當年出生入死的好哥們竟要害自己，還用這種下三濫的手段，也太不是男人了。靠，你來暗的，我來明的，隨即便糾集了自己的人馬和李傕打起了群架。

李傕見郭汜無緣無故找茬也不示弱，糾集自己的人馬來對打，從此以後的五十多天裡，兩人就天天打。吸大煙能吸上癮，搓麻將能搓上癮，這打起架來也能打上癮，要是哪天誰加班了、感冒了、泡妞忘打了，便死活睡不著覺，給對方打個電話，半夜再起來補一仗。

這天，李傕想玩得大一點，便劫持了皇帝、皇后。郭汜一看也來瘋，這套誰不會啊，便把六十多位大臣劫持了。他們兩個玩得高興，手下卻不高興了，靠！你們玩得開心，我們卻得眞刀眞槍幹，我們是在玩命。於是，李傕的手下楊奉想滅了李傕，但事到臨頭被李傕知道，楊奉看看玩不過，嚇跑了。

眼看國家就要被李傕、郭汜玩完，張濟老大哥發話了：「好了好了！玩也玩了，癮也過了，到此爲止，誰還想玩，我陪你們玩！」

李傕、郭汜看看都玩不過張濟，只好歸還了皇帝、皇后、大臣，並口上頭答應痛改前非、重新做人，絕不再犯打架癮。張濟知道癮這東東只要一犯了很難戒，這倆傢伙早晚還要打，便建議皇帝遷都洛陽。漢獻帝想想也同意了，再不走肯定被這兩個瘋子玩死。

事不宜遲，說走就走，誰知走到半道，忽聽身後殺聲震天，皇帝知道肯定是誰的架癮又犯了，近了再仔細看，是郭汜的人馬，只得吩咐撒開腳丫子快跑，但哪裡跑得過郭汜？

正在這千鈞一髮之際，楊奉帶著戒架所（吸毒有戒毒所，打架當然有戒架所）的人把郭汜抓了去。這時候，皇帝的親戚董承也屁顛屁顛來了，還吹噓什麼打仗親兄弟，上陣父子兵。

皇帝暗比中指：靠！人家楊奉都帶人解了圍，你除了會吹牛逼，還會點什麼把式？拿出來亮亮騷！

走著走著，楊奉說：「皇帝老兒，咱就這麼一路走下去，是不是太單調了？不如換乘牛車，路也趕了，遊也旅了，鮮也嘗了？」

皇帝一聽樂了：「小楊的主意不錯，有創意，就這麼著。」

本來是坐火箭幾分鐘、坐飛機幾十分鐘、坐火車幾小時、騎馬幾天、步行幾十天的路程，這一路旅遊、嘗鮮，走了七個月才到了洛陽。

誰知道這皇帝到洛陽一看，「哇」的一聲就哭了：「嗚嗚嗚，他娘的，這張濟眞是個江湖大騙子，太能忽悠人了，你看這要住沒房，要吃沒糧，還不如投奔曹操呢！嗚嗚嗚。」

有人說：「投奔曹操，你的權力不又要被股份掉五十％？」

皇帝說：「靠！命重要還是權力重要？生存權是人類的第一要素，沒了生命，談權力是瞎扯淡，留得青山在還怕沒柴燒？話又說回來，即使被曹操股份掉五十％總比原先的三三．三三三三三三三（不說了，後邊的就四捨五入了）％多吧？你們是皇帝還我是皇帝？」

衆人只得如實說：「我們不是皇帝，你是皇帝。」

皇帝：「那就這麼辦了，給小曹打電話吧！」

曹操聽了電話，心中暗喜：「靠！誰說天上不會掉餡餅？這不就從天上掉下來個劉皇帝？」

第 15 回

# 曹操驅虎吞狼

呂布趁劉備帶兵不在，便出兵占了徐州。張飛眼看打不過，只得丟下劉備的家人棄城而逃，見了劉備只說曹豹和呂布裡應外合占了徐州，隻字不提喝酒打人的事。

曹操得了天子後勢力越來越強大，不久發展到擁有二十多萬兵力，勢力強了就想得天下。要想得天下，就得先拔了眼前徐州這顆牙，萬一劉備和呂布聯手來打許昌，那可是禍患無窮。

許褚聽了說：「我願帶五萬精兵去殺了劉備和呂布。」

有謀士獻計說：「許將軍勇氣可嘉，但不如用二虎競食之計，先封劉備為徐州牧，然後下個紅頭文件讓劉備殺了呂布。如果成功則少一個呂布，如果失敗，呂布也會殺了劉備，對於咱們來說是兩全其美，不是省了咱們的人力物力？咱們只管沒事偷著樂就行了！」

這辦法妙，曹操立即吩咐照計行事。

話說劉備接到任命和紅頭文件後，心裡又喜又憂，喜的是升了官，憂的是呂布這條看家狗養了這麼長時間，還沒派上用場就要喀嚓了。

張飛：「靠！這有什麼難的？殺了呂布不正好一舉兩得，一可以立功，二可以除掉一個造糞機？」

正說話間，呂布不明就裡進來向劉備祝賀。張飛見了，便拿著刀走上前。

呂布：「新買的？多少錢？」

張飛：「還多少錢呢！我要喀嚓你！」

呂布大吃一驚：「Why？」

張飛：「上級給劉哥發了紅頭文件，命令要喀嚓你，你敢抗命不成？」

劉備只得把那紅頭文件拿出來給呂布看。呂布看完「撲通」一聲跪在劉備面前，眼淚汪汪的，「我知錯了，以後再也不敢了，我要痛改前非，重新做人，我……」

呂布想了想問道：「對了，我犯的啥罪啊？」

劉備：「欲加之罪何患無辭？曹操讓我隨便給你安個罪名，但我會是那種不仁不義的人嗎？你就放心吧！我就是不當這官回家種地賣紅薯也不會殺你。」

呂布聽了感動得眼淚涮涮的。

曹操在家看電視、報紙、上網查、搜羅小道消息了好幾天，也不見劉備殺呂布的任何蛛絲馬跡，正鬱悶，又有謀士給他出了一個驅虎吞狼之計。

曹操：「靠！這計到底管用不管用？」

謀士：「實踐是檢驗眞理的唯一標準，不試怎麼知道？」

曹操別無他法，只得依計而行。

曹操派人在南郡放出謠言，說這幾天劉備要過來侵略南郡。這謠言傳得可比那無線電都快，你如果最後再加個「千萬千萬別和別人說」，那麼聽者就會傳給他認識和不認識的人，末了肯定不會忘了你的那句「千萬千萬別和別人說」。

很快，劉備侵略事件就鬧得滿郡風雨，這風雨傳到了袁術耳朵裡，哪敢不信，寧信其有不信其無，再說了，無風哪來的浪？無雲哪來的雨？袁術立即就引兵去打劉備。劉備這哥們也不是打不還手、罵不還口之人，水來土掩，兵來將擋，也領兵去打袁術，家裡只留下張飛看家。

話說這家裡沒老虎，張飛敢稱王，平時張飛最看不得狗日的呂布了，這次劉大哥不在家，便藉著酒勁打了呂布的老丈人曹豹。曹豹哪裡受得了如此的羞辱？便給呂布打小報告。

話說這呂布正想著趁劉備帶兵不在家占了徐州，卻苦於師出無名，聽了電話大叫一聲「天賜良機」便出兵打徐州。

張飛眼看打不過，只得丟下劉備的家人棄城而逃，見了劉備只說曹豹和呂布裡應外合占了徐州，隻字不提喝酒打人的事。

劉備見張飛嘮叨個沒完，問：「我不問過程，只問結果。」

張飛只得硬著頭皮說：「徐州丟了，呂布占了。」

劉備暈倒。關羽問：「那嫂子及家人呢？」

張飛臉紅得比關羽還紅：「全在裡面。」

劉備和關羽聽了估計凶多吉少，關羽惱怒：「靠！那你還有臉活在世上？不如死了算了。」

張飛一聽也是，劉備臨走之前特別交代過自己，不能多喝酒，不能打人，小心守城，靠！自己確實不爭氣，條條俱犯，關羽說的是，便要抽劍自殺。

張飛本來只是想做做樣子，心說劉備和關羽肯定至少有一個會上前阻攔，誰知道兩人看都不看。張飛一看沒人配合，這戲沒法演，只得用手高舉著劍大聲說：「兄弟如手足，妻子如衣服，衣服破了能補，手腳斷了就沒轍了！」

劉備和關羽還不理他，張飛氣呼呼地又說：「咱們在桃園結義時，不是說過不求同年同月同日生，但求同年同月同日死，我捨不得兩位大哥陪我一起死。」

張飛眼見劉備和關羽仍不理他，只得說：「求求兩位大哥饒我一次吧，再說了，徐州本來就不是咱們的，還有，劉哥對呂布有恩，呂布那廝也不一定會殺嫂子及家人。」劉備、關羽二人見再埋怨張飛也沒有什麼好處，只得商議著逃向廣陵再說。

話說袁術得知呂布得了徐州後，就跟呂布聯繫要聯合起來打劉備，打贏了給好處費：糧五萬斛、馬五百匹、金銀一萬兩、彩緞一千匹。重獎之下必有呂布，呂布一聽滿口答應，但考慮到劉備對自己有恩，就派人領兵眼看著劉備從盱眙逃向廣陵後，到盱眙虛晃一槍後到袁術那說劉備被打跑了，要領好處費。

那袁術也不蛋白質，又改口說必須拿劉備的人頭來換好處費。呂布就更不蛋白質了，知道即使拿了劉備的人頭，袁術也會百般抵賴，算了，不和小人一般見識。然後又想到劉備這一大家子每天都得吃自己的飯，又不能爲自己幹活，就通知劉備過來取家人。

劉備得知家人安然無恙，不管怎麼說還是得Thank you呂布，於是呂布駐進了以前劉備駐的徐州城，劉備駐進了呂布以前駐的小縣小沛，呂布送過去米麵布匹關照劉備，自此，呂、劉兩家倒也相安無事。

第 16 回

# Boss 是怎樣煉成的

正在這千鈞一髮之際，那一千人跪了下來，老半天，隨從們看沒有什麼危險了，都驚嘆孫策的勇氣，口中紛紛喊著：「孫策萬歲！」

話說孫堅被劉表射殺之後，他的兒子孫策北大畢業，考慮到大樹底下好乘涼，就投奔了袁術，雖然也多有建功，但跟著人家拼命就永遠不可能立業，越想越鬱悶，越想越傷心，大男人居然嗚嗚嗚大哭起來。

以前曾跟著孫堅幹的朱治聽到了反而大笑：「靠！又失戀了？天涯何處無美眉？男人有淚哪能輕彈？」

孫策辯解：「哪是失戀？我是想起以前老爸是那樣的風光，對比自己是這樣的膿包，我也老大不小了，不能立業談何成家？」

朱治又笑：「靠！你老爸不是給你留有幾千人馬？」

孫策疑惑，歪著頭問：「你又在瞎咧咧？哪有？」

朱治：「你老爸是不是給你留個玉璽？抵押給袁術不就有了？」

孫策一拍腦門，破涕爲笑：「靠！我怎麼沒想起來呢？」

再說袁術見了國寶玉璽，登時兩眼放光，聽孫策說要抵押換兵，連聲說好。兵這東西只要有錢，編個莫須有的理由，再發張「徵兵啓事」，要多少有多少，但玉璽只有這一個，不是有錢想買就能買得來的。

經過討價還價，換得了三千個兵、五百匹馬。孫策也可以當土皇帝了，很高興。

但人的慾望是會膨脹的，有了三千兵就想得到更多的兵，孫策便和投靠他的周瑜商議：「聽說曲阿的劉繇兵多馬壯，不如就搶他吧？」

兩人就吃劉繇方案的可行性經過仔細研究、科學論證，最後得出結論：OK！就是劉繇你了！

第一仗剛打起來沒一會兒，劉繇的張英部隊就大亂，仔細一打聽，原來張英後院失火了（不要誤解，和張太太無關），張英只得敗退，孫策乘勢追殺，張英看實在打不過，只得逃往深山裡去。

這時候跑過來兩個人，一個說叫蔣欽，一個說叫周泰，原來這兩人都想投靠孫策，便帶了三百多人放火燒了張英的後院做爲見面禮，孫策聽了心裡直樂。戰後算總帳，共得降兵四千多人，糧食、兵器若干，這下孫策大發了，樂得直說：「這肯定是神保佑我的，大夥說說是什麼神。」

於是衆說紛紜，有說是釋迦牟尼，有說是耶穌，也有說財神的，更有甚者說是毛鬼神、二郎神、神雕俠侶的，靠！都哪跟哪呀？

孫策：「遠的不說了，就找個最近的神意思意思吧。」

有人說：「對面嶺上有個光武廟。」

又有人說：「不能去，嶺那邊就是劉繇的老窩，可別中了他的埋伏！」

孫策大笑：「有這麼多神保佑我，我還怕他一個劉繇嗎？」不聽勸告，執意上嶺參拜光武廟。

劉繇派出的間諜探得孫策只帶了十二個人在光武廟裡，緊急報告劉繇。太史慈聽了自告奮勇：「眞是天上掉下來個孫策，我去把這個功給建了。」

劉繇反對：「靠！你腦子短路，不好使了？孫策小奸巨猾，你就是用腳丫子也能猜得出來他用的是誘敵……不對，是誘咱深入之計。」

太史慈說：「不是膽小鬼，支持我的請舉手。」

環顧左右只有一個人支持，所有人都哈哈大笑。

一個就一個吧，太史慈硬是要打。

再說孫策拜完光武廟正要走，只聽嶺上太史慈突然竄出，喝道：「此山是我開，此樹是我栽……」接下來的，太史慈一時想不起來，小聲問同行那個人：「下面是怎麼說呀？」

同行者想了半天說：「好像是跟錢有關。」

太史慈再喝：「你要走的話給點錢！」

孫策們聽了淚都笑出來了，大牙都快笑掉了，肚子也笑疼了，太史慈鬧了個臉紅。孫策問：「你是在和我說話嗎？可我不認識你，你想要多少錢？」

太史慈想了老半天說：「對了，我不是要錢來的，我是要你人頭來的。」

孫策聽了一驚，馬上又鎮定下來，一臉疑惑：「就你們兩個人嗎？你們打得過我們十三個人嗎？」

太史慈想想也是，便說：「以多打少算什麼英雄！咱們就一對一，不過，我還有個條件。」

孫策問：「什麼條件？」

太史慈：「你打贏了我投降，我打贏了，你把人頭給我，我好帶回去立功。」

孫策心想：這人文化程度不高，還蠻可愛呢。孫策也沒有點頭，也沒有搖頭，直接走上前去和他單練起來。

練了一陣，太史慈突然喊：「Stop！停！停！停！我，我打不過你，我投降。」

孫策跟隨的那十二人一看孫策贏了，都為孫策鼓掌，高喊：「耶！」

孫策兩手一攤說：「那你跟我走吧！」

太史慈說：「你們站在這裡別動，中午十二點前我再帶一千人投降你如何？」

孫策還沒來得及反應，太史慈已經飛身上馬絕塵而去。太史慈的那個同行者見了也連忙上馬，喊著：「等等我啊！」

孫策等人目瞪口呆，有的說：「靠！這人也太賴皮了！」

有的說：「他肯定不會回來了。」

又有人說：「老大！他說的一千人，估計是搬救兵過來打咱們的吧？咱們還是抓緊時間快跑吧！」

孫策說：「是人都得講誠信，再說了，我看以他的IQ也不像撒謊的樣。」

十二名隨從看勸說無效只得說：「老大！要等你等吧，我們可是要跑了。」看孫策還無動於衷，隨從們真的撒開腳丫子跑了，跑了很遠回頭看，孫策可能是站累了，坐在原地等。眾人商定：如果太史慈的一千人沒有把孫策的頭喀嚓了，咱們就拐回去；如果孫策的頭果真被喀嚓了，咱們再跑也不遲。於是，十二名隨遠遠遞看著等著。

十二點不到，果然遠處約有一千人黑壓壓地往孫策那邊趕去，隨從們提心吊膽地看。越來越近，一百米，五十米，二十米，看到孫策站了起來，是不是也要跑？十米，五米，看來跑是來不及了。

正在這千鈞一髮之際，那一千人跪了下來，口中還像還說著什麼，那孫策像發表演講似地也在說著什麼，老半天，隨從們看沒有什麼危險了，都驚嘆孫策的勇氣，口中紛紛喊著：「孫策萬歲！」又撒開腳丫子跑向孫策。

如此這般，投奔的投奔，投降的投降，孫策的兵力加起來居然超過了一萬人。因爲孫策的政策得民心，得民心者得天下，有了老百姓的支持，時間不久，整個江南都在孫策的統治之下了。

孫策看到江山初定，便和袁術商量贖回玉璽的事。

那袁術本來就想自當皇帝，哪裡願給，但又怕打不過孫策而不敢不給，就這麼一直拖著不說給，也不說不給。

第 17 回

# 呂布神箭救劉備

劉備聽了這一席話，兩腿早嚇得瑟瑟發抖，但也沒有更好的法子，只得同意。隨著一陣尖叫和噓聲，只聽「嗖」的一聲，劉備應聲倒地。

不管怎麼說，擴大勢力範圍才是硬道理，袁術鬱悶啊！孫策打不過，呂布打不打，曹操更打不過，商量來商量去，看來只能打劉備了，劉備只有一個小沛縣。

話又說回來，如果呂布幫劉備的話也並不好打，看來只能先穩住呂布再說。袁術主意已定，想起上次和呂布合夥打劉備，承諾給呂布的好處還沒有兌現，就派人送給呂布一大批糧食。

糧食是生存之本，呂布見糧眼開，採用魯迅的拿來主義，不對，是送來主義，照單全收。袁術看呂布收了好處，就派紀靈去打劉備。

再說劉備早上醒來圍著城牆跑步晨練，聽得城外烏泱烏泱的人聲，上到城上一看，媽呀！嚇得差點掉下城去，城外不知哪來的兵把縣城圍了個水洩不通！

劉備揉了揉眼再看，沒看花眼，就好奇地問：「哥們！你們這是幹嘛啊？是來軍事演習的吧？」

有兵回答說：「我們是袁術的人，不是軍事演習，是眞槍眞刀來捉劉備的。」

劉備聽了分析一下，看來這群兵並不認得自己，就哈哈大笑：「你們圍在這能逮住個鳥人，劉備那小子昨晚聽說後早就向西北方跑了，你們還不去追？」

那兵又說：「我們上級有命令，要圍起來甕中捉鱉，萬一捉不到鱉，捉幾條泥鰍也能回去做泥鰍鑽豆腐吃。」

看來這辦法騙不住他們，劉備正想其他辦法，那兵歪著頭問：「你怎這麼關心？莫非你就是劉備？」

劉備嚇了一跳：「我……我哪是劉備？劉備會長得像我這樣砢磣？我只是鍛鍊身體的。」說著做了幾個擴胸運動，鬱悶地離開了。

走遠之後，劉備急忙給呂布打手機：「喂！喂！喂！」沒聽到有什麼反應，就自言自語說：「信號不好，真是關鍵時候掉鍊子！」忽然聽到有涮東西的聲音，連忙說：「是呂哥嗎？」

呂布：「喂！喂！喂！信號好著呢，剛才涮鍋顧不著，不過，我更正一下，不是鋁鍋（呂哥），是不銹鋼鍋。」

劉備哪有心情開玩笑，連忙說道：「大哥！袁術手下的紀靈派兵把我圍起來了，看來要揍我了！」

呂布：「那你就揍他唄！」

劉備：「想是想，就怕揍不過。」

呂布問：「你搶他馬子了？」

劉備想了想，比較肯定地說：「應該不會這麼巧吧？再說了，我又離他這麼大老遠，怎麼搶？」

呂布又問：「那你調戲他老婆沒？」

劉備更肯定：「不會，不會，他那老婆我見過，長得跟豬八戒似的，調戲她，我還不如直接調戲老母豬！」

呂布一拍腦門想起來，怪不得前幾天袁術給自己送糧食，原來如此。

劉備在手機裡聽得那頭「啪」的一聲，連忙問：「哥！誰揍你嗎？用我去嗎？」

呂布笑：「剛才一隻蚊子，靠！你還泥菩薩過河呢！」

劉備帶著哭腔：「哥！你可不能見死不救啊！」

呂布左右爲難，一頭是兄弟劉備，一頭是剛拿了人家的好處。呂布又拍了一下腦門，有了！就跟劉備說：「你今天上午十一點準時過來，我自有辦法。」

劉備感動得眼淚涮涮的，「世上只有呂哥好，等這事你給解決了，我給你買幾瓶防蚊液。」

劉備哪敢怠慢，十一點不到，就急沖沖到了呂布家。一進客廳，看到紀靈也在，劉備嚇得扭頭就要跑，呂布像老鷹捉小雞似地把劉備拎了回來。

呂布：「來來來！我介紹一下，這是袁術手下戰功卓著的、大名鼎鼎的紀靈紀先生，這是我兄弟劉備先生，冤家宜解不宜結嘛，給我呂某人一個面子，大家握一下手，一笑泯恩仇。」

劉備當然願意了，但手伸了半截，看紀靈沒有要握的意思，只好又縮了回去。

紀靈說：「不是我不給你呂先生面子，關鍵是我有令在身，恐怕不能違背啊！」

呂布哈哈一笑：「靠！這天高皇帝遠的，他袁術也不知道嘛！」

紀靈想了想還是說：「這讓我回去沒法交代。」

看來事情要僵下去。呂布問：「非要帶劉備走？」

紀靈：「這是上級的命令。」

呂布轉移了個話題：「說了這麼多話，兩位也口渴了吧？可樂不能喝，聽說含有咖啡因，茶也不能喝，開水缺鈣，那我給你們拿蘋果。蘋果可是個好東東，營養價值可高了，含有維生素A、B、C、D、E、F、G……」

一直緊繃著臉的紀靈「噗嗤」一聲笑了：「哪有那麼多？」

呂布從冰箱裡翻了老半天就找到一個蘋果：「不好意思，就一個，我找水果刀給兩位分分。」又裝模作樣找水果刀，老半天也沒找著，回頭衝劉備眨眨眼問：「小劉，你帶水果刀了嗎？」

劉備心領神會：「沒有！」

呂布又回頭問紀靈：「紀先生帶了嗎？」

紀靈不知道呂布的葫蘆裡賣什麼藥，也只得如實說：「也沒有！」

呂布打開了要賣的藥：「我想把蘋果分給兩位吃，但沒有水果刀。這樣吧，讓劉備用頭頂著蘋果，離我一百五十步，然後把我眼蒙上，我用箭射。無非有三種結果，一、最大的可能是，沒射到蘋果也沒射死人，包括射傷，你紀靈把劉備帶走。二、一箭把劉備射死人，那你紀靈也不用做這殺人的罪人了，回去也好交差。三、也是最小的一種可能，我有幸把蘋果射成兩半了，你們兩人各吃一半，吃完走人，以後誰也不能再互相掐。」

紀靈終於聽明白了呂布要賣的藥，不敢自作主張，給袁術打手機，讓呂布又重複了一遍。

袁術心想：「你以為你是王義夫，不對，王義夫也沒有蒙著眼的功夫，話又說回來，你就是萬分之一成功了，我以後也可以想其他的法子打劉備。」主意打定，袁術呵呵一笑：「看在你呂布的面子上，我給劉備一個機會。」

既然袁術同意，紀靈當然也無話可說了。

劉備聽了這一席話，兩腿早嚇得瑟瑟發抖，但也沒有更好的法子，只得同意，三人簽字畫押後，走到門外的一片開闊地。

路人一看有人頂著一個蘋果，有人拿著一張弓，立馬圍了上來。紀靈讓劉備站定後，自己跨著大步數，觀眾一齊數了一百五十步，讓呂布站在一百五十步處，用領帶蒙了呂布的眼，然後又說「兒童不宜」，轟走了小孩。

路人終於看明白了要用箭射頭上的蘋果後，膽小的美眉們開始尖叫。這時候紀靈開始領著觀眾一齊喊倒數，九、八、七、六、五、四、三、二、一！隨著一陣尖叫和噓聲，只聽「嗖」的一聲，劉備應聲倒地。觀眾們嚇壞了，立馬有人打一一〇說：「有人在街頭殺人了！」

有膽大的圍了過去看：「地上的血怎麼只是濕而不是紅的呢？」再看頭上、身上，並無箭射中，再找，左右各一半蘋果，一枝箭落於劉備身後五米開外。觀眾立即報以宏大的「耶」聲，紛紛有人往劉備身上扔鈔票和銅板，有觀眾說：「這也不賣耗子藥、狗屁膏藥、日本大力丸什麼的，在這玩命能掙幾個錢？」

呂布走過來拍拍劉備的臉：「嚇傻了？醒醒！起來吧！沒事了！」

劉備睜開眼，又眨眨眼，半信半疑：「眞沒事了？我眞沒死？」說完樂得站起來直蹦躂。

這時候，警車拉著警報開過來了，警察走過來察看，見並沒有命案，連說：「討厭！又一個報假案的，散了！散了！」

呂布識趣地回了家，紀靈回淮南給袁術覆命，劉備沒忘了給呂布買防蚊液。

第 18 回

# 袁呂和親

過了幾天，袁術派韓胤送來聘禮，呂布收了，陳宮聽說後問：「這是誰出的主意？袁術和呂布成親家，這不明擺著要置劉備於死地嗎？」

話說紀靈回了淮南，如此這般和袁術說了，袁術先是一驚：「這小子參加奧運會還不箭到金牌來？」然後又一拍桌子：「好你個呂布，我給你那麼多糧食，你要我呀？我非領著我的人把你的徐州打個稀巴爛不可！」

紀靈：「不可，以他這箭法，他如果要射你左眼，絕不會射中你右眼。」

袁術一激靈，下意識用手摸了左眼又摸了摸右眼，捎帶著把鼻子也摸了摸，還好都完好無損。袁術在心中默念：「感謝蒼天！感謝大地！感謝呂布！」默念完又衝紀靈喝斥：「靠！我打不過，發發牢騷還不許？」

人在屋簷下，不得不忍著，紀靈哪敢還嘴，想了一陣子對袁術說：「沒有永遠的朋友，也沒有永遠的敵人，只有永遠的利益。這次我到徐州，得知呂布有一個獨生女，你家又有個獨生子，如果你和呂布結爲兒女親家，一來你不用擔心呂布以後再打你，二來你盡可以放心收拾劉備了。」

袁術聽了大喜過望，一拍大腿說：「好！好！好！還眞是這個理，我看你都可以開個金點子公司了。」

紀靈聽了心下高興：「過獎了！這就叫疏不間親之計。」

袁術呵呵一笑說：「說你尿得高了，你還亮騷（炫耀）呢。」

當下袁術就給呂布通了電話，呂布哪裡做得了主：「我覺得很好，不過，我得和我老婆、女兒商量商量。」

晚上炕頭上，呂布對呂老婆說：「今天袁術提出要和咱結爲兒女親家，妳有什麼寶貴的意見和建議呢？」

呂老婆問：「袁術是誰？他家有錢有權嗎？」

呂布：「袁術統治整個淮南，又有皇帝的玉璽，稱帝那只是早晚的事，妳說他有錢有權嗎？」

呂老婆一聽，立馬來了精神：「他家有幾個子女？」

呂布：「我派私人偵探打聽清楚了，只有一個寶貝兒子。」

呂老婆心急：「願意！願意！」

呂布：「妳也不問他兒子是帥哥還是青蛙？」

呂老婆：「帥有屁用，權、錢才是硬通貨，如果是帥哥當然更好！」

呂布：「據私家偵探報告，他兒子雖不是嚴重帥哥，但絕不屬青蛙之列。」

呂老婆：「你答應他了嗎？」

呂布：「我哪敢自作主張？咱家還不是領導妳說了算？對了，明天還得徵求一下女兒的意見。」

呂老婆有了心事睡不著，還是半夜起來和女兒說了，女兒一聽以後可能會當皇后，也心花怒放。

過了幾天，袁術派韓胤送來聘禮，呂布收了，並把韓胤安排在四星酒店裡（徐州最好的酒店）。陳宮聽說後，打聽到韓胤的房間號敲門進去了，韓胤一看陳宮有要事要說，就辭退了服務員和同伴。

陳宮問：「這裡面不會有監視器或竊聽器一類的東東吧？」

兩人又仔細檢查了一番，見沒有發現什麼可疑的東東，陳宮才放下心來。「大膽！這是誰出的主意？袁術和呂布成親家，這不明擺著要置劉備於死地嗎？」

韓胤聽了大吃一驚：「噓——哥們！小聲點！想要多少，開個價！我會向袁術彙報的。」

陳宮：「如果價碼合適的話，我不但不透露，還能讓你們的好事明天就成。」

韓胤：「什麼辦法？」

陳宮：「我自有妙計。」

韓胤疑惑：「你和呂布是朋友，呂布又待你不薄，我怎麼信你會背叛呂布呢？」

陳宮：「曹操這哥們早就教育過我：朋友是用來出賣的。」

事關重大，韓胤不敢自作主張，急忙同袁術聯繫，袁術一聽也大吃一驚：「你讓陳宮接電話。」

陳宮接後說了價格，袁術說：「同意！」

陳宮又說：「不要支票，不要銀行卡，要現金。」

袁術說：「沒問題。」

陳宮：「一聽就知道你袁術是成大事的人，我最喜歡和爽快人打交道。」

第二天一早，陳宮登門向呂布祝賀：「聽說你和袁術要結爲兒女親家了，這以後你們也成皇親國戚了，以後可得讓我老陳沾沾光。」

呂布聽了也高興：「你消息還眞靈通，不過八字還沒一撇呢。」

陳宮：「不是都定完親了？」

呂布：「這定親到完婚還遠著呢，你沒聽說過天子一年，諸侯半年，大夫一季，庶民一月？」

陳宮一聽說：「錯！按常規出牌是性急吃不了熱豆腐，但你家和袁術家定親，誰家不知，誰家不曉，誰家又能不嫉妒？你就是再過一個月，肯定也會被別家搶了先，最後你家女兒即使能成，也做不了皇后，只能做妃子、美人了，依我看，夜長夢多，不如今天就完婚。」

呂布一聽有理，連忙和老婆、女兒商量，女兒一聽「哇」地一聲就哭了，「我不做妃子，我不做美人，我只要做皇后。」

呂布就和袁術打電話商量，袁術一聽，喜上眉梢，樂在心底，「我還沒準備呢，不過，既然親家想快辦，那我照辦就是了。」

呂布放了電話就吩咐人操辦，只幾個小時，就吹吹打打讓韓胤把女兒領走了。

第 19 回

# 又打起來了

劉備看呂布不依不饒，就想：最恨呂布又最有實力的是曹操，那我就投靠他了。主意打定，就在晚上，趁著月光突圍出城投奔曹操而去。

話說陳珪正在家養老，聽得吹打聲就對保姆說：「你去門外打聽一下是誰家的閨女？誰家的媳婦？」

那保姆出了門看，認得新娘是呂布之女，再打聽知道要嫁給袁術之子，回來給陳珪說：「是呂布家嫁閨女，是淮南的袁術家娶兒媳。」

陳珪仔細一分析，恍然大悟，立馬搭了車趕往呂布家。

陳珪進了呂布家門就放聲嗚嗚嗚大哭起來，呂布暗想：「這陳珪眞是老糊塗了，眞晦氣！」

陳珪：「聽說你家兄弟劉備要死，我是特來弔喪的。」

呂布詫異：「此話怎講？」

陳珪：「這麼簡單的道理你都不懂？前幾天袁術給你送糧食要殺劉備，你用箭射蘋果給解決了。這次，他來成親是要把你女兒做人質，然後攻打劉備占取小沛，小沛離徐州這麼近，唇亡齒寒，以後他向你借糧、借錢、借兵……等等，你是給是不給？再說了，他袁術稱帝是鬧獨立，是反革命，那你就是反革命家屬，你大禍臨頭了還不知道！」

呂布一聽，意識到了事情的嚴重性，抹了一把頭上的汗，急忙命令張遼帶兵把女兒追回來。張遼問：「是坐火車追，還是坐飛機追？」

呂布：「不管你是坐火箭還是撒開腳丫子，只有一條，必須追回來！」

於是，張遼兵分兩路，一路去聯繫租用火箭的事，親自帶另一路撒開腳丫子追向韓胤去的方向。

再說韓胤趕到機場買了機票後，廣播裡說淮南一帶有嚴重的雷雨等不利於飛機降落的氣象，具體起飛時間待天氣而定。於是，韓胤等人被張遼追上了。

但呂布的女兒死活不肯回來，哭著鬧著非要做皇后，張遼的人拖著拽著才帶她離開了機場。末了，張遼還沒忘了先給呂布通個電話：「女兒，不對，你女兒已經追到，Over！」然後又給租火箭的人通了個電話：「呂布的女兒已經追上，租火箭的錢省了吧！Over！」

晚上，袁術給呂布打電話問娶兒媳的事，呂布推說嫁妝未置辦完，就這一個女兒，不能太虧著了。

第二天，有報信人說：「劉備手下的張飛搶了別人一百五十匹好馬。」

呂布一聽笑道：「馬的主人也太蛋白質了，劉備的人越來越長能耐了。」

接著又有手下人跑過來說：「我們從山東批發了三〇〇批好馬，結果被強盜搶走了一百五十匹……」

呂布用手一拍桌子：「豈有此理！敢在太歲頭上動土！全體集合！我要把那強盜打個稀巴爛！」

報信人見能插上話了，連忙補充：「那搶馬的是張飛。」

呂布氣不打一處來，把音量低了八度：「靠！你倒是把張飛放前邊呀？那就少帶點人吧，我要找劉備興師問罪。」

劉備聽得城外烏泱烏泱的人聲，不用猜，城外又被兵圍住了，連忙給呂布打電話：「呂哥啊！城外又被袁術圍上了，你再找個蘋果吧。」

呂布：「這次找個西瓜也不頂事了，不是袁術圍的，是我圍的。」

劉備大吃一驚：「你是開玩笑，還是要和我軍事演習？」

呂布：「這兩個我都不呢，我剛救了你，你家張飛就搶了我的一百五十匹好馬，我要你家張飛。」

劉備連忙陪笑：「呂哥！你等我去查清了事實，一定還你的馬，一定嚴肅處理，絕不姑息。」

說著說著，劉備猛然聽得手機裡那頭張飛的聲音：「還打我小報告？我搶了你的馬你就生氣？你搶了我劉哥的徐州怎麼不說……」然後斷了。

靠！打起來了！劉備急忙登上城，看到張飛和呂布在城外打得正來勁，就坐城觀虎鬥。兩人打了一百多個回合不分勝負，劉備看到張飛快要支撐不住了，連忙吹哨暫停。呂布和張飛停了手，但圍城的兵並無撤意，劉備給呂布發簡訊：呂哥！我替張飛給你賠不是，我還你的一百五十匹馬。

呂布給劉備回了簡訊：這不是馬那麼簡單的事。

劉備看呂布不依不饒，就想：最恨呂布又最有實力的是曹操，那我就投靠他了。主意打定，就在晚上，趁著月光突圍出城投奔曹操而去。

有人給曹操進言，讓曹操殺了劉備，曹操說：「我的最高理想是得天下，而不是殺人，現在正是用人之時，我看劉備也是個英雄，就留著湊合吧。」

曹操接著封劉備爲豫州牧，並贈送給劉備三千士兵、糧食萬斛。又看到呂布也不是軟柿子，不好捏，暫時不願樹敵太多，就給呂布發了個E-mail，要呂布和劉備兩人重歸於好。

第 20 回

# 曹操上演驚險片

曹昂下了馬，扶著曹操上了自己的馬，又給了馬屁股一掌，那馬帶著曹操絕塵而去。等曹操估計跑過了安全距離回頭再看時，曹昂已經被射成了刺蝟。

正在這時，間諜報告說，宛城是個軟柿子，張濟剛死，他侄子張繡剛接手。曹操一聽有生意了，就放下呂布和劉備兩人的破事，親自領兵要攻打宛城。

別看那張繡年齡小，眼力可好使，一看打不過就主動投降了曹操，曹操駐兵宛城，張繡每天鮑魚、鹿肉招待。

滋補食物吃多了，除了容易變胖外，還有就是荷爾蒙竄升，這天夜裡，曹操輾轉反側，不禁感嘆：「眞是孤枕難眠呀！」

手下人聽到了，就又送曹操一個枕頭。

曹操一楞：「靠！眞是蛋白質！」

手下人委屈：「你的意思不是說一個枕頭睡不著？我學歷低，你以後別跟我整文言文，有什麼話直說不就得了！」

曹操問：「泡妞知道不？」

手下人搖搖頭。曹操又問：「二奶總知道吧？」

手下人忙說：「這個簡單，我知道，就是爺爺輩排行老二的媳婦。」

曹操見那手下人不知道是眞不懂，還是眞蛋白質，就不再理會他。那手下人哪敢怠慢，急忙請示曹操的侄子曹安民。

曹安民偷笑，進了曹操的住所對曹操說：「我白天在院中見得一美人，打聽後得知是張濟的老婆。」

曹操一聽有美人，立馬來了精神：「這張濟死都死了，放著一個佳人不用，不是浪費資源嗎？」

曹安民心領神會，就和那手下人去把張老婆領了來。

曹操見了，口水直流，兩眼發呆。

張老婆：「曹丞相，你瞅得我這小心肝跟鹿撞了似的，撲通撲通直跳。」

曹操一驚：「妳怎麼認得我？」

張老婆：「我除了認識劉德華、姚明、周杰倫外，還有一個就是你了，誰不知道你曹丞相是個大英雄！」

曹操聽了很受用：「英雄都愛美人，妳知道嗎？」

張老婆：「美人也愛英雄，我早就想做曹丞相的二奶了。」

那手下在一邊一直不吭聲，聽到張老婆說要當曹操的二奶，立即喝斥道：「大膽刁婦！竟敢佔我家丞相的便宜！」

曹操和張老婆都一楞，曹操甩甩手：「你走吧，明天不用上班了。」

手下不解，難道曹操是個變態，有當人孫子的怪癖，傻乎乎地問：「你是放我一整天假嗎？」

曹操：「明天讓廚房師傅給你做條大魷魚。」

手下人不明就裡，還連說：「Thank you！」

好事不出門，醜事傳千里，曹操和張老婆暗中苟且之事很快就傳到張繡的耳朵裡，張繡大罵：「畜生！我非宰了你不可！」

賈詡讓他小聲點，並附在耳邊如此這般，張繡聽了連連點頭稱是。

這天，張繡跟曹操報告：「今天有一批降兵，讓他們支些帳篷住在門口吧？」

曹操正在和張老婆尋歡作樂，哪有心思用腦子，隔著門說：「你看著辦吧！」

傍晚，張繡又來報告：「有一哥們開生日Party，典韋能參加嗎？」

曹操不耐煩地說：「腿在他身上，嘴在他臉上，他願去就去，以後這種屁事不要再報告了。」

半夜，曹操摟著美人睡得正香，猛然聽得外面有「集合」聲，就派人去看。回報說是張繡巡夜，曹操放了心。

又過了一會，曹操又被吶喊聲驚醒，再派人去看，回報說是一草車失火了，曹操罵道：「靠！一草車值幾個錢？用得著大呼小叫得跟圓明園失火了似的嗎？還讓不讓人Happy啊？」

曹操正要睡著，又被驚醒，隔窗一看，媽呀！外面火光沖天。失火就失火吧，怎麼還有喊殺聲？曹操覺得有點不對頭，急忙穿衣喊典韋。

典韋也一驚，酒醒了一半，打開門一看，乖乖呀！不是做夢吧？咬咬手指頭，輕咬輕疼，狠咬流血了，由此證明，門前確實是一大群手握刀槍的士兵。

只聽典韋啊的一聲，已被士兵剁成了餃子餡。曹操聽得清楚，急忙跳窗而逃，落地時，身旁站兩人兩馬，藉著月光仔細看，兩馬就是四蹄一尾的馬，再看那兩人，原來是侄子曹安民和兒子曹昂。

三人兩馬，來不及孔融讓梨了，曹操和曹昂騎了馬就跑，曹安民撒開了腳丫子在後頭猛追，箭兵們聽得動靜舉箭就射，倒楣的曹安民立馬中箭倒地，一眨眼已被喀嚓爲肉泥。

曹操右臂也中了一箭，座下的馬中了三箭，多虧那馬是大宛好馬，耐得住疼。父子兩人剛過了清水河，追來的箭兵又一箭射中馬眼，馬撲騰倒地。曹昂下了馬，扶著曹操上了自己的馬，又給了馬屁股一掌，那馬帶著曹操絕塵而去。等曹操估計跑過了安全距離回頭再看時，曹昂已經被射成了刺蝟。

Next，曹操一人和張繡帶的兵玩起了鐵人N項比賽，最終曹操得了第一名。張繡不服，非要去奪曹操的金牌，被趕來救援的于禁攔下。張繡真想把于禁揍個稀巴爛，但打了一陣子打不過，只得退兵投奔劉表而去。

第 21 回

# 曹操巧息糧食門

曹操：「我看你IQ也挺高的嘛，恭喜你答對了！我正是要借你的人頭！」糧官一聽大驚失色，抱頭鼠竄，但哪裡竄得了，只聽「喀嚓」一聲，刀斧手手起頭落。

自從袁術自行稱帝以後，各地抗議、聲討、遊行示威不斷，但袁術不聽民意，一意孤行修皇宮。

曹操氣不打一處來：「靠！老子實力最強，都還沒稱帝呢，你袁術算老幾？」就找來劉備、呂布商量對策。

劉備說：「揍他！咱們當不了皇帝，也得攪黃袁術的好事。」

呂布說：「揍死他！一山容不得二虎，一國容不得二帝，要打袁術的話，咱們好商量。」

江東的孫策也在電話裡說：「打！打他袁術個陽痿早洩、半身不遂！」

於是，四路大軍把袁術圍了個鐵桶陣。

袁術哪裡打得過，就躲在城裡不出來。護城河深，城牆又高，一時半回曹、劉、呂、孫也拿他沒辦法。

曹操的兵最多，有十七萬，兵多嘴就多，不管打不打仗都得讓人吃飯，時間久了，糧食吃完了，就伸手向孫策借。

孫策讓曹操打了借條，借了十萬斛，隨後糧官問曹操：「咱們人多，十萬斛也吃不了多久呀。」

曹操：「眞蛋白質！你就不會用小斛分？」

糧官疑惑：「那士兵們要是有怨言，怎麼辦？」

曹操：「你就放一百個心去吧，我自有辦法。」

有了曹操撐腰，糧官也就理直氣壯地按小斛分，果然，士兵們怨聲載道，曹操又招來糧官：「你爲什麼用小斛分糧？」

糧官感到了不妙：「不是你說用小斛分的？」

曹操一拍腦門：「對對！我有點老年癡呆了，但不管怎麼說，這禍是你闖下的，我得借你一個東東平息平息。」

糧官伸出大拇指：「丞相果然是IQ高，點子多。除了人頭之外，要借什麼東東，你儘管說！」

曹操：「我看你IQ也挺高的嘛，恭喜你答對了！我正是要借你的人頭！」

糧官一聽大驚失色，抱頭鼠竄，但哪裡竄得了，早被刀斧手們捉住。糧官大喊：「丞相！你怎麼能強借呢？至少你也得打張借……」

糧官「條」字還未出口，只聽「喀嚓」一聲——別誤會，不是相機聲，是刀斧手手起頭落的聲音。

曹操：「靠！也太快了吧！你們讓人家臨死前把話說完嘛。」

接著，曹操讓文書進來，吩咐說：「你給我寫個東東。」

文書問：「寫什麼？A、情書？B、遺囑？C、聲明稿？D、E-mail……」

曹操打斷了文書的話，並用手指著地上的人頭說：「靠！你這傢伙怎麼還沒有他IQ高呢？」

文書往地上一看，近視，看不清，只看到一個圓溜溜的東東，繼續問：「這是什麼呀？A、冬瓜？B、西瓜？C、南瓜？D、木瓜？E、傻瓜……」

接著，文書拿出眼鏡戴上，彎下腰湊近一看，嚴重暈！「哎喲——這是什麼瓜？怎麼長得有點像人頭！」

曹操：「那就是糧官的人頭。」

文書：「丞相眞會開玩笑，哪會是……」說著用手試著摸了一下，軟軟的，還有血腥味，二話不說立刻暈倒！曹操連忙讓人掐了文書的人中，文書這才喘出一口氣：「答案怎麼會是人頭呢？」

文書坐下來喝了五杯開水，情緒方才穩定下來，「丞相，你是讓我寫布告吧？」

曹操：「你IQ還算及格嘛！我念你寫。」

曹操看文書研完了墨，備好了紙就開始念。布告寫完後吩咐人用漿糊貼了，糧官的頭也用竹竿挑了示衆，這才平息了「糧食門」事件。

讓士兵們飽吃了一頓後，曹操又下令三天之內必須把城攻下來，如果攻不下來全殺。有了糧官之鑑，各級領導有哪個不怕，全都督促士兵運土填河。

城上袁術的士兵眼看護城河不保，紛紛射箭、扔板磚。曹操見有兩人躲避，就把兩人的頭喀嚓了，並親自下馬運土填河，士兵們見了軍威大振。

袁術的人眼看要玩完，就棄城跑了。

曹操吩咐人把袁術造的皇宮……等等被認定是違禁的東東統統放火燒掉，又命令乘勝追擊袁術。

有人建議：「咱們糧食可不多，不如見好就收？」

曹操正在猶豫，忽然有人報，說張繡不服氣非要和曹操過招。曹操給孫策打電話：「靠！說是聯合打袁術的，我們已經把城攻下，你們也該意思意思吧！」

孫策不好意思連忙稱是。曹操：「那次我得了鐵人N項金牌，聽說張繡一直不服氣，你去嚇唬嚇唬他吧！」

曹操聽到孫策應允後，下令回師許昌，讓呂布仍駐徐州，劉備仍駐小沛，讓呂布和劉備握手言和。星星還是那顆星星，月亮還是那個月亮，呂、劉還是以前的兄弟。半道上，曹操又給劉備發了個簡訊：「呂布軍裡面的陳珪、陳登父子是自己的臥底，你可以和他們商議滅了呂布，如果有困難，我是你堅強的後盾。」

第 22 回

# 曹操打張繡

曹操做出要從西北攻的假象。那張繡也不傻，做出重點防守西北角的假象，實際上把重兵放在東南角。曹操果然中計，敗走數十里，損失兵五萬，兵器無數。

話說曹操在許昌休養生息了一陣，回復元氣後，就開始著手收拾張繡。行軍的路上，曹操見農民們因爲怕兵而不敢割麥，就給村民們說：「我是奉了皇帝的命令去殺張繡爲民除害的，父老鄉親們不用怕。」又對士兵們說：「過麥地時，誰如果踐踏了一根麥，格殺勿論！」

私下裡有個士兵和另一個士兵打賭，他能讓曹操自毀其言，輸的人請對方吃一頓麥當勞。

這天，曹操騎著馬走在麥地邊的小路上，忽然，只聽「撲稜」一聲，從地裡竄出來一隻鴿子直飛曹操的馬頭。馬措頭不及，驚得在麥地裡蹦起來，就有士兵喊：「刀斧手快來呀！來生意了！有人踐踏麥子了……」

刀斧手聽了跑過來一看：「靠！怎麼是丞相呢？你這不是讓我左右爲難嗎？」

接著，專職人員過來調查，有士兵說罪魁禍首是一隻鴿子，有士兵說：「不對！是隻麻雀！」

又有士兵說：「你說那是狗屁！麻雀哪有那麼大？是《神雕俠侶》裡的雕。」

不管是什麼，先緝拿歸案再說，衆人四下尋找，哪裡還有半點蹤影，調查人員沒辦法，最後判決如下：主犯不明飛鳥一隻，本該判處死罪，但鑑於已經逃亡，只能等鳥投案自首再說。馬因鳥干擾視線在先，屬從犯，判暴打一頓。從從犯曹操管馬不嚴，割頭髮一絡。

Over，只聽得一士兵「唉」的一聲。

曹操的部隊圍了張繡的宛城後，眾人正要像上次那樣運土填河，曹操忽然「哇」地一聲大哭起來，眾人吃驚，忙問原因。

曹操說：「我思念去年在此犧牲的大將典韋了。」於是，在陣前大設祭壇，三軍祭奠起典韋。

Over，眾人又要開始運土，曹操又「哇」地一聲大哭，眾人又問。曹操說：「我思念去年在此犧牲的侄子曹安民了。」

於是，眾人又設壇祭奠了曹安民。Over，眾人又要動手，曹操又哭了：「我思念去年在此犧牲的親兒子曹昂了。」

祭罷，眾人不動手，等。

果然，曹操又哭了起來，眾人問：「這次思念誰？」

曹操哭著說：「我思念去年在此陣亡的大宛馬了。」

再祭罷，曹操又哭了起來，衆人問：「靠！你到底有完沒完？又思念誰了？」

曹操想了好一陣也沒想起來這次哭誰，只好說：「那就到此爲止吧。」抹了一把眼淚和鼻涕後，吩咐運土塡河來。

塡完河，曹操騎著馬圍著城溜了三天，發現東南角的城牆相對來說更易破一點，就吩咐士兵在西北角堆上柴草，做出要從西北攻的假象。

那張繡也不傻，自己的城，哪會不清楚西北角堅固，東南角易破，說道：「靠！你不就會個聲東擊西嗎？我給你來個將計就計。」也做出重點防守西北角的假象，實際上把重兵放在東南角。

曹操果然中計，敗走數十里，損失兵五萬，兵器無數。

牆倒衆人推，袁紹得知曹操兵敗，開始計劃打曹操的老窩許昌，曹操得知了袁紹的陰謀，星夜往許昌趕。

張繡得知後就吩咐追，謀士賈詡說：「不能追！追了的話必敗。」

張繡說：「過了這個村，哪還有這店？此時不追更待何時？」

張繡不聽帶人去追，沒一會就垂頭喪氣地回來了，還沒喝口水，賈詡說：「你現在可以追。」

張繡說：「你是腦子進水了，還是被驢踢了，還是老年癡呆了？實踐是檢驗真理的唯一標準，我已經檢驗過，打不過，怎麼還打？」

賈詡說：「我以我的小命擔保，這次能勝。」

張繡將信將疑，再次去追果然大勝。

張繡問原因，賈詡神神道道：「天機不可洩露！」

張繡說：「那我請你吃頓鮑魚，你給我說說其中的道理。」

賈詡才說：「上次你追，他有準備，這次你追，他認爲你已經被打敗不敢再來，所以沒有準備，這就叫出其不意。」

張繡一拍賈詡的肩：「看來你小賈還眞有兩下子。」

話說曹操回到許昌後，並沒見袁紹的軍隊，倒是見袁紹發來個E-mail，說是要借曹操的兵糧打公孫瓚。曹操看罷說：「靠！袁紹這人也太不靠譜，飯前還說要打我曹操，飯後又改打公孫瓚了。」

話雖這麼說，曹操還是借了兵糧，支持袁紹打公孫瓚。

第 23 回

# 劉備丟了小沛

呂布看曹軍退了，就全力攻打劉備。劉備見夏侯惇太不經打了，相當懊惱，小沛不要了，兵將弟兄們不要了，連家人也不要了，只能投靠曹操了。

再說呂布在徐州每次開Party，陳珪父子都大拍呂布的馬屁，呂布很受用，陳宮受到了冷落很不爽，就到呂布面前打陳珪父子的小報告。

呂布說：「那次和袁術結親家的事，你胳膊肘向外掙外快，你以爲我不知道？」

陳宮得了個沒趣，更不爽。

這天陳宮鬱悶，到小沛附近打獵，路見一個代號「使命必達」的快遞，便問道：「老弟，你可眞是個大忙人！今天送什麼呀？」

那「使命必達」認得陳宮是呂布的人，便說：「公文。」

陳宮進一步問：「什麼公文？」

「使命必達」支支吾吾不肯說。

陳宮命人搜身，快遞大叫：「救命啊！搶劫啦……」

在這荒郊野外喊救命有什麼屁用？手下搜出一封劉備寫給曹操的信，陳宮一看立功的機會來了，就把「使命必達」押送給呂布。

呂布大手一拍：「坦白從寬，抗拒從嚴。」

那「使命必達」爲了活命，只得從實招來，不管使命了：「曹操想給劉備聯繫密事，打電話吧怕監聽，發簡訊、E-mail，又怕被破譯，就想了這麼個出其不意的原始但比較安全的方式——人送。這封是劉備看後的回信，我也不知道啥內容。」

呂布打開來看，裡頭全是亂碼，看了老半天也沒看出來個子丑寅卯，「小樣！我就不信整不明白！」

經過呂布手下專業人士三天三夜破譯，大意爲：你問我想不想打呂布，怎麼不想？我恨不得打他個半身不遂、腦震盪，但我兵少又怕打不過他，還是懇請你曹哥出手，我頂多只能充當個幫兇什麼的……

呂布看完大罵曹操，然後又說：「曹操勢力超強打不過，罵罵解解氣就行了。倒是劉備這人吃裡扒外，這柿子也軟，先收拾了他再說。」

呂布就派高順到小沛攻打劉備。劉備一看曹操的兵未到，呂布倒先派兵來打自己，嚇得兩腿發軟，連忙給曹操聯繫：「曹……曹……曹哥，快……快……快派兵，呂……呂……呂布派兵打我來了。」

然後，劉備一面等救兵，一面吩咐衆人把守各城門，只守不攻。

呂布手下張遼趕來攻打西門，關羽在城上對張遼說：「我看你長得儀表堂堂、眉清目秀，不是帥哥也是白馬王子，怎麼會喜歡打架呢？萬一破相，傷了殘了，還有哪個美眉喜歡？」

張遼覺得有理便退了，退到東門。張飛出來迎戰，剛走到城門口，看到張遼已經退了，正想追，關羽見了忙喊：「小張！小張！別追！」

張飛問：「Why？」

關羽說：「咱現在不是人少？呂布不是人多？等曹操的救兵到了再收拾他們。」

張飛明白，也就不再追了。

劉備終於盼到曹操的大部隊開來，就全城出動哧哧呼呼去打呂布軍。

卻說夏侯惇趕來時，正迎上高順，兩人過招了四五十回合不分勝負，呂布的狙擊手瞅準時機，一箭正中夏侯惇的左眼。夏侯惇大叫一聲，急忙用手把箭拔了出來，誰知道把眼珠也帶了出來。夏侯惇說：「父精母血，不能丟棄。」說完像拿著糖葫蘆似的把眼珠吃了，少了一隻眼睛不能指揮了，只好帶著曹軍敗退。

呂布看曹軍退了，就全力攻打劉備。劉備見夏侯惇太不經打了，相當懊惱，小沛不要了，兵將弟兄們不要了，連家人也不要了：「我，我，我還是跑吧！」

劉備正跑得歡，聽得後面有人追，跑得更歡，後面的人氣喘吁吁喊道：「劉哥！我是孫乾……等等我……」

劉備一聽果然是孫乾，就放慢腳丫子等孫乾追上了一起跑。兩人一路跑一路商量，商量來商量去，實在別無他法，只能投靠曹操了。

兩人專揀小道，不敢走大道，怕呂布的追兵追上。因爲跑得太匆忙，兩人都身無分文，只得一路乞討。這天，兩人跑到一獵戶家時又累又餓，就上門想討點吃的，獵戶一看不認識，「走走走！沒有！」

兩人只得退而求次之，「那就給口水喝吧？求求你了？要不我們給你跪下了？」

獵戶再說：「走走走！沒有！」

劉備無奈想放棄，孫乾想再試試：「我可有名了，我是孫乾呀。」

「啊——」獵戶一拍腦門，孫乾和劉備一看果然有點名人效應，便面露喜色，只聽獵戶接著說：「對不起，不好意思，還是沒有聽過。」

劉備一看孫乾不行，就想試自己的知名度，「我比他還有名，我叫劉備。」

獵戶一楞：「你叫什麼呀？再說一遍。」

劉備朝孫乾得意地笑了一下：「怎麼樣？還是比你知名度高吧？」又衝獵戶大聲說：「劉——備——」

獵戶笑了：「我對備不感冒，但對劉感冒，因爲我叫劉安，也姓劉。」

劉備和孫乾一聽，高興壞了，「你也不用準備大魚大肉什麼的，多給俺們幾個饅頭就行了。」

劉安說：「我看在五百年前一家子的份上，我讓你們每人喝一碗水。」

兩人沒法，只得狂喝猛喝。

喝完後，劉安問：「你們從哪裡來？又要到哪裡去？」

劉備說：「唉！一言難盡！那眞是孩子沒娘，說來話長。我本來是豫州牧，人稱劉豫州，也就是州長，因種種原因混不下去了，現在要去投奔曹操，你看我們兩個人模人樣，都是幹大事的。」

死老百姓最怕官，劉安一聽「撲通」一聲兩膝著地，磕頭如雞啄米：「小的有眼不識泰山，小的知罪，小的該死。」

看來名人不如官人，劉備哈哈一笑：「恕你無罪，先整點好吃的東東吧！」

劉安忙乎了一陣，給劉備、孫乾整了一桌子。吃著吃著，劉備說：「這肉怎麼吃著有點像狗肉？」

孫乾說：「不對，是狼肉。」

「狗肉」、「狼肉」、「狗肉」、「狼肉」……，劉備和孫乾爭得面紅耳赤，差一點打起來，讓劉安評判。劉安說：「都不對！是人肉，是我老婆的肉。」

劉備和孫乾聽了，那個感動啊，簡直無法形容，眼淚涮涮直流！

劉備和孫乾費盡周折終於來到許昌，劉備給曹操述說一路的艱辛，然後三人抱頭痛哭。劉備問：「感動吧？」

曹操說：「感動，不過，最讓我感動的是殺老婆讓你們吃的那個劉安。」

曹操讓財務取了五萬塊錢給孫乾：「小孫！明天你把這撫恤金送給劉安吧。」

第二天，孫乾來到劉家，見一個中年女人正在餵豬，問道：「劉安在家嗎？」

那女人頭也沒回：「不在，上山打狼了。」

孫乾又問：「劉安是妳什麼人？」

女人大笑：「還能是什麼人？我老頭子唄！」

孫乾：「昨天中午，妳不在家吧？」

女人覺得好生奇怪：「回娘家了，怎麼了？不許？」

孫乾自語：「I see！I see！」說完就往回走。

那女人一拍大腿說：「啊——你就是昨天吃我狼肉的人吧？」

孫乾：「是啊！可妳家劉安說是他老婆的肉！本來還想著給你們送五萬塊錢撫

卹金呢，既然是騙人的，那就算了吧。」

女人一看到手的鴨子要飛，跑過來抱住孫乾的腿不讓走，「不管是什麼肉，吃了就得給錢。」

孫乾：「我可警告妳，獵殺野生動物可是違法的。」

女人開始哭，把眼淚和鼻涕往孫乾的褲腿上抹，「嗚嗚嗚，我那看家三十八年的老黃狗被你們吃了，你們還賴著不給錢，嗚嗚嗚……」

孫乾看實在沒法子脫身，就數出一百張百元鈔，其餘的揣進自己的腰包：「那就給妳一萬吧。」

女人鬆了手接了錢，一張張對著日頭照。孫乾沒走幾步，聽見那女人又哭了，便問：「錢也給妳了，怎麼還哭呢？」

女人不理，自哭自己的：「嗚嗚嗚，好你個劉安，嗚嗚嗚，你把狼肉說成是我的肉讓人吃啊，嗚嗚嗚，你劉安真是個狼心狗肺好狠心啊，嗚嗚嗚，今晚跟你沒個完啊嗚嗚嗚……」

第 24 回

# 大水沖了龍王廟

黑燈瞎火中，呂布軍和陳宮軍就劈哩啪啦打起來，一直打到黎明，這才發現大水沖了龍王廟，自家打了自家人，呂布丟了徐州、小沛。

前面交代過，呂布麾下的陳珪、陳登父子已經被曹操收買爲臥底。在軍事會議上，陳登向呂布建議說：「根據可靠消息，劉備已經認曹做父，曹操必然會過來揍咱們，大丈夫能伸能屈，咱們得想想退路了，我考慮著得先把錢、糧、家小先轉移到下邳，萬一徐州守不住了，下邳也是條退路。」

呂布考慮良久說：「小陳這方案很好，OK！我代表大家舉手同意了！Over！」

半夜，因爲老婆和貂蟬都被送到下邳，不在身邊，呂布輾轉反側剛要入睡，電話就響了：「這麼晚了，誰呀？」

陳登故意壓低聲音說：「我是小陳啊，據非常可靠消息稱，小沛的將領們已經投降了曹操。」

呂布大吃一驚：「這幫兔崽仔也太不夠哥們了。」

陳登又說：「我已經和陳宮聯繫上了，陳宮將以大火爲暗號，在城裡爲內應，你火速帶重兵去小沛打曹兵。」

事不宜遲，呂布立刻帶了兵就往小沛趕。

陳登掛了電話，又給陳宮打電話：「緊急通知，曹操已經把徐州包圍上了，呂布命你丟車保帥，趕快放棄小沛帶兵去救徐州。」

陳宮聽了哪敢怠慢，領了所有的兵棄了小沛就往徐州趕。

陳登又給曹操打電話：「我已經使計讓小沛變成一座空城了，趕快帶兵來占。」

曹操聽了心裡直樂。

陳登見小沛的兵全走完了，就放火點著了一座城樓。

再說呂布帶著兵火速往小沛趕，遠遠的，果然看見小沛大火沖天，再往前趕，朦朧中看到一群部隊，估計必然是曹操兵無疑，「打！」

呂布一聲令下，黑燈瞎火中，呂布軍和陳宮軍就劈哩啪啦打起來，一直打到黎明，這才發現大水沖了龍王廟，自家打了自家人。

呂布和陳宮抱頭嗚嗚嗚了一陣，又連忙帶兵往徐州趕。到了城門口，城門不但不開，還嗖嗖往下面射冷箭。

呂布喝問，糜竺在城樓上說：「這徐州本來就是我家劉備的，你往城門口的大牌子上看！」

呂布和陳宮放低視線，城門果然有一個大牌子，上頭寫著「呂布和狗不得入內」八個大字。

呂布氣得鬍子翹得老高，但也沒法子，只得和陳宮再回頭往小沛趕，到了小沛城門口定睛一看，城門上插滿了曹操的旗。幹嘛呢？難不成小曹要選皇帝？再仔細一看：「不會吧？陳登怎麼會站在城樓上呢？」

陳宮鬱悶地說：「看來只有一種解釋了，那就是所有的一切都是陳登策劃的，陳登是個無間道。」

呂布仔細一想，豁然明朗，開始在城下大罵陳登：「陳登你狐假虎威！」

陳登在城樓上回答說：「我假的是漢朝的威，我樂意！」

呂布又罵：「陳登你是個叛徒！」

陳登：「錯！我這叫棄暗投明。」

呂布還要罵，被陳宮拉住了，「算了，不必和這種小人一般見識，就算把他祖宗八代罵遍，還是沒一點用處，讓弟兄們聽了還像罵街的潑婦似的。」

呂布這才歇了口，臨走又總結著罵了一句：「反正，正反，我跟你沒個完，咱們走著瞧！」

話音剛落，城門開了，張飛、曹操、關羽率兵衝了出來，呂布見情勢不妙，撒拍馬就跑，陳宮和士兵們也跟著跑。

一直跑到下邳，呂布回頭看再無追兵，方才大喘了一口氣，補罵了一句：「你曹操眞是得了寸還進尺，你也太狠了吧？你想趕盡殺絕呀？」

呂布雖然丟了徐州、小沛，但因爲錢、糧、家小都還在，便小鬆了一口氣，陳宮向呂布建議：「趁曹操現在剛占徐州，根基不穩，咱們可以想想法子再奪回來。」

呂布嘆了口氣：「唉！好漢不提當年勇，現在說奪徐州只是吹吹牛逼而已。」

過了沒幾天，還沒等陳宮想出來攻徐州的法子，曹操已經帶兵把下邳圍了起來。曹操對著城上的呂布說：「我聽說你要和袁術結爲親家，才來打你！你也不想想，他袁術是個什麼東西，竟敢自封皇帝！你可是殺過董卓，是漢朝的有功之人，你怎麼能和袁術同流合污？你還不如早點投降我，咱們一起爲建設漢朝的美好明天而努力奮鬥呢！」

呂布聽了曹操的一席話猶豫起來：「你讓我回家好好想想吧。」

陳宮瞅準時機一冷箭射去，不太準，但射中了曹操的帽子，接著大罵曹操：「你太陰險了！當年我眞是瞎了狗眼，才會和你一起跑路！」

曹操大怒：「你罵我沒關係，但怎能罵自己是狗呢？就衝著你這麼自甘墮落，我非把下邳打個稀巴爛不可！」

呂布慌了，責備陳宮箭法不準就別亂放箭，這下可慘了。陳宮說：「你就放心吧！這樣子！你帶一部分兵繞到曹部的後面騷擾他，他如果打你，我就出城打他屁股，他如果調頭攻城，你就從另一面打。曹操遠道而來，帶的糧草畢竟有限，只要堅持個十天半個月的，曹操沒了糧草自動會撤的。」

呂布聽了就回家和老婆商量，呂老婆一聽就哭了：「嗚嗚嗚，萬一你有個三長兩短讓我可怎麼活？嗚嗚嗚……」

## 第25回

# 呂布殞命

侯成偷了呂布的赤兔馬，宋憲、魏續趁機拿走了呂布的畫戟，用繩子把呂布連椅子綁了個結實，曹操一聽爽歪了！

呂布猶豫了三天也沒出城，陳宮來問，呂布回答說：「我覺得，還是在城內更有安全感。」

又過了幾天，陳宮說：「聽說曹操派人回許昌運糧草了，你如果現在派精兵出城把曹操的糧草截了，他曹操的人馬豈不餓死？」

呂布想想自己的老婆嚴氏和貂蟬，哪裡捨得下？就說：「我只要有方天畫戟和赤兔馬，誰又能打得過我？」

陳宮嘆道：「死到臨頭了還吹牛，看來這下死無葬身之地了！」

呂布鬱悶，天天待在家裡和嚴氏、貂蟬借酒消愁。

這天呂布突然想到袁術曾想和自己結爲親家，袁術可是兵多將廣，何不讓袁術派兵救難呢？就給袁術打電話。

袁術聽了並不感冒，暗想：以前我想和你呂布結親，是因爲想占劉備的小沛，現在小沛被曹操占了，我才不會笨到拿雞蛋往石頭上碰。袁術知道曹操圍了下邳，呂布出不得城就說：「你先送來女兒我再派兵。」

呂布沒法子，只得背著女兒，騎上馬，提了畫戟要給袁術送女兒。剛打開城門，關羽、張飛、徐晃、許褚等人如狼似虎撲了過來。呂布雖生猛，但背上背著女兒，怕女兒受傷，試了試實在出不去，只得又退了回來。

呂布更鬱悶，繼續和嚴氏、貂蟬借酒消愁。

這天，有人報告說：「曹操決開了沂河、泗河，下邳城除了東門全進水了。」呂布回了句「進就進唄」，仍和嚴氏、貂蟬喝酒。

後來有一次，呂布無意間在鏡子裡發現自己變得非常憔悴，知道是酒色過度，這樣下去可不行，就下令全軍戒酒，違者斬。

這天，侯成的十五匹馬被人搶了，宋憲、魏續幫侯成追了回來，兩人非鬧著讓侯成請客喝酒。

侯成說：「不是我小氣，呂布剛下過令，不讓喝。」宋憲、魏續不依不饒：「他放完了火，還不許咱們點個燈？」

於是，侯成等人來請示呂布，呂布火大，非要斬了侯成，宋憲、魏續在一邊請求：「我們只是來請示，還沒喝嘛！」

最終呂布還是打了侯成五十軍棍。事後三人都氣憤，就商議造反，「水往低處流人往高處走，不如咱們投靠了曹操吧！」

「咱們總不能空著手去呀！如果把呂布拿下，不就立了大功，能加官加賞？」

這晚，侯成偷了呂布的赤兔馬，宋憲、魏續故意打開城門讓侯成跑，還咋呼著做出追趕的樣子。

第二天，呂布聽到城外喊聲震天，就拿了畫戟要騎上赤兔馬去打，誰知道找了半天也沒找到馬，一問才知道被侯成偷走了。

呂布訓斥宋憲、魏續：「你們兩個人都追不上一個人？眞是兩個蛋白質、造糞機……」罵完之後騎了匹普通馬去城外應戰，整整打了一上午。

中午飯後，呂布累得坐在城上的椅子上曬太陽，不一會睡著了，宋憲、魏續趁機拿走了呂布的畫戟，用繩子把呂布連椅子綁了個結實，然後就給曹操打電話：「呂布已經被我們拿下！」

曹操一聽爽歪了！

呂布醒後一看被宋憲、魏續綁在椅子上，一切就明白了，問宋憲、魏續：「平時我待你們可是不薄，Why？」

宋憲說：「你只聽你老婆的話，卻不願聽我們的話，還說不薄？」

呂布無話可話，使勁蹭了蹭，沒蹭開，連忙給宋憲、魏續賠不是：「宋哥！魏哥！都是小弟的錯，求求你們放了我吧！」

兩人都不理會，魏續說：「現在叫大爺都不頂事了！」

呂布「撲通」一聲連人帶椅子跪下了：「嗚嗚嗚，宋祖宗！魏祖先！求求你放了我吧！我下輩子做牛做馬報答你們。」

來不及了！正說著，曹操的人到了，宋憲、魏續兩人打開城門，曹操的人把呂布連人帶椅子抬了起來。

臨走，呂布說：「我也知道死到臨頭了，但我有一事不明，咱們是哥們，你們倆爲什麼非要出賣我呢？」

宋憲：「鳥爲食亡，人爲財死。」

魏續：「我師父從小就教育我：朋友是用來出賣的，如果值錢的話。」

宋憲：「你知道長城是怎麼倒的嗎？」

呂布：「答對了放我走嗎？那我要說答案了，是孟姜女！」

宋憲：「孟你個頭！就是我們這種人推倒的。」

呂布抹了一把鼻涕和眼淚對抬他的人說：「走吧，我死也瞑目了。」

## 第 26 回

# 劉備成了劉皇叔

皇帝加封劉備的報告上傳到了曹操手上後，有謀士說：「不能批，現在劉備突然變成皇叔，如果批准，人家叔侄倆合起夥來，咱就不好對付了。」

話說曹操殺了呂布、陳宮，收了張遼，占了徐州、小沛、下邳之後，回師許昌向漢獻帝請功。

輪到劉備時，漢獻帝劉協問：「你貴姓？」

劉備連忙說：「你太客氣了，我的姓不貴，姓劉，卯金刀劉。」

漢獻帝看了劉備老半天：「你啥意思？你是說我劉協家的劉不尊貴嗎？」

劉備鬧了個大紅臉，連忙改口說：「不不不，你的劉尊貴，我的劉不尊貴。」

漢獻帝：「百家姓裡面還有第二個卯金刀劉嗎？只要是卯金刀劉，那就是尊貴的，你懂不懂啊？」

劉備：「對不起，不好意思，我對我剛才對你的冒犯深表歉意。那我重新說啊，我貴姓劉，名備。」

漢獻帝又問：「你爲什麼姓劉？」

劉備想了想說：「因爲我老爸姓劉，所以我也姓劉。」

漢獻帝：「那你能用什麼證明你家的姓不是冒牌或盜版的呢？」

劉備再想，然後說：「一、可以查家譜，二、可以驗DNA。」

漢獻帝：「保險起見，兩個都查。不過，我醜話說在前面啊，如果查出來你確實不是冒牌或盜版，費用我給你報銷，否則費用自理。」

劉備心想：還皇帝呢，眞是小家子氣。

漢獻帝心想：他肯定暗罵我小家子氣了，他哪裡知道，我的每一筆經費都還得經曹操審批呢？你說我這皇帝當得容易嗎？

人家皇帝都這麼說了，劉備又能怎樣？經過家譜、DNA兩項檢查，最終得出結論：劉備確實貴姓劉，並且還是漢獻帝的堂堂……叔。

劉備看完報告說：「眞不好意思，我也不是存心占你便宜。」

漢獻帝：「現在造假的太多了，不過既然報告這麼說，我們只能選擇相信。」

漢獻帝心想現在曹操霸權，有個皇叔在身邊還是增加一些安全感，管他眞的假的，就說：「我準備封你爲左將軍和宜城亭侯，不過，你也不要高興得太早，還得經我的上級曹操批准才行。」

劉備聽了連忙兩膝著地，磕頭如雞啄米，Thank you了一番。

皇帝加封劉備的報告上傳到了曹操手上後，有謀士說：「不能批，現在劉備突然變成皇叔，如果批准，人家叔侄倆合起夥來，咱就不好對付了。」

曹操說：「狗屁！他劉備就是皇祖爺、皇祖先也是我的手下，再說了，漢獻帝這小屁孩還得聽我的呢。」

曹操就大筆一揮，寫了個OK。又有謀士說：「現在眞是脫褲子放屁多一事，六指撓癢多一道，你乾脆自稱皇帝得了！」

曹操：「現在時機還不成熟，這樣子，我以打獵的名義試探一下吧！」

曹操就給漢獻帝打電話：「是小皇吧？」

漢獻帝一聽是曹操，敢怒不敢言，只能拐著彎：「曹先生，你怎麼老是取笑我？你小皇小皇地叫，就像你叫你家小狗似的。」

曹操聽了哈哈一笑：「我叫你小皇帝，簡稱小皇，這樣子顯得親切嘛！」

漢獻帝：「那你還不如直呼我劉協或叫我小劉！有啥事？」

曹操：「咱們明天去打獵吧！」

漢獻帝暗想，曹操一肚子壞水，絕不僅僅打獵這麼簡單，就推託：「現在日理萬機的，哪能顧得著遊樂呢？」

曹操笑：「靠！你騙騙別人還行，至於我，你就省了吧！還日理萬機呢，你的心還不都讓我給你操了？」

漢獻帝：「打人別打臉，揭人別揭短嘛。我是這樣子考慮的，野生動物都挺寶貴的，咱們打死一隻就少一隻。」

曹操呵呵一笑：「你小劉老土了吧？現在所謂野生動物都是人工養殖的。」

漢獻帝看再無退路，只得勉強ＯＫ。

第二天，爲了安全起見，漢獻帝叫上劉備一起去了。漢獻帝想試試劉備的素質，就對劉備說：「劉皇叔！來來來！你射一個給皇帝我瞧瞧。」

劉備哪敢怠慢，正在這時，不太遠處有一隻狼正追一隻兔子，劉備想，如果狼追上咬死兔子的同時我放箭，豈不是一箭雙雕？就瞄啊瞄，瞄得曹操和漢獻帝看得眼都酸了還沒射。

曹操說：「靠！你陽痿啊？到底是射還是不射？」

劉備委屈：「哪怨我？只怨狼跑得太慢，兔子跑得太快了。」

漢獻帝：「不用一箭雙雕了，射一個是一個吧。」

劉備只得退而求次之，保險起見，選了目標大一點的狼：「那就打隻狼吧！」說完鬆了手放了箭。

那狼聽了，心裡咯噔一下，暗叫：吾命休矣！

那兔子聽了心裡美：狼兄！你消息也太不靈通了，早就聽說劉備上次在劉安家吃狼肉吃上了癮……兔子正在幸災樂禍，只覺得背上一顫，中箭倒地。狼逃過了一劫，再看看嘴邊的兔子身上有箭，知道已經被劉備占住了，行有行規，狼哪敢造次侵權，嚥了口口水無奈地跑開了。

劉備跑近一看射中的不是狼而是兔子，靈機一動說：「兔子果然中計，我這叫聲東擊西。」

曹操直誇劉備「好聰明」，漢獻帝直誇劉備「神箭手」。

Next，曹操又對漢獻帝說：「小皇！來來來！你射一個給曹操我瞧瞧。」

漢獻帝回想自己有生以來以來從未射中過，知道自己吃幾個饃喝幾碗湯，心裡沒譜，但因爲是曹操讓射的，也不敢有違，只得選了一隻個頭最大，被綁著的馬鹿。一、二、三、四、五，離馬鹿五步遠，取了弓，搭上箭，正要射，突然想起，不對，我曾經有一次五步遠射馬，射了一百次未中，最後一次閉著眼居然射中了。

主意打定就閉了眼，心裡默念：感謝釋迦牟尼，你保佑我射中吧！默念完鬆手，看馬鹿安然無恙，箭落在草叢裡。又搭上一箭，心裡默念：感謝耶穌，你保佑我射中吧！默念完鬆手，馬鹿還完好無損。

看來神靈沒用，又搭上一箭，心裡默念：感謝老爸，你在天之靈保佑我射中吧！念完就射，再看，馬鹿打著盹快睡著了。

曹操見了大笑：「像你這般如何做得了皇帝？來來來！我給你做個示範，你瞧瞧！」說著就接過來漢獻帝的弓箭，從馬鹿處往遠處數了一百步：「你得掌握好要領，第一步，前腿弓後腿蹬，這是姿勢。第二步引弓搭箭。」

曹操示範著就把箭射了出去，結果箭射到了馬鹿腿旁的草地上，馬鹿嚇了一跳，睜開眼看了看箭說：「討厭！又來騷擾我！嚇得我小心肝撲通撲通直跳。」然後又閉上了眼。

曹操又說：「光靠這兩步還不行，你得有第三步，瞄準馬鹿的頭再射。」

只聽「嗖」的一聲，馬鹿應聲蹦了起來，再看，馬鹿的背上果然中了一箭。隨從們都以為是漢獻帝射中的，都伸出食指和中指大呼：「耶！萬歲！萬歲！」

「這有什麼呀？當年呂布在一百五十步遠，還射中我頭上的蘋果呢。」劉備想說這話，但張了張嘴，沒說。

第 27 回

# 刺曹計劃

董承闡明了自己的立場。劉備一聽有可能當一人之下、萬萬人之上的丞相，頓時熱血沸騰起來，但又想到曹操那雄厚的實力，頓時熱血又涼了下來。

漢獻帝回到宮中和伏皇后說了，伏皇后聽了數落起漢獻帝，「我眞是哀你不幸，怒你不爭，自從我嫁給你，剛開始是受董卓擺布，董卓死後該太平了吧？以後你嫌李傕、郭汜把持朝政，我又跟著你離開了李傕、郭汜這狼群，入了曹操這虎窩，現在倒好，整個成了曹操的傀儡了。說傀儡也是高抬你了，你都成了曹操的玩偶了，你看你今天那熊樣！」

伏皇后說的句句都是事實，漢獻帝聽了一言不發，伏皇后又衝漢獻帝說：「你窩囊廢！」

漢獻帝仍不作聲，伏皇后更來氣：「我要和你離婚！」

漢獻帝量她也捨不得，就說：「妳看著辦！」

伏皇后看漢獻帝毫不留戀，大哭起來，哭了一陣又拿起手機撥了起來：「老爸！我和他一天也過不下去了，我要和他離婚！」

伏皇后的老爸伏完一聽，就知道兩人又鬧情緒了，就讓漢獻帝接電話。漢獻帝就把打獵的事說了，老丈人也犯起了難：「你說這事，除了親戚誰又肯爲你賣命？我不行，一沒官二沒職的，你去找你老舅董承，他可是車騎將軍。」

漢獻帝立即就給董承打電話：「老舅！想死你了，想得我都想不起來你長得什麼模樣了。」

董承一聽是漢獻帝，就猜準有急事：「呵呵，只是想說這句話？」

漢獻帝：「我今天看商場裡有件錦袍，就買了回來要送給你。」

董承心想，這漢獻帝也眞小家子氣，大老遠就讓我取一件破衣服？但轉念一想，聽說曹操的耳目多，也許是漢獻帝說話不方便另有意圖，也就答應了下來。

第二天，董承到了皇宮裡，果然，到處都是便衣，就連WC裡也好幾個監視器，董承和漢獻帝在衆目、衆眼、衆監視器監看下，也沒了見到親人應有的熱情和情緒，只是輕描淡寫地互相問了幾句。

漢獻帝：「吃了嗎？」

董承：「吃了，你也吃了吧？」

漢獻帝：「我也吃了，老舅，你身體還好吧？」

董承：「託皇上你的福，不過，這兩天可能衣服穿得薄，感冒了。」

董承說完，誇張地乾咳了幾聲。漢獻帝：「我都聽說了，這是我給你買的錦袍，你快穿上吧。」

董承穿的時候，漢獻帝趁機小聲說：「這腰帶可好了。」

董承會意：「如果沒別的事的話，我走了，你忙吧。」

漢獻帝：「行，那你慢走，我不送了。」

走到門口，曹操攔住了去路，調出董承來時的監控錄影對比：「大膽！你竟敢偷宮裡的衣服！」

董承：「冤枉啊，這衣服不是我偷的，是漢獻帝送我的。」

曹操：「那你脫下來我瞧瞧！」

董承知道衣服裡有蹊蹺，怕曹操看出來不肯脫，曹操硬從董承身上剝了下來，對著太陽仔細看。那董承早嚇得半死，生怕曹操看出什麼端倪來。

曹操看了老半天，沒看出什麼破綻，就穿在自己身上，繫了腰帶問左右：「我穿著怎麼樣？」

左右說：「你本來就帥，再穿上這錦袍眞是帥呆了，酷斃了！」

「你穿上這衣服更像超級猛男！超級女生都得讓你三分。」

曹操聽了心裡那個美，就對董承說：「乾脆送給我算了！」

董承哪裡肯？曹操審視著董承：「莫非這衣服裡面藏有見不得人的東東？要不，你腿抖什麼呢？」

靠！連這個你也知道！董承聽了連忙更誇張地乾咳起來：「我這幾天感冒，皇帝見了就送了我這件衣服。」

曹操一聽，連忙把錦袍脫了扔在地上，並對著衣服「呸呸呸」了三下：「靠！你早說呀，可別讓我傳染上了禽流感？快拾起來滾！」

董承如釋重負，連忙撿了衣服穿上，絕塵而去。

董承人不停腳一直跑到家，心還「撲通撲通」直跳，喝了五杯水，情緒方才穩定下來，這時想起漢獻帝暗示的腰帶，就解了下來細看。

翻看了老半天也看不出來有什麼異樣，用放大鏡再看，還看不出來有什麼特別之處，就用刀子解剖開來看。

果然，裡面有一條布，是漢獻帝用血寫的字，可見對曹操有多恨！內容是讓董承想辦法殺了曹操。

董承看完後洩了氣，「靠！你讓一隻螞蟻去踩死大象，談何容易？你還不如直接讓我去死！」

正發愁，有人敲門，董承連忙把血書藏了起來。來的不是別人，是好朋友王子服，董承問：「不忙啊？」

王子服：「怎麼個不忙？除了忙著看螞蟻上樹外，還得忙著來你這兒聊天。」

董承看王子服也不是外人就說：「有個大項目，不知道你肯幹不肯幹？」說著把那血書拿了出來。

王子服看了半天，仰起臉問：「從哪整來這東東？不是忽悠人的吧？」

董承急了，用兩手比了個王八的動作，「騙你我是這個，我是當今皇上的老舅，當今皇上是我的外甥。」

王子服：「這個你說過幾百遍了，我也不跟你計較真假了，反正我閒著也是閒著，只要不需要投入資金，又能幹大事就行，我正愁著沒有揚名立萬的機會呢。」

董承看王子服不怕，自己頓時膽壯了些，於是到小商店裡買了本簽名冊，先填上了自己的名字，然後遞給了王子服。

王子服想都沒想，填上了自己的名字，填完後，說道：「我還有三個哥們种輯、吳碩和吳子蘭，成天沒事幹，讓他們也參加吧？」

董承問：「關係怎麼樣？」

王子服捶了一下董承的胸：「你就放心吧，比鋼都鐵！」

五個人簽完名後，發現幾個人都沒有太大的實力，就商量著又拉來了西涼太守馬騰。馬騰簽完後又說：「辦這事，咱們僅靠人數和實力還不夠，還得請個有輩份的人，想來想去，劉備最合適，他現在不是當上皇叔了嗎？」

馬上有人說：「你懂個屁！劉備可是曹操的人。」

馬騰也不發火：「表面上看，劉備是曹操的人，實際上，劉備可不是往曹操那壺裡尿的人。」

董承：「讓我去吧，我在大學辯論賽上得過亞軍。」

眾人舉手表決通過。

話說這天深夜，劉備摟著老婆睡得正美，聽見有人一直敲門，不得已只得起來，透過貓眼一看是董承，便開了門問：「怎麼了？被老婆趕出來，無家可歸了？」

董承：「NO！NO！我是來問你一個問題？」

劉備：「可別是數理化啊，我理科學得可差了。」

董承：「能讓我先坐下再說嗎？」

劉備連忙給董承讓坐：「不好意思啊！抽煙不？」

董承：「不。」

劉備：「喝水不？」

董承：「喝，最好放點茶葉。」

劉備整了茶葉，沏了茶，坐定了問：「什麼問題你問吧！」

董承端起茶要喝，試了試太熱，只得抿了一點點再放下，「那天打獵，曹操那麼猖狂，我看你張嘴要反對，最後沒說是吧？」

劉備一驚，後悔沒在牆上貼幾張「莫談政治」的字條，暗想這曹操的眼線多，這傢伙可能是曹操派來找我茬的。又想不對，董承是國舅，也可能是漢獻帝的人。思來想去琢磨不準，左右為難，劉備只得直說了：「我也不管你是誰的人，反正我那天確實想說的只是『聽說有人在一百五十步遠能射中人頭上的蘋果』，但考慮到得給漢獻帝和曹丞相面子（最主要的是自己的面子），所以張了張嘴沒說。」

董承看劉備說話的神態不像有假，顯得很失望，想想自己來的目的，就闡明了自己的立場：「我是國舅，當然是漢獻帝的人了，我也知道曹操的眼線多，這才在晚上來。現在皇帝的權力都讓曹操那小子霸占著，你想想，如果咱們把曹操扳倒了，你是皇叔，我是國舅，咱倆才應該是丞相，對吧？」

劉備一聽有可能當一人之下、萬萬人之上的丞相，頓時熱血沸騰起來，但又想到曹操那雄厚的實力，頓時熱血又涼了下來，「別扯了，就以咱倆的實力，那不是拿雞蛋往石頭上碰？」

董承適時從公事包裡拿出簽名冊讓劉備看，劉備看看上面已經有六個人了，並且都是有一定實力的，正要拿筆簽了，卻又停了下來。

董承不解：「Why？」

劉備：「你說我現在簽的話是第七，我這上面第六，下面這第八多吉利！」

董承呵呵一笑：「這，你就老土了吧，現在正時興七上八下呢，Lucky Seven，多吉利！」

劉備聽了舉起筆正要簽，又猶豫了：「我現在名譽上還是曹操的人，你可得爲我保密啊！」

董承一拍胸脯：「不但我保密，而且讓簽名冊上面的所有人都保密。」

劉備這才放了心簽了字。

董承看大功告成，拿起杯子仰起脖一飲而盡。

# 第 28 回

# 曹操縱虎歸山

劉備急忙給關羽和張飛報喜，三人領了人馬撒開腳丫子就跑。曹操不禁納悶：「這劉備去打仗，怎麼就跟中了五百萬大獎似的，Why？」

第二天，劉備正擺弄陽台上的花，曹操打來電話，劉備心虛，不想接又不能不接，只得硬著頭皮接。

曹操：「忙什麼呢，顧不著接我電話？」

劉備：「正在給花澆水，曹丞相有啥事？」

曹操：「你來了就知道了。」

劉備沒法只得去，曹操見劉備來了，就拉著劉備的手說：「在家幹大事呢？」

劉備一驚，嚇得面色蒼白，不會吧？這麼快就洩底了，頓時不知所措。曹操指著自家的梅子樹說：「你在家研究花草，我在家研究果樹。」

劉備一聽，方才放下了心，「呵呵！狗屁研究，沒事鬧著玩呢。」

曹操：「剛才我看見枝頭上的青梅，想起去年打張繡時，一次一路沒水，士兵們坐在地上不走，我說『快走吧，前面有梅林。』士兵不幹，說：『要不你給整點水，要不你給整點梅子，就是別整望梅止渴，這故事早聽爛了，我們可不是那麼好唬弄的。』我沒法子，只得掏高價空投了點礦泉水。」

兩人一邊說話，一邊吃盤裡的花生米，一邊喝啤酒。

一會兒，烏雲密布、電閃雷鳴，兩人就趴著窗子看，曹操：「你說這龍的本事也眞大，高興了就晴空萬里，生氣了就傾盆大雨，咳嗽一聲都這麼大響動。」

劉備稱是。曹操：「由龍的本事大，我又想到人的本事，你說當今中國誰的本事最大？誰才是眞正的英雄？」

劉備：「張藝謀拍了很多賣座的大片，獲得了很多國際大獎，其中有一部就叫〈英雄〉，可算英雄？」

曹操：「他拍的片子都華而不實，不算英雄。」

劉備：「姚明身高二二九厘米，能到美國NBA打球，收入居中國體壇之冠，可算是英雄？」

曹操：「他靠的是身高，我要是長那麼高，練練估計也可以，不算英雄！」

劉備：「周杰倫人稱天王，粉絲衆多，可算英雄？」

曹操：「靠！他的吐字還沒有我家蚊子清楚，不算英雄！」

劉備：「那其他的我就不知道了。」

曹操：「英雄是具有捨我其誰、唯我獨尊的氣質，擁有統霸中國的雄心之人。」

劉備呵呵一笑：「這麼超強之人，誰又能當之無愧呢？」

曹操用手指劉備，又指自己：「只有你、我兩個人。」

他怎麼知道我是英雄？是哪個大嘴巴告訴他的？讓我知道非海K一頓不可！劉備心一驚，剛捏的一粒花生米還沒塞進嘴裡，「咚」的一聲嚇掉在歐典木地板上，隨後又骨骨碌碌滾了老遠。劉備走過去，探著胳膊去撿。

曹操：「算了，不就是一粒花生嗎？」

劉備：「不行，我老媽從小就教育我『鋤禾日當午，汗滴禾下土。誰知盤中飧，粒粒皆辛苦。』沒事，剝了皮還是很衛生的。」

曹操暗想，看來我高估了劉備，這劉備的雄心原來只有一粒花生那麼大。

正在這時，情報人員過來報告袁紹和公孫瓚的戰況：「公孫瓚經過實踐，證明自己確實打不過袁紹就自殺了，袁紹得了公孫瓚的地盤和兵將，實力大增。再說袁紹的弟弟袁術，自從自封皇帝以來，老百姓們抗議、遊行、示威、砸板磚聲不斷，袁術見門面實在撐不下去了，就想把玉璽和皇位傳給哥哥袁紹，如果這哥弟倆合起夥來，那可是不好對付，請丞相批示。」

劉備暗想，這不正是我的一個脫身之機？此時不脫更待何時？想著想著竟然脫起衣服。曹操：「阿備，你幹嘛呢？我可不興這個。」

劉備這才回過神，說道：「袁術要去投靠袁紹，徐州是必經之地，那地面我混得熟，讓我去整吧？」

曹操不假思索：「OK！那就派給你五萬人馬吧。」

劉備急忙給關羽和張飛報喜，三人領了人馬撒開腳丫子就跑。曹操不禁納悶：「這劉備去打仗，怎麼就跟中了五百萬大獎似的，Why？」

手下人經過分析說：「I see！這就叫放龍入海、放虎歸山、放鳥入林、放……」

曹操：「放你個鳥！還不快讓許褚去追。」

再說劉備正和關羽、張飛興高采烈地領著人馬進發，聽得後面有「的的的」急迫的馬蹄聲，暗叫不好，知道必然是曹操後悔了，那也沒法子，只能見機行事了。近了，果然是曹操麾下大將許褚，劉備：「你太客氣了，不用送了。」

許褚：「不是送你，是曹操說要我追你。」

劉備明知故問：「追我幹嘛？」

許褚撓撓頭，「我也不知道，我回去問問啊！」

那許褚又「的的的」騎著馬回去了，見了曹操問：「我追他幹嘛？」

曹操心想，現在五萬人馬在劉備手上，不能明說讓他交權，「嗯……你就說，我要請他喝咖啡。」

許褚得令，又「的的的」騎著馬追劉備去了，見了劉備說：「我問了，他要請你喝咖啡。」

劉備：「靠！咖啡重要還是戰機重要？不喝！」

許褚想，曹操也沒交代劉備不喝怎麼辦呀，只得又「的的的」回去請命。

曹操見許褚又空手而回，罵道：「眞是蛋白質！」

許褚不敢還口，只得心中暗比中指，委屈地說：「你把我累成這樣子，你打個手機不就得了？」

曹操聽了一拍腦門，怎就忘了還有這東西？立即拿出手機撥號，卻只聽到：「您好！您撥打的電話已在山區，信號不通，抱歉！」

許褚：「還追嗎？」

曹操：「還追個狗屁！在山區，你追得著嗎？」

第 29 回

# 劉備聯袁抗曹

曹操調集了二十萬大軍來打劉備，劉備聽了頓時慌了，陳登建議：「現在除了曹操外，實力最強的是袁紹，不如請他來幫咱們？」

話說袁術被劉備的五萬大軍打得潰不成軍，只領著一千人逃往江亭，經一路奔波，就問廚師要蜂蜜水解渴。

廚師說：「靠！哪有？能有條活命就不錯了！」

好歹也是個皇帝，袁術哪受過下人如此奚落？真是牆倒衆人推，被噎得一個字也說不出來，最終氣得吐血而死。

一樁心病了卻之後，曹操又想到劉備手裡握著自己的五萬兵，就給掌管徐州的車冑聯繫，讓他見機殺了劉備。

車冑思來想去都覺得不妥，就和陳登商量。陳登一聽，心說：靠！我發財的機會又來了，但口上卻說：「這不小菜一碟？袁術不是已經死了？劉備這兩天就會回來，你到城門口裝作歡迎，趁其不備一刀捅了他，然後你把城門關上，就是有要替劉備報仇的人也奈何不了你。」

車冑聽了點頭稱是。陳登一回家就給劉備打電話：「劉老兄！有人要暗殺你，你說這條消息值多少錢？」

劉備大吃一驚問：「誰？」

陳登：「我可以想法子讓他殺不了你，還能讓他引火自焚，你說，這又值多少錢？」兩人經過討價還價，陳登才如此這般告訴劉備。

這天半夜，車冑正睡得香，城門來電，說是曹操麾下的張文遠部隊要進城。車冑不敢怠慢，來到城門上，天黑漆漆的看不清，怕是劉備人馬僞裝的，就問：「三更半夜的，來這幹嘛呢？」

下面有人說：「我是曹操派來幫你殺劉備的。」

車冑腦袋不好使，一聽就信了，下城開門歡迎，後腳剛跨到城外，城門「咕咚」一聲就被人關上了。

車冑心裡咯噔一下，連忙回頭要拍門，卻聽見城上陳登叫人放箭，頓時，城上冷箭「嗖嗖」往下飛。因爲天黑，車冑僥倖並沒射中，連忙喊：「救命啊！哪位是張文遠？快來救我呀！」

關羽聽了拍馬就到，只一刀就把車冑的頭咯嚓了下來。曹操殺劉備不成，反把車冑的兵馬和徐州城送給了劉備，你說該有多氣？

曹操哪裡能忍得下如此惡氣？就調集了二十萬大軍來打劉備，劉備聽了頓時慌了手腳，陳登建議：「現在除了曹操外，實力最強的是袁紹，他有一百萬兵力，不如請他來幫咱們？」

劉備一聽直搖頭：「靠！我剛把他弟弟打敗，逼得袁術吐血而死，我現在又去求他，那不是與虎謀皮，自投羅網？」

陳登：「阿備啊，你要知道，天底下沒有永遠的朋友，也沒有永遠的敵人，只有永遠的利益。你和袁紹現在的共同利益就是打曹操，這叫共贏。」

劉備一聽有些道理，就試著給袁紹打電話。

那袁紹不憨不傻，也明白劉備打袁術是出於曹操的命令，人死不能復生，另外，滅掉曹操是自己一生的追求，就一口答應了。

袁紹之所以能發展到如此強的實力，說明袁紹還是很有一定能力的，就說這次打曹操，袁紹那是兩手抓兩手都硬。

見曹操出了二十萬人馬，袁紹就出了三十萬，另一方面用各種手段製造對曹操的輿論壓力。

話說這天曹操得了感冒到藥店抓藥，走在街上見有人發宣傳單，以爲是百貨公司週年慶大特價，就湊上前要了一張。

仔細一看，大吃一驚，只見宣傳單上把自己宣傳成十惡不赦的恐怖分子，比賓拉登都該死一萬倍。

曹操只覺得周身發熱，渾身冒汗，走到藥店，居然發現自己的感冒已經好了。思來想去，覺得袁紹這兩手忒厲害，不得不甘拜下風退了兵。

同時曹操還派劉岱、王忠領了五萬人去打劉備。

話說這劉岱、王忠是天生的膽小鬼，離徐州還有一百里便安營紮寨，又怕劉備主動找上門來打，便在所有的旗上打上「曹操」的名字。

劉岱看了說：「這下心裡踏實多了。」

王忠看了說：「這下晚上可以睡個好覺了。」

曹操知道後很生氣，就給兩人打電話：「靠！我是讓你們打仗，還是讓你們旅遊？趕快去打！」

劉岱對王忠說：「那你就去吧！」

王忠：「你接的電話，你先去。」

劉岱：「我是主將，你是副手，你得聽我的指揮。」

王忠：「要不，咱們一塊兒去？」

劉岱還是怕死：「這樣吧，咱們抓鬮，誰抓到『先』誰先去。」

王忠同意，劉岱玩了個小心眼，在兩個裡面都寫了個「先」。劉岱先抓，裝作抓了個「後」，展開看完後「耶」的一聲蹦了起來。

王忠再抓，展開後當然是個「先」字，沒法子，只得垂頭喪氣硬著頭皮帶了一半的兵去打徐州。

## 第30回

# 劉備拿人質換和平

張飛：「我給你立個軍令狀，寧可他把我殺了，我也絕不傷著他。」劉備想，多捉一個人質，多個談判的籌碼，便也給張飛了三千人馬。

再說徐州，劉備見城外的部隊打的是「曹操」的旗號，也不敢去打，便說：「張飛！你去打吧！」

張飛哪裡肯去，「不好意思！我這幾天感冒。」說完誇張地乾咳了幾聲。

劉備沒法子，只得又說：「關羽！那就辛苦你一趟了。」

關羽心說：靠！這哪只是辛苦這麼簡單？打仗是要死人的，再說了，要打的是曹操，我可不去。「我也感冒了。」

劉備：「不許你感冒，張飛已經有版權了，你再感冒就是侵權。」

關羽只得說：「我患的是帕金森、新流感、狂犬綜合症。」

劉備：「再裝病，我開除你！」

關羽沒法，只得領了三千人馬去應戰。

關羽來到陣前，正考慮著要不要說：「曹丞相大人！我知道打不過你，都是混這碗飯的，你就開開恩，千萬別往死裡打……」定睛一看，對方陣前的不是曹操，就問：「你是誰？我怎麼不認識你呢？」

王忠連忙兩膝著地，磕頭如雞啄米：「關羽大人！我是王忠，你不認識我，但我認識你，你的大名如雷貫耳，我甘拜下風，都是混這口飯的，你就饒我不死吧，我給你磕頭了。」

關羽一聽曹操不在就放了心，對王忠說：「我不打你沒法交差，這樣吧，你讓我生擒回去，也好有個交代。你放心，我家劉備心地可善良了，踩死隻螞蟻還哭三天呢。還有，我們徐州的伙食也很不錯，三菜一湯。再說了，你是曹操的人，劉備打狗還得看主人呢，他不敢把你怎麼樣。」

王忠別無他法，只得從命。

關羽押著王忠回到徐州城內，劉備一看不認識，便厲聲喝問：「你是哪路毛神？膽敢冒用曹操的旗號？」

王忠一看劉備比關羽說的厲害，連忙解釋：「我雖然不是曹操，但我確實是曹操的人，我叫王忠，這是我的工作證，你可以去調查核實。」

劉備看完工作證，連忙說：「誤會！誤會！」又對手下人吩咐：「茶！上茶！上好茶！」

張飛聽說曹操不在，好生後悔，對劉備說：「俺也去捉一個，立個功玩玩。」

劉備：「傷著了你倒不打緊，就怕你傷著了人家，曹操的人可比你金貴。」

張飛：「我給你立個軍令狀，寧可他把我殺了，我也絕不傷著他。」

劉備想，多捉一個人質，多個談判的籌碼，便給張飛了三千人馬。

張飛出了城，走了一百里來到劉岱的寨前，給劉岱說好話：「求求你，劉岱大人，你讓我也把你捉了好立個功！」

劉岱：「靠！怎麼來了個瘋子？」

接下來幾天，張飛在寨前說了幾籮筐好話，劉岱見張飛也不來打，便放下心，只守不出，也不理張飛。張飛見整這些東東不頂事，忒鬱悶！一個人喝悶酒，喝高了就對著一個瞧不順眼的士兵暴打一頓，「我今晚打劉岱就拿你祭旗！」傍晚又偷偷讓人把那士兵放跑了。

那士兵出了城就死命跑往劉岱的寨前：「我有重要情報要報告劉岱。」

把門的士兵把他領到劉岱跟前，那士兵如此這般說了一通。劉岱想，九十九％可能是圈套，一％可能是真要打。但寧信其有不信其無，畢竟不能拿自己的生命開玩笑，便問了張飛的電話撥了過去，「那你帶我走吧，我也想到徐州觀觀光，聽說你們吃的是三菜一湯，我也順便改善改善生活。」

張飛放下電話，和其他將士擊掌相慶：「耶！」

張飛領著劉岱回到徐州請功，見了劉備亮騷說：「你看，我也不傷他一根毫毛，把他捉了來。」

劉備：「他是沒傷一毛，但你那士兵被你打殘了。」

張飛委屈：「你不是說曹操的人比咱們的人金貴？」

劉備見了劉岱連忙陪笑：「坐！請坐！請上坐！」又吩咐手下：「酒！敬酒！敬好酒！」

酒足飯飽後，劉備拿出手機和曹操談判：「曹哥！你手下劉岱和王忠在我這吃飯呢，你看怎麼著？」

曹操大吃一驚，將信將疑：「你讓他們接電話。」

劉岱：「對不起，曹哥，我整不過他。」

王忠：「不好意思，曹哥，我……」

「靠！你們這兩個飯桶！」曹操罵了一通，又讓劉備接電話：「那好吧，整來整去挺傷和氣的，你讓他們回來吧，不玩了。」

於是，劉備化險爲夷。

第 31 回

# 曹操借刀殺禰衡

禰衡到了荊州，戲謔了劉表一番，劉表也不發怒，只說讓他去見黃祖。黃祖大怒，藉著酒勁就把禰衡這個超級「蛋白質」殺了。

曹操不敢打袁紹，手下劉岱和王忠又打不過劉備，捏來捏去覺得劉表這柿子還是軟一點，就打他！

孔融建議：「如果不動槍不動刀就讓他投降，豈不更好？」

曹操：「靠！這話說得輕鬆，誰有這本事？」

孔融：「事在人爲嘛，這事可以分兩步走，先讓劉曄去勸降張繡，再想法子整劉表。」曹操想試試再說，就勉強同意了。

劉曄嘴上功夫了得，一試就爽。張繡正考慮到自己和劉表合作不愉快，自己單幹吧，又太勢單力薄，和袁紹合作吧，想想袁紹和弟弟袁術都不能合作，自己還是歇菜吧。和曹操合作吧，自己曾殺了曹操的兒子曹昂、侄子曹安民和曹操的大將典韋，既然曹操能不計前嫌，自己也不妨做個順水人情。

順利拿下張繡後，曹操嘗到了勸降的甜頭，就又問孔融：「依你看，誰又能拿下劉表呢？」

孔融答道：「禰衡！禰衡絕對是個人才，只要他到，劉表那是手到擒來。」

曹操聽了大喜過望，急忙讓聯繫禰衡過來。

話說禰衡這個超級自戀狂進得屋後，表現得超強的跩，也不搭理任何人，只是高仰著頭在屋裡四處亂轉，轉了老半天累了就坐在地上自言自語道：「靠！蓋這麼大房子，裡面空無一人。」

曹操暗壓怒火說：「撇開我這個曠世英雄不說，我手下這麼多文官武將，哪個不都是人才？怎麼說沒一人呢？」

禰衡一聽：「靠！你的這些東東也能稱之爲人？給我當驢使我都不要！」

曹操問：「那你有啥能力？」

禰衡：「靠！你問我的能力？那可大了，古可比釋迦牟尼、耶穌，今可比川普、普丁。」

曹操聽了呵呵一笑，這年頭什麼瘋子都有，看來這禰衡不過是芙蓉姐姐、鳳姐一路的貨色。

禰衡又說：「你也不用笑，我還不想和你們這幫凡夫俗子們說一句話呢。」

張遼聽了握著劍，直想一劍殺了他。曹操擺擺手：「看來你還眞是個大人才，不過，我現在其他重要職位都不缺，只有我的樂隊缺一個鼓手，你如果不嫌棄的話就委屈你了。」

禰衡也不看曹操，也不推辭：「好吧。」

禰衡出門後，張遼問：「爲啥不殺了他？」

曹操：「殺這種徒有虛名的人，我還怕髒了我的手和名聲。」

第二天，曹操開Party，樂隊其他人都是統一服裝，只有禰衡不穿，曹操：「不准穿你自己的衣服。」

不准穿？那就不穿。禰衡聽了就脫得一絲不掛，有女性朋友見了，連忙捂上臉不敢看。曹操：「你這成何體統？」

禰衡聽了，破口大罵曹操：「我這麼個宇宙超級無敵大人才，你竟讓我擊鼓，你才成何體統？」

孔融見了，連忙過來圓場。

曹操：「你去勸降了劉表，我就給你加官。」

禰衡：「你以爲你是誰呀？敢命令我？誰稀罕你的破官？」

別說了，再說腦袋就沒了。孔融趕緊說好話，最終還是勸禰衡去荊州劉表那了。

禰衡到了荊州後，同樣也戲謔了劉表一番，劉表也不發怒，只說讓他去見黃祖。

手下人問：「他這麼戲弄你，你爲什麼不殺了他呢？」

劉表哈哈一笑：「這曹操大大的狡猾，想借我的手殺了禰衡，讓我落個迫害賢才的名，我能上他的當嗎？」

黃祖見禰衡說話滔滔不絕，倒像個人才，就和他一起喝酒。黃祖問：「你在許昌都認識誰？」

禰衡答道：「大兒子孔文舉（孔融），小兒子楊德祖（楊修），除此之外，再沒有任何能稱得上人了。」

黃祖覺得禰衡確實眼高，就又問：「你覺得我怎麼樣？」

禰衡哈哈大笑，說道：「你嘛，就像廟裡的泥像，看著還有點像人，實際上狗屁不是。」

你說，這禰衡不是活膩了找刀子挨嗎？黃祖大怒，藉著酒勁就把禰衡這個超級蛋白質殺了。

自從兩個最有實力的同盟馬騰、劉備先後離開許昌之後，國舅董承要殺曹操的目標漸行漸遠。曹操的防火牆太堅固，董承每天只能和王子服紙上談兵，別無他法，最後積憂成疾。

漢獻帝派自己的保健醫生吉平去給董承看病，吉平也看得出來董承得的只是心病，但因爲政治太敏感不敢過問。

這天董承做夢，夢見自己殺曹操，罵道：「殺了你曹操狗日的。」罵醒後睁開眼，發現吉平正捂著耳朵坐在身邊，暗叫不好，說道：「你這人怎麼這樣呀？說個夢話你也偷聽！」

吉平：「你也看到了，我可是一直捂著耳朵的，沒有聽到你罵曹操。」

董承：「我不信，你發誓！」

吉平：「我對冬蟲夏草發誓，我沒有聽到你罵曹操。」

董承：「冬蟲夏草是什麼東東？不行，你對釋迦牟尼發誓我才信。」

吉平：「我不信佛教，我信的是基督教和伊斯蘭教，要不，我對耶穌和穆罕默德發誓好了。」

董承想了想說：「你也太狡猾了，擺在你面前的只有兩條道，要不對釋迦牟尼發誓，要不你咬下來一個手指頭。」

吉平：「你敢威脅我？我可是皇帝的醫生。」

董承：「皇帝的醫生是什麼狗屁！你不要忘了，我可是國舅，只要我一句話，你就得捲鋪蓋走人！」

吉平被逼得沒法，只得說：「好吧，我對釋迦牟尼發誓，我……我……我確實聽到你罵著要殺曹操了。」

既然吉平知道了，不妨給吉平量身定做一套殺曹操的方案，董承便問：「有個大活，你幹不幹？」

吉平問：「什麼大活？給大象看病？」

董承笑著把漢獻帝寫的血書拿出來給吉平看，吉平看完後大吃一驚：「眞的假的？別唬弄我！」

吉平又用手術刀刮掉了一小塊血跡測試DNA，果然就是漢獻帝的血，「我明白了，你是讓我毒死曹操？那可是技術活，而且還要冒相當大的風險。」

董承：「靠！你到底有那金鋼鑽沒有？到底敢接還是不敢接？」

吉平：「那就看有多少獎金了。」

董承伸出了六根手指頭，吉平搖搖頭，把董承其餘手指全掰開來：「不要銀行卡，不要支票，要現金。」

董承：「靠！你也太黑了吧？漢獻帝給的總經費才兩千萬，你就想要一半？」

吉平假裝要走，董承連忙喊道：「別介呀！生意不是可以商量的嗎？這樣吧，我給你七百萬。」

吉平：「一口價，八百萬，聽著也吉利。」

董承痛快地說：「OK！」

第 32 回

# 曹操智平暗殺門

這次暗殺的結果是：董承、王子服、吳子蘭、种輯、吳碩五家七百多口人滿門抄斬，還搭上了董承的妹妹董貴妃，以及漢獻帝五個月的胎兒。曹操這哥們，毫髮未傷。

有了吉平，董承一下子覺得病好了，就到自家的花園裡轉悠，忽然看到臨時工秦慶童和自己的老婆正在花園裡摟摟抱抱、卿卿我我。

董承一陣冷笑：「喲呵！還上演兒童不宜呢！」

秦慶童和董老婆聽了大吃一驚，連忙跪在董承面前。

董老婆：「不好意思啊，老公！我不該紅杏出牆。」

秦慶童：「對不起啊，董先生，我知錯了，我再也不敢了，下次一定會先確認你不在家再……」

董承大怒：「來人啊！拉出去喀嚓了！」

手下人過來問：「是喀嚓兩個呢，還是喀嚓兩個中的一個呢？」

董承：「老婆還是不捨得的，把另一個喀嚓了。」

董承老婆聽了大哭：「嗚嗚嗚，都是我的錯，是我勾引他的，你要喀嚓他的話，我先死給你看，嗚嗚嗚……」

董承沒法，只得說：「那就饒你不死，打四十板子吧！」

晚上，董承老婆偷偷來看秦慶童，秦慶童沒等董老婆開口就說：「妳做我老婆吧，咱們私奔吧！」

董老婆回了一句：「我跟著你，吃啥喝啥？」說完後，覺得語氣過硬太傷人，就又問：「疼嗎？」

秦慶童：「最主要的是心疼，妳懂嗎？我知道妳瞧不起我，我這就做件大事讓妳瞧瞧。」說完很踐地扭頭就走，頭也沒回。

秦慶童直接來到曹操家中，如此這般說了董承的密謀，曹操大吃一驚。

第二天，曹操給吉平打電話，裝作有氣無力的那種口氣：「喂！小吉嗎？我這幾天頭老是暈，你過來看看！」

吉平心中暗喜，靠！這掙錢的機會要是來了，擋都擋不住，「兩種可能，一、你是對什麼事太吃驚了；二、你感冒了。」

吉平屁顛屁顛來到曹操家時，曹操正在床上躺著。裝病嘛就得裝得嚴重一點，吉平見了忙說：「哎喲！你都暈倒了！看來果真是病得不輕。」

「……」曹操裝作想說卻說不出話來的樣子。

吉平裝模作樣望聞問切了一番說：「排除感冒，你患的就是吃驚暈倒症。」吉平從藥箱裡拿出一瓶液體藥繼續說：「這是我吉家的祖傳秘方，已經獲得國家專利，專治因各種大驚小怪引起的暈倒症，保證藥到命除，啊，不對，是藥到病除。」

曹操放在鼻子下聞了聞問：「這味道怎麼有點像農藥呢？你先嘗給我看看。」

吉平怕事情敗露，就拿了瓶子要強行給曹操灌下。曹操本來就是裝病，早有準備，吉平一個醫生哪裡抵得上曹操？曹操只半個回合就把吉平按倒在地。藥掉在地上流了一地，馬上房間裡充滿了農藥的氣味。

次日，曹操開轟趴，給所有大臣發邀請函，董承託病沒去，王子服、吳子蘭、种輯、吳碩四人怕曹操懷疑，只得硬著頭皮去了。

酒過三巡，曹操打發艷舞女郎們下去。「大家還想看比這更刺激的節目嗎？」

大臣們齊聲說：「想！」

曹操就讓手下拉出來一個人，大臣們有猜「肯定是跳街舞的」，有猜「肯定是玩魔術的」，有眼尖的說：「這不是皇帝的保健醫生吉平嗎？」

也有說：「別嚷嚷了，是看人家演，還是看你們演呢？」

曹操發話了：「大家安靜！這人要暗殺我，據可靠的小道消息稱，同黨共有六個人，加上他共七個人。」

王子服等四個人聽了面色蒼白，大氣猛喘，這下歇菜了。曹操手下一面打吉平，一面叫他招供。王子服等四個人怕吉平供出自己，紛紛說：「這不是屈打成招嗎？法律不允許的。」

曹操見吉平招不出來什麼，就讓人又拉走了。曹操：「節目到此結束，謝謝！王子服、吳子蘭、种輯、吳碩四位留下，其他各位慢走。」

大臣們生怕曹操再補上自己的名字，聽了都爭先恐後往外趕，出了門撒開腳丫子就跑，哪裡敢「慢走」？

這邊Over後，曹操又趕到董承家發飆：「我開轟趴，你國舅爲什麼不賞光？請說出你眞實、充分的理由來！」

董承：「我這不是有病？怕傳染了各位。」

曹操：「你知道吉平的事吧？」

董承懂裝糊塗：「吉平這人我知道，啥事就不知道了。」

曹操讓人把吉平拉出來喝問：「是董承派你暗殺我的嗎？」

吉平看了一眼董承，意思是：都是你害了我。董承的心一下子提到嗓子眼了。

吉平又扭回頭看看曹操說：「一人做事一個當，董承沒有派我，是我自己要爲國除害暗殺你的。」說完撞在台階上死了。

董承心裡一陣悲傷，爲吉平的死；又一陣竊喜，爲吉平翹辮子後死無對證。

曹操見吉平死了，又拉出來秦慶童：「你認識他吧？」

董承見了秦慶童，大怒：「好你個秦慶童！我待你不薄，你讓我戴綠帽子。」

秦慶童也不示弱：「好你個董承！曹丞相待你不薄，你和王子服們合計暗殺曹丞相，你還給吉平錢，讓他毒死曹丞相。」

曹操吩咐：「來人那！給我搜！」

一會兒果然有人過來報告：「搜到漢獻帝血書一封和名冊一本。」

曹操聽了呵呵冷笑一聲：「董國舅！還有什麼要說嗎？給我拿下！」

這次暗殺的結果是：董承、王子服、吳子蘭、种輯、吳碩五家七百多口人滿門抄斬，還搭上了董承的妹妹董貴妃，以及董貴妃和漢獻帝五個月的胎兒。曹操這哥們，毫髮未傷。

第33回

# 關羽暫時投降

張遼：「現在你已經被曹操包圍了，戰則必死，不如暫時投降曹總。」關羽想了想說：「我可不能無條件投降，那是小日本鬼子幹的事。」

因為名冊上也有劉備，曹操就調集了二十萬大軍開往徐州打劉備。劉備急忙給袁紹打電話：「袁哥！曹操又過來打我，你趕快再派兵來救我吧！」

袁紹：「這兩天我兒子得了疥瘡，等治好了再說吧。」

劉備大急：「靠！等你兒子治好了，我這幾萬人早被曹操打死了。」

袁紹：「我派兵救了你，要是我兒子耽擱死了，那我也不想活了。」

劉備：「你兒子一個人重要，還是我這幾萬人重要？」

袁紹：「對你來說，當然是你的幾萬人重要，但對我來說，是我兒子重要。」

劉備：「嗚嗚嗚，看來這回我是死定了，嗚嗚嗚……」

袁紹：「大男人哭啥？實在混不下去的話就來我這，我管你一天三頓飯。」

劉備沒好氣地說：「那先Thank you了啊！」

論人數，劉備沒曹操多，論將才，劉備比曹操少，最最主要的是，劉備手下的所有兵本來就是曹操的，誰願真賣命呀？一交戰，劉備兵敗如山倒，只「咯噹」一聲，張飛逃往芒碭山了，劉備投奔袁紹去了，糜竺、簡雍見徐州守不住，也棄城跑了。陳登見別人都跑了，曹操得勢了，就把城門打開，把徐州城獻給了曹操。最後，就剩下包圍圈中的關羽了。

曹操憐惜關羽是個人才，怕硬攻把關羽打得缺胳膊少腿了，就問：「誰能把關羽勸降請站出來。」然後環視四周。

只有張遼一人傻乎乎站在原地，其他人都往後退了幾步，曹操走上前拍拍張遼的肩：「那就辛苦你一趟了。」

第二天天剛亮，關羽正爲被包圍不能突圍而鬱悶呢，手下來報：「曹操的人開始攻上來了。」

關羽大驚：「約有幾萬人？」

手下：「可能沒有。」

關羽：「有幾千？」

手下：「也不到，只有一個人。」

關羽：「靠！一個人還叫攻？估計是來討價還價的。」

那人走近了，關羽一看，認識認識，是曹操手下張遼，關羽就問：「阿遼，你是來打我的嗎？」

張遼把刀往地上一扔說：「NO！」

關羽：「那你是來勸降的嗎？」

張遼心是口非：「NO！」

關羽：「那你是來救我嗎？」

張遼：「NO！」

關羽：「那你是來觀光旅遊的嗎？」

張遼：「NO！」

關羽：「你能不能不說鳥語？」

張遼：「OK！」

關羽：「我只想問你，你幹什麼來的？」

張遼：「我來給你通報一下戰況，張飛逃了，劉備跑了，只有你腦子少根筋，還在這死守著。」

關羽：「你以爲我是嚇大的？要殺要剮隨你便，不就是一死嗎？」

張遼：「錯！有三條理由你不能死。第一，當初你和劉備、張飛桃園三結義時說要同年同月同日死，你現在死了，不是得拖他倆一起死嗎？第二，劉備跑了，他的兩個老婆，也就是你的兩個嫂子在曹操手上，你就放心不管不問了嗎？第三，你也是個人才，你就不想著爲漢朝的美好明天而努力奮鬥了嗎？」

關羽：「你說得有理，那你說，我該怎麼辦？」

張遼：「現在你已經被曹操包圍了，戰則必死，剛剛咱們又已經證明死了沒有什麼用處，不如暫時投降曹總，等打聽到了劉備和張飛的下落，你再去找他們。」

關羽想了想說：「我可不能無條件投降，那是小日本鬼子幹的事。」

張遼拿出手機撥通了曹操的電話，「那你直接跟曹總談吧，我做不了主。」

曹操：「張遼吧！關羽那硬骨頭啃得怎麼樣了？」

關羽：「你好！我是關羽那硬骨頭。」

曹操：「不好意思啊，關先生，有什麼話你就直說吧。」

關羽：「我投降的是漢朝，不是你曹操。」

曹操心想：「靠！現在漢朝我說了算，漢朝不就是我？」口說：「ＯＫ！」

關羽：「我的兩個嫂子，誰都不能去占她們的便宜。」

曹操心想：「靠！要占我也找個黃花大閨女。」口說：「沒問題。」

關羽：「我什麼時候打聽到劉備的下落，我什麼時候就去找他。」

曹操猶豫：「靠！那我養你還有什麼用？」轉念又一想：「劉備不就是待你好

嗎？人非草木，只要我加倍對你，你不就爲我賣命了？」主意打定，說：「好！」

關羽：「我現在鄭重聲明：我關羽投降！」

第二天，曹操向漢獻帝推薦關羽爲偏將軍，漢獻帝哪敢不批？關羽說：「Thank you曹丞相的推薦！Thank you皇帝的栽培。」

曹操又專門爲關羽開了Party，送了N多的禮物，關羽來者不拒，一一讓兩位嫂子收著。曹操送關羽了十個美眉讓他享受，關羽把美眉送給兩位嫂子當保姆。

有一次，曹操見關羽騎的馬很瘦，就問：「人家買馬都是挑壯的買，你怎麼買了匹瘦馬呢？」

關羽：「我這馬本來也是很壯的，只是我更壯，把馬累瘦了。」

曹操聽了就把呂布以前騎的赤兔馬送給關羽。關羽激動萬分，跪在曹操的面前磕頭感謝。曹操不解：「不就是隻馬嗎？」

關羽說：「有了這匹馬，什麼時候打聽到我劉哥的下落，我就能更快見到他。」

曹操聽了心寒，直罵：他娘的。

第 34 回

# 顏良文醜遇剋星

前思後想，左右為難，劉備乾脆坐山觀虎鬥！眼看著文醜的頭被關羽一刀割了去，劉備正想鼓掌，想起來自己帶的是袁紹的兵，就忍住了。

袁紹等兒子病好後，就過來打曹操。

袁紹手下大將顏良勇猛無比，曹操陣營的宋憲、魏續都被顏良打死，徐晃被顏良打敗，曹操心裡十分鬱悶。

關羽見狀說：「你待我不薄，我給你立個功。」

曹操就把關羽引到陣前，指著前方：「你看，袁紹的人馬多牛逼！」

關羽：「我看著只是一幫菜鳥。」

曹操：「你看顏良多猛男！」

關羽：「我看著也就是一個造糞機。」

張遼：「火車不是推的，牛逼不是吹的，你上去試試？」

關羽：「小菜一碟。」

關羽提了青龍偃月刀，騎上赤兔馬就走，走到顏良跟前說：「對不起啊！借你人頭一用？」顏良還未想清楚怎麼回答他，人頭已經在關羽手中了，但嘴裡還嘟囔著：「%¥＊%︿@＃。」

顏良的手下連忙給袁紹通報戰況，說：「劉備的弟弟關羽殺了顏良。」

袁紹大怒，指著劉備罵罵咧咧：「我收留你在我這又吃又住，你弟弟卻爲曹操賣命，靠！我眞是瞎了眼。」

劉備答辯：「慢！你敢肯定殺顏良的就是關羽嗎？長得像的可能性有，同名同姓的可能性也有，調查清楚了再說好不好？再說了，一人做事一人當，他只是我的結義兄弟而已。」

袁紹一聽也有道理，就暫時放過劉備。劉備說：「你給我發十萬兵，我去看看那人到底是不是我家兄弟。如果不是，我把他殺了爲顏良報仇，如果是，我讓關羽來爲你效勞。」

袁紹問麾下諸將：「我同意，大家還舉手表決嗎？」

袁紹手下大將文醜站出來說：「反對！劉備打仗屢戰屢敗，根本就不是領兵那塊料，咱們這十萬兵可不能讓他給葬送了。」

袁紹聽了有道理：「接著說。」

文醜：「不如我帶七萬在前，讓劉備帶三萬做預備隊。」

袁紹同意！劉備同意！大夥兒都同意！

話說劉備帶著三萬兵在文醜的屁股後跟著來到陣前，遠遠看去，立在曹操陣前的果然就是自己的結義兄弟關羽。

劉備猶豫：關羽現在是曹操部隊的首領，我應該向著曹操打文醜。又轉念一想，這可不行，這對不起袁紹管自己這麼多天的飯錢，再說了，自己願意幹，手下這三萬兵可不幹呀！

那就向著袁紹打關羽吧？也不行，關羽可是自己出生入死的結義兄弟。前思後想，左右爲難，劉備乾脆坐山觀虎鬥！反正文醜也不是關羽的對手。

眼看著文醜的頭被關羽一刀割了去，劉備正想鼓掌叫好，想起來自己帶的是袁紹的兵，就忍住了。

回營後，袁紹吩咐手下：「把劉備給我推出去斬了！」

劉備說：「慢！」

袁紹：「這下還有什麼話說？」

劉備想了想說：「你把我斬了，豈不正中了曹操的借刀殺人之計？你再想想，曹操老讓我家兄弟殺你的人，不就是個證明？」

袁紹一拍腦門：「哎喲！我差一點上了曹操的當！」

靠！事實上是他上了劉備的當。劉備見此計奏效，就接著說：「我這就和關羽聯繫，讓他過來爲你效勞。」

袁紹樂顛顛地笑：「我如果有關羽，那可是比顏良、文醜牛逼十倍。」

靠！也不想想人家關羽會不會爲你賣命？

劉備裝模作樣地撥關羽的手機，傳來一陣聲音：「您撥打的手機已被打壞。」

這聲音劉備早就聽過無數遍了，但還是說：「哎喲！對了，上次曹操打我們時被打壞了，對不起啊！不過，你放心，我一聯繫到他，就讓他過來。」

袁紹聽了也無奈。

關羽接連立了兩次功，發了獎金就買了個新手機，撥劉備的手機，也是「您撥打的手機已被打壞」。

關羽心想：靠！我怎這麼傻呢？劉哥和張弟可能早被曹操打死了，我還幻想著他們仍活著而爲曹操賣命。

想來想去，記得起孫乾的號，就試著撥了問問。

孫乾一看這號陌生就說：「老兄！你是誰啊？你打錯了吧？手機費挺貴的。」

關羽連忙說：「我是小關，關羽。」

孫乾一聽是關羽，激動萬分：「哎呀！關哥！是你呀！我想死你了，想你都快抵上想俺老媽了。你現在在哪幹大事呢？」

關羽不好意思起來：「我現在跟著曹操幹呢。」

孫乾吃了一驚：「你怎麼會跟著他幹呢？是他把咱們整殘的！」

關羽嘆了口氣：「唉！孩子沒娘，說來話長，先不說這。你在哪幹呢？」

孫乾：「我在黃巾軍這混呢。」

靠！關羽也吃了一驚，但還是說：「看來咱倆彼此彼此呀。對了！你知道我劉哥在哪幹嗎？」

孫乾：「剛開始聽說犧牲了，後來聽說逃出去了，最近聽說在袁紹那，具體情況我也不太清楚，電話也不知道。」

關羽放了電話，正為聯繫不上劉備鬱悶，張遼進來了：「告訴你一個特大喜訊，你劉哥在袁紹那兒。」

關羽：「靠！你早來五分鐘跟我說呀！白白費了我的電話費。」

張遼：「靠！都怪我多管閒事，忒傷自尊，走了。」

關羽：「別介呀！」

張遼又回來坐下，問道：「你眞要跳槽找你劉哥嗎？」

關羽很堅定：「那是呀！」

張遼：「我和你劉哥比著怎麼樣？你捨得離開我嗎？」

關羽：「你眞小心眼，你是我很鐵的朋友，劉哥是我結義弟兄，你不捨得我的話，要不，你也跳槽到袁紹那兒？」

張遼：「NO！NO！NO！曹操對我還是不錯的。」

看來劉備眞是在袁紹那兒，關羽就一邊給兩位嫂子報喜，一邊收拾行李，一邊寫了辭職報告。誰知道連遞了幾次，不是說曹操不在就是說正在開會，要不乾脆就說是出差了。

關羽等不及，就把辭職報告放在桌子上，和兩位嫂子上路了。出了門不遠，曹操趕來了，關羽怕曹操再生枝節，打發手下護著兩位嫂子先走，回頭給曹操說：「我幾次去找你，你都不在。」

曹操：「不好意思啊！這兩天眞有點忙，聽說你要走，我特地來送你，也沒有別的，給你送點路費。」

關羽：「不用客氣了，我帶的夠用。」

曹操見關羽不要，又說：「路遠風寒，我送你件錦袍。」

關羽穿在身上果然暖和一些：「Thank you丞相啊！我走了，別送了。」說完騎上赤兔馬絕塵而去。

第 35 回

# 關羽過五關斬六將

柴草燃著了房子，房子染紅了夜空，情景很是壯觀。所有人都發出了一片「耶」聲，王植們在「耶」燒死了關羽，關羽等人在「耶」差一點被王植燒死。

關羽保護兩位嫂子來到東嶺關，守關的孔秀問：「關將軍要去哪裡呀？」

關羽也沒有多想就說：「到袁紹那兒找劉哥。」

孔秀一聽要到敵人袁紹那，神經立馬緊張起來：「良民證拿來我檢查一下。」

關羽一拍腦門：「哎呀！走得急，忘辦了。」忙對孔秀陪著笑臉說：「你看我慈眉善目的，哪像惡民？我可是祖傳的良民，大大的良民……」

孔秀不耐煩了：「不看臉，就看證，照章辦事。」

關羽看軟的不行就來硬的，「我就是沒有，我看你能怎麼樣？」

孔秀哪甘示弱：「喲呵！想打架不成，小的們！上！」

關羽的手何其快？小的們還沒近前，孔秀的人頭已經在手上了，嚇得孔秀的手下們四散逃竄。關羽也並不追趕，走自己的路，讓他們逃吧。

關羽保護兩位嫂子來到第二關洛陽，韓福早得到情報，就和孟坦商量。

韓福說：「聽說關羽這哥們超厲害，咱們對他網開一面吧，違法，死罪一條。和他硬打吧，打不過，只能說是送死，你說這如何是好？鬱悶啊！」

孟坦：「我尋思著不能硬拼，只能智取。這樣子，你帶一千弓箭手假裝歡迎他，我去把關羽引誘到射程之內，然後見機躲開，你下令弓箭手把關羽射成刺蝟。」

兩人自以爲得計，「耶」地擊手相慶。

再說關羽老遠就看見關口鋪著紅地毯，再往前走，聽到士兵們齊喊：「歡迎！歡迎！熱烈歡迎！」

再向前走，孟坦滿臉堆笑過來迎接，關羽不解，問道：「今天是哪個重要領導要來視察，還是在拍電影？」

孟坦：「全都不是，今天是專程歡迎你的。」

關羽納悶：「我既不是領導，不是企業家，也不是歸國華僑，更不是老外什麼的，歡迎我幹嘛呢？」

孟坦：「我這些弟兄們可都是你的粉絲，人稱關東煮。」

關羽經孟坦這一拍，挺不好意思的，就跟著孟坦騎著馬在紅地毯上走。走得更近了，關羽見到歡迎他的士兵手裡都拿著一把弓，納悶地問：「拿著弓是啥意思？」

孟坦歪著脖子想了半天，答不上來，只得拍馬向前急跑，攤牌：「對不起了啊！那是送你上西……」

關羽一看不妙，也拍馬前追，關羽的馬是赤兔馬，跑得快，沒幾步就追上了，還沒等孟坦把「天」說出口，就把他的人頭砍落於馬下。

韓福一看砸了鍋，急忙令弓箭手放箭，只是射程不是特別到位，強弓弩末，箭全放完了，關羽還是毫髮無損。力氣大的，把箭射到離關羽二三十步遠，力氣更大的，把箭射到離關羽十幾步遠，力氣小的或是偷懶不用力氣的，只射到自己跟前十幾步遠，關羽看了哈哈大笑。

韓福大吃一驚，從一千張弓裡挑了個最硬的，讓兩個士兵扶著弓的兩頭，自己拿著最後一枝箭，費盡了吃奶的勁把弓拉到最大，瞄啊瞄的老半天才把箭放了出去。關羽正在大笑，突然覺得左臂一沉，知道是中箭了，只見韓福手舞足蹈著大喊：「中了！中了！我中了！」

韓福還要再喊，關羽已經飛馬把他連肩帶頭都喀嚓了下來。韓福的手下們看得目瞪口呆，連說：「我們錯了，再也不敢了，饒了我們吧！」

關羽也不理，自顧自拔了箭，包了傷，護著兩位嫂子繼續向前走。

第三關汜水關，守關人卞喜。

卞喜總結出第一關孔秀自不量力，第二關韓福、孟坦把戰線拉得過遠，如果能在近前動手，就是一千隻耗子也能把關羽咬死。

主意打定，卞喜就到關前迎接：「啊呀呀！這不是關大英雄嗎？早就聽說你關羽的大名如雷貫耳，我可是你的關東煮！」

關羽笑說：「你是誇我呢，還是罵我呢？我可知道，偶像就是嘔吐的對象。」

卞喜一楞：「我不知道，我只知道你是我崇拜得五體投地的對象。」

關羽：「你這樣拍我馬屁，不是另有所圖吧？」

卞喜一驚，心說：「連這你也知道！果然不好對付。」口說：「哪裡的話，我只是想請你到這關前的鎮國寺裡喝杯啤酒。」

關羽更懷疑了：「鎮國寺乃佛門聖地，哪允許在裡面喝酒？你肯定是要害我！」

卞喜心慌：「我對著寺裡的穆罕默德發誓，我絕對沒有撒謊。」

一名和尚聽了從寺裡走出來喝道：「休得胡言亂語，寺裡哪來的穆罕默德？」

卞喜見事情敗露，撒開了腳丫子就跑，被關羽追上，喀嚓成兩段。

過了汜水關，關羽保護兩位嫂子來到第四關滎陽時，天色已經很晚。

本來，關羽的意思是繼續前走，但守將王植嚇唬關羽說：「前面的山裡老虎、獅子、豹子、毒蛇……等等可多了，白天來旅遊的人多，動物怕人，到了晚上，那可是動物的天下。」

關羽想，要是遇上老虎，還有武松的一些經驗可以借鑑，其他幾種就不知道怎麼對付了，這些畜生既不認錢，也不通理。再說了，自己還好辦一點，兩位嫂子哪裡是牠們的敵手？算了，寧信其有不信其無。

關羽沒辦法，只得說：「那就麻煩王兄了。」

王植聽關羽肯住下來，大喜過望，覺得事情已經成功了一半，接著大獻殷勤，非要給關羽整點小酒小菜，關羽都一一謝絕。

王植看關羽等人全都住下了，就私下吩咐手下胡班：「裡面住的是犯下滔天罪行的恐怖分子，可厲害了，咱們打不過，只能智取。你把柴草堆到房前，澆上汽油，等到半夜一兩點都睡熟了，放火燒死他們。」

胡班領命辦完後看看時間還早著呢，無聊得很，就尋思著看看恐怖分子長啥模樣，於是走進了房間。

關羽正在看書，聽到動靜連忙把書藏了起來。

胡班呵呵一笑：「不用藏了，我都看見了，你看的可是《金瓶梅》？」

關羽：「我會是看那書的人？」

胡班：「那你看的是什麼書？《語文》？《數學》？《英語》？」

關羽聽了，不好意思起來。胡班說著把書翻了出來：「《盜墓筆記》，靠！到底是恐怖分子，看的書也厲害。」

關羽大吃一驚：「等等，你說我是什麼？」

胡班一臉的疑惑：「你不是姓恐怖名分子？」

關羽：「誰說我叫恐怖分子了，我叫關羽，網名雲長！大家都習慣叫我關老爺，你叫我關二哥就行了。」

胡班：「別開玩笑了，人家關羽可是個大英雄。」

關羽見他不信，取出身份證讓胡班看，胡班看了老半天：「看著好像也不是辦假證的人做的，你真幸運，和大英雄同名。」

關羽：「什麼幸運？我真的就是那大英雄關羽，你看我這長鬍子！」

胡班試著拽了拽，不像是黏上去的，但還是說：「得了吧，長鬍子誰不會留？你如果真是關羽，怎會看《盜墓筆記》？難不成想學我們曹總幹那種缺德事？」

關羽：「長夜漫漫，打發時間嘛。」

胡班想想也合情合理合法，「那王植說你叫恐怖分子，犯下了滔天罪行，你犯的什麼罪行？」

關羽：「你別聽他胡說八道瞎咧咧，我什麼罪也沒犯，他是跟你們開玩笑呢。」

胡班沉思了一會，然後一拍大腿說：「我寧願相信你是關羽，也不信你不是關羽，萬一我眞把你燒死了，不就犯下滔天罪行？我放了你，你趕快逃命吧！」

關羽嚇了一跳：「等等！你說你要燒死我？」

胡班：「你嗅覺遲鈍啊？沒聞到汽油味？」

關羽：「是嗎？這兩天感冒。」

胡班領關羽到門口，關羽看到牆跟的柴草，不得不相信，不得不Thank you胡班，不得不感動得眼淚涮涮的，不得不……不囉嗦了，還是叫上嫂子等人逃命先。

剛出門不算太遙遠，關羽依稀聽到王植的指揮聲：「九、八、七、六、五、四、三、二、一、點火！」

火把燃著了汽油，汽油燃著了柴草，柴草燃著了房子，房子染紅了夜空，情景很是壯觀，比得上一〇一煙火秀。

所有人都發出了一片「耶」聲，王植們在「耶」燒死了關羽，關羽等人在「耶」差一點被王植燒死，胡班在「耶」自己救了個大英雄。

過了一會，王植感覺不對頭，那麼多人怎麼就沒有一個呼救？提問胡班，才知道胡班放走了關羽。

王植拍馬追上關羽，結果這二百五被關羽一刀剁爲兩截。

關羽一路辛苦，終於來到黃河邊，過了黃河就是袁紹的地盤了，正在這時，秦琪擋住了去路。

關羽心說：「唐僧最後一難是通天河，看來我的最後一難是黃河，既然命中有此一難，那就勇敢地面對吧！」想完就提刀應戰，不一會工夫，就把秦琪的頭喀嚓了下來。

如此這般過了五關斬了六將才過了黃河，關羽給孫乾打電話：「喂！我是關羽，我已經過了黃河，然後怎麼走？」

孫乾：「你是去找你劉哥吧？他現在在汝南呢。」

關羽發牢騷：「靠！我劉哥這是逗我玩呢！」只得又過了黃河往汝南趕。

第 36 回

# 古城風雲會

第二天，劉備、關羽、張飛、趙雲、孫乾、簡雍、糜竺、糜芳、關平、周倉……等等，連同部眾共四五千人，在古城殺豬宰羊，大開 Party 慶祝一番。

半路上，路過張飛把守的古城，關羽心想：「兩個終於找著了一個。」正要眼淚涮涮，誰知張飛舉槍就打。

關羽躲開後不解：「張弟，你是中了木馬病毒了？怎麼不認識自家人了？」

張飛：「你才中毒了呢！你怎麼替曹操賣命？」

關羽：「孩子沒娘，說來話長，你給我整點小菜、備點小酒慢慢聊。」

這時候，曹操麾下大將蔡陽領兵追殺過來，張飛說：「我不信，我敲三通鼓，你把蔡陽殺了，我才信你和曹操不是一撥的。」

關羽：「你也別費那力氣了，我把他直接殺了不就得了。」

話到手到，不一會，關羽就像魔術師般提著蔡陽的人頭來見，張飛這才相信。

關羽扔下蔡陽的人頭和張飛抱頭痛哭，兩人眼淚很是涮涮的，很是感動，很是煽情的那種Pose。

張飛給關羽、兩位嫂子等人整了些大菜、名酒，菜吃了半拉，酒過了三巡，關羽和張飛商量起了奔往汝南找劉備的事。

張飛說：「劉哥坐哪能把凳子捂熱？指不定又竄哪了呢？咱們先打個電話，如果他在汝南的話再說。」

關羽聽了有道理，張飛就打往汝南，掛了電話，張飛說：「靠！我說怎麼著，他已經離開汝南，又去河北袁紹那了。」

關羽嘆道：「這麼折騰，唐僧去西天取經都回來了，你說我找他怎麼就這麼難呢？再說了，他連兩個老婆也不要了？」

張飛：「關哥，你別哭啊！沒哭？我再打到袁紹那問問。」掏得了劉備的新手機號就撥了過去。

張飛、關羽、兩嫂子搶著要和劉備說話，張飛說：「劉哥！我想死你了。」

關羽搶過來：「劉哥！我想你想得睡不著覺。」

兩嫂子也急著說：「老公！我們想你想得想睡覺。」

劉備忒感動：「有這麼多人記掛著我，感動得我眼淚涮涮直流，什麼也別說了，我現在就去買機票。」

第二天，劉備、關羽、張飛、趙雲、孫乾、簡雍、糜竺、糜芳、關平、周倉……等等，連同部衆共四五千人，在古城殺豬宰羊，大開Party慶祝一番。

Over，劉備說：「古城這廟還是太小，不利於咱們的長遠發展，我都考察過了，汝南不錯，我建議咱們遷往汝南。」

衆人鼓掌支持，關羽倡議：「大家頂劉哥的請舉手！」

齊刷刷！齊刷刷！關羽：「據目測，頂的占絕大多數，通過！」

離得很近的一個士兵不好意思地站起來說：「報告長官！我不是不頂，而是昨晚上受了風寒，胳膊抬不了那麼高。」

關羽問：「那你昨天能舉多高。」

那士兵說：「昨天能舉這麼高。」說著把胳膊高高舉過了頭頂，衆人見了爆笑。

按下劉備如何搬家不說，再說江東的孫策勢力逐漸強大，袁紹見了就派人來商議聯合起來打曹操的事。

孫策一聽袁紹挺給自己面子，而且也有利可圖，就開了Party，一邊吃一邊商議。

正在孫策激昂陳辭，看到手下的將士們紛紛招呼也不打就離開，孫策問剩下的五個人：「是飯難吃嗎？」

沒人回答，但又走了一個。

孫策又問：「是我講得不具煽動性嗎？」

袁紹派的那個人也走了。孫策說：「唉！眞是該在的不在。」

又有個將領走了。孫策瞅瞅旁邊等著打掃衛生的保潔說：「該走的不走。」

保潔沒走，又有一個將領走了。

孫策連忙說：「哎！哎！我不是說你。」

最後一個將領聽了也走了。

孫策不解，問保潔：「Why？」

保潔：「別吭聲！你沒聽見窗外的神仙于吉在講道嗎？」

孫策：「I see！I see！」

孫策來到窗外，果然，自己的將領們正在聚精會神地聽于吉講道，孫策大怒：「老頭！你爲什麼搶我鋒頭？」

于吉不理，仍在講。

孫策看不奏效，就命令自己的將領們：「把這妖道抓起來！」

沒人動，有將領說：「他是仙，抓不得。」

孫策：「誰不動手，我炒誰的魷魚！」衆將領聽了，爲了保飯碗，只得把于吉抓了投入獄中。

晚上，孫策想去奚落一番于吉，誰知道獄卒們正給于吉按摩捶背呢，孫策大怒：「靠！我都沒這種待遇呢，你倒享受了起來。來人哪！給我拉出去喀嚓了！」

自此，孫策一病不起，精神恍惚中看到到處都是于吉。孫策想想，自己要玩完了，只得交代後事，讓弟弟孫權接班。不久，孫權高薪誠聘了魯肅、諸葛瑾、張紘等人，勢力更加強大。

第 37 回

# 劉備酒後惹禍

劉備大話說太多了，蔡氏見了劉表說：「這劉備也太狂了，咱們的江山早晚得姓劉，劉備的劉，不如趁機殺了他。」

袁紹見東吳新領導人孫權不同意聯合，只得傾巢而出，帶領七十萬大軍去PK曹操。曹操也不知袁紹底細，只帶了七萬人去應敵，可想而知，哪裡是敵手，大敗後逃到官渡才穩住了陣腳。袁紹的謀士許攸建議說：「老大！現在曹操的主要兵力都在官渡，咱們乘勝去殺許昌的老窩如何？」

袁紹心想：許攸的兒子、侄子都被我關在監獄裡，他又和曹操是發小，莫不是要替兒子、侄子報仇吧？他說曹操的主要兵力在官渡，我估計曹操頂多帶了七萬人。

於是，袁紹說：「NO！」

許攸：「Why？」

袁紹：「不要多問了，沒有理由，NO就是不採納。」

許攸自覺英雄無用武之地，就眞的投了曹操。許攸跟著袁紹幹了多年，知根知底，知道衆多軍事機密，這下袁紹倒楣了。果然，曹操雖然煞費力氣，但最終還是在官渡大戰擊潰了袁紹，成爲北方霸主。

劉備看曹操和袁紹打得正歡，心裡直樂，別停啊，繼續打，最好打得兩敗俱傷。坐山觀虎鬥到估計兩個都打得筋疲力盡時，劉備便帶兵去偷襲許昌，意外的是，曹操剛好得勝回來。

雖然曹操剛打完大仗，但再瘦的駱駝也比劉備大，打了沒多久，劉備的糧草被曹軍劫了，連老窩汝南也被曹軍端了，人也被包圍了。劉備氣得要死，還是手下的將士們拼死拼活才殺出了重圍救了他的老命。劉備回想自己的前半生混得挺不如意，確實不是當領導的料，心想乾脆去荊州給劉表打工算了。

劉表看劉備屢戰屢敗，心說這傢伙帶衰，可別把衰運帶給我，於是搖搖手表示不要。劉備苦苦哀求：「看在咱們都是姓劉的份上，你就收下我吧！嗚嗚……」

劉表又想，人家都說到這份上了，就說：「那我就發發慈悲收下你了，誰叫我倒楣，也姓劉呢？」

劉備一群眼看又找到了工作，「耶」聲一片。

劉備自從到了荊州後，劉表始終把他當做兄弟看待，無話不說。一次，劉表請劉備到家裡喝酒，酒過三巡，劉備問：「喝酒的原因有二，一是有什麼值得慶祝的事，心裡高興；二是有什麼困難解決不了，心裡鬱悶。你今天是哪一個？」

劉表：「鬱悶加鬱悶。」

劉備把胸脯拍得山響，「有兄弟劉備我在，再大的問題我都能給你解決。」

劉表就直說：「首先是鬱悶南越、張魯、孫權三方隨時都有過來打我的可能，你說我鬱悶不？」

劉備：「靠！就這點小事呀？我那三個弟兄，張飛、關羽、趙雲一人可打一方，小菜一碟！」

劉表聽了心裡一樂：「那我就放心了。」放心個狗屁呀？他劉備的三人有這麼大的能耐，能淪落到爲你劉表打工？

劉表又說：「另一個鬱悶是，我一年老一年了，大業繼承權還是個問題。你也知道，我有兩個兒子，大兒子劉琦是死去的前妻陳氏所生，小兒子劉琮是現任的老婆蔡氏所生。傳給大兒子吧，大兒子中看不中用，小兒子劉琮倒是天資聰穎，再說了，我的要害部門都是蔡家人把持。傳給小兒子吧，又怕亂了立長的規矩。」

劉備聽了哈哈一笑：「靠！那不亂了套了？從古到今，廢長立幼都是敗家子的法子，你怕蔡家人權重，慢慢的一個一個撤不就得了？」

劉備也眞是，人家的家事，你操什麼破心？殊不知，牆內有耳，客廳裡早被蔡氏裝了竊聽器，連你劉備放個屁，她蔡氏都聽得一清二楚。

劉表意識到把家底抖露得太多了，就說：「唉，不說這些鬱悶事了，換個話題吧。聽說以前曹操和你煮酒論英雄，曹操說，全中國只有你們兩個是英雄？」

劉備聽了榮光滿面，大手一揮，「靠！如果我有資本的話，整個中國除了我劉備外哪還有英雄？我還會把哪個看在眼裡？」

劉備說完後，覺得今晚大話說太多了，對劉表說：「我該回酒店，你也該歇著了。」

劉備說完自顧自出門回酒店了。劉表聽了劉備的一通狂言，一句話沒說，也回屋睡去了。蔡氏見了劉表說：「這劉備也太狂了，咱們的江山早晚得姓劉，不對，你倆都姓劉，我是說，咱的江山早晚得姓劉備的劉，不如趁機殺了他。」

劉表聽了，還是一句話不說，只把頭搖得如波浪鼓。蔡氏大驚：「你們邊聊還邊吃搖頭丸？」

劉表：「ＮＯ！我的意思是劉備狂是狂，但還是不同意殺了他。」

蔡氏等劉表睡熟之後，偷偷給蔡瑁打電話，讓他到酒店殺了劉備。

還是老話，隔牆有耳，伊籍探到蔡瑁要殺劉備，就連忙打電話問，問來問去，終於問到劉備的房間號和電話，立刻就撥了過去。

劉備睡得正香，電話響了老半天才接：「靠！這麼晚了，誰呀？」

伊籍：「我是小伊，別睡了，快跑路吧，蔡瑁要過去殺你，你……」還沒說完，伊籍聽到劉備已經掛斷了電話。

等蔡瑁到了酒店，劉備已經人去房空，一摸被窩是溫的，可見剛走不久，褲衩還落在床上，可見走得匆忙。蔡瑁很是失意，便在牆上寫了一首反詩，然後給劉表打電話：「老大！劉備跑就跑吧，還寫詩罵你呢。」

劉表不信，到了酒店往床上一看，果然人不在，往牆上一看，果然反詩在。劉表看了大怒：「我非喀嚓了你不可！」走了N步，突然醒悟：劉備這哥們是編麻鞋、草席的，哪會寫什麼破詩？必然是誰在挑撥離間我倆。想著想著，就直接回家又呼呼睡覺了。

一計不靈，再生一計。

這天，蔡瑁瞧劉表有病，故意整了個慶豐收大會，請劉表參加。劉表有氣無力地說：「關鍵時候掉鍊子，真是病不逢時，你讓我兩個兒子去吧！」

蔡瑁：「他倆都還小，怕有些禮儀走不到，讓劉備來指導一下吧？」

劉表：「OK！」

蔡瑁心下一樂：劉備你個小樣的！我就不信整不死你！

再說上次劉備從酒店逃到駐地新野後，因爲覺得酒後失言丟人，誰也沒說，今天接到蔡瑁電話讓他去荊州，兩腿嚇得直抖。

孫乾問：「靠！你是接到閻王爺的電話？」

劉備看實在瞞不過，只得事情經過說給大夥，然後又說：「蔡瑁現在讓我參加什麼鳥慶豐收會，去吧，蔡瑁必然會暗算我，不去吧，又怕劉表懷疑我有二心，鬱悶得要死。」

趙雲說：「既然必須去，那我就帶三百人同去，一來可以保護你，二來可以趁機吃死他們。」

劉備：「還是小趙心好，這樣一來，我心裡總算踏實一些。」

話說這天的儀式舉行完後吃大餐，那可眞叫豐盛，天上飛的，山裡跑的，草裡蹦躂的，水裡游的，應有盡有。劉備正吃得滿嘴流油，伊籍拿著酒杯過來用眼瞪劉備，劉備只顧吃，哪裡顧得上看伊籍瞪眼。

伊籍沒法子，只得去扯劉備的衣服，劉備頭也不抬說：「靠！多吃你們幾口肉就扯衣服，不用扯了，等我什麼時候買彩票中獎了，給你們肉錢。」

伊籍看劉備不理會，就用力扯，結果把衣服扯破了。劉備正要發怒，抬眼一看是伊籍，大吃一驚，連忙把伊籍拉到廁所：「蔡瑁又要殺我？」

伊籍：「恭喜你猜對了。」

劉備提起褲子就要落跑，伊籍又拉住他，「你往哪跑？城外東、南、北面都有人守著，西……」伊籍還沒來得及說西面有河，劉備已經跑得沒影了。

劉備壓根忘了去找趙雲，只顧著落跑，跑了N步又想：兩條腿畢竟跑不過四條腿，遂又牽出馬跨上就往西門跑。跑了一陣子，發現前面有一條河，寬：估計N丈，深：來不及測，結合馬的實際情況得出結論：過不去。想往回跑，看看追兵已經越來越近了，劉備在馬上大哭：「嗚嗚嗚，都是你害了我，嗚嗚嗚……」

多虧馬不會說人話，會的話肯定說：「靠！要不是我，你連河邊都跑不到。」

第 38 回

# 玄德終得啟明星

劉備微怒：「我文有孫乾、糜竺、簡雍等，武有關羽、張飛、趙雲，怎麼會是無中用之人呢？」司馬徽答道：「如果和諸葛亮、龐統比起來，那就狗屁不是了。」

正在劉備千鈞一髮之際，聽到從上游馳來一艘快艇，劉備連忙站在河邊，老遠就大叫：「Stop！Stop！」

快艇見有人攔就停了下來，船主衝劉備說：「我先跟你聲明啊，從半路上和從起點上一個價啊，都是五十。」

劉備：「我不到終點，就到對岸，便宜點吧？十塊？」

船主：「你不是旅遊的啊？那一口價，十五塊。」

劉備牽著馬正要上，船主不幹了：「馬也要上呀？上面有規定，寵物不能上，再說了，牠在船上一蹦，不全翻了？不行，不行。」

劉備：「我這馬可乖了，我讓牠臥在上面不動，要不馬也買張票，三十？」

船主還在猶豫，劉備看看蔡瑁的追兵越來越近，快來不及了，直喊：「五十？八十？一百？」

船主：「那你可得讓馬臥好，千萬別動啊！」

劉備放下心來：「I see！你儘管放心吧。」

船剛到對岸，蔡瑁等人已經追到岸邊，蔡瑁喊：「劉先生！你爲什麼吃了一半就走了呢？」

劉備：「我沒招你，沒惹你，你爲什麼要害我？」

蔡瑁：「誰說的？根本沒那回事。」

劉備：「那你們手裡都提著刀幹什麼？」

船主不耐煩：「快點吧，掏錢！」

劉備裝模作樣翻了老半天：「不好意思，今天忘帶了，下次一定加倍還你，對不住了啊！」

船主一聽大怒，罵罵咧咧要上岸揍劉備，劉備見勢不妙，跨上馬就絕塵而去，蔡瑁等人也只能望河興嘆了。

劉備跑了一陣，回頭看看後面再無追兵，就放慢了速度。這時候，看到一個小屁孩騎在一頭牛背上吹笛，劉備就跟著聽，小屁孩一看有人聽就停了下來。

小屁孩：「你也想學呀？你替我分一半家教費，我就讓你跟著我學。」

劉備想，剛才坐船費還沒給呢，哪有錢學吹笛？於是就說：「我沒錢。」

小屁孩歪著頭：「你不是劉備嗎？怎麼會沒錢？」

劉備大吃一驚，暗自思量，我還沒這麼出名吧？莫非他是小間諜？

劉備：「你怎麼知道？」

小屁孩：「我的家教常說劉備胳膊長如長臂猿，耳朵長如大耳蝠（蝙蝠的一種，特點是耳朵大），我看你長得這模樣，肯定就是劉備了。」

劉備：「你家教是誰？」

小屁孩：「司馬徽先生。」

劉備：「你能引我見見你家教嗎？如果他有眞本事，我就跟著你一起學。」

小屁孩就把劉備引到家，司馬徽聽到有人進來，頭也不回就說：「你今天可眞是大難不死呀！」

劉備更吃驚：「你怎麼知道？」

司馬徽哈哈一笑：「我天天看整點新聞，什麼事我能不知道？」

劉備見瞞不住，就對司馬徽直說了。

司馬徽問：「你知道你爲什麼總成不了大事嗎？」

劉備說：「資金不足，運氣不佳。」

司馬徽：「錯！你身邊無中用之人。」

劉備微怒：「我文有孫乾、糜竺、簡雍等，武有關羽、張飛、趙雲等，都是個頂個的一級棒，怎麼會是無中用之人呢？」

司馬徽答道：「如果和諸葛亮、龐統比起來，那就狗屁不是了。這兩個人，只要你得其一，就足夠成就大業了。」

劉備急問：「諸葛亮、龐統是誰？」

司馬徽賣了個關子：「天太晚了，洗洗漱漱睡覺吧，明天再說。」

劉備無奈，只得作罷。

半夜，劉備睡得正香，被兩人的談話聲嘈醒，劉備聽出來一個是司馬徽，另一個談吐不凡。劉備隔著牆問：「他是諸葛亮，還是龐統？」

司馬徽呵呵一笑：「兩個都不是，他是徐庶。」

劉備聽了很失望，又倒下呼呼大睡起來。

第二天，劉備朦朧中聽見小屁孩說：「司馬徽老師，我看到遠處有幾百人馬往這邊來。」

靠！蔡瑁這廝殺來了！劉備聽了睡意全無，穿上褲子往外就跑。跑到門口，劉備看到爲首的是趙雲，方才停下了腳步。

趙雲一見劉備就大哭了起來：「嗚嗚嗚，你讓我好找呀！昨中午我正啃雞腿，一抬頭你不在了，我就四處找，直到現在，嗚嗚嗚……」

兩人嗚嗚嗚完，劉備跟著趙雲回到了新野，劉備一看安全了，就給劉表打電話：「劉哥！你家缺肉是不？昨天蔡瑁追著非要殺了我。」

劉表聽了一驚：「有這事？我非殺了蔡瑁不可！」

劉備想，要殺自己的絕不是蔡瑁一人，而是整個蔡氏家族，劉表絕不會爲了自己而殺了整個蔡氏，只得說：「你頂多給他個警告、記過什麼的，你如果把他殺了，那我就徹底在你這混不下去了。」

劉表：「那就按你說的辦吧。」

第 39 回

# 劉備三請諸葛亮

第三次，劉、關、張吸取了上兩次的教訓，商量好把工資定到心理防線，禮物也花了血本，誰知道諸葛亮聽了並無什麼反應。

這天，劉備騎著馬去趕集，打扮另類的徐庶攔住了去路：「大哥！你這馬多少錢買的？」

劉備一看徐庶對自己的馬感興趣，就下了馬反問：「你看值多少錢？」

徐庶：「白給我，我都不要。」

劉備一聽大怒：「滾！哪涼快待哪去！」說完就要跨上馬走開。

徐庶又攔下說：「別介呀！你聽我說完再走也不晚嘛。」

劉備沒好氣地說：「那你說說看，我這麼大一匹馬，怎麼個不值一分錢？」

徐庶指著給劉備看：「這馬有淚槽，屬的驢種，騎了會害主。」

劉備以前也聽伊籍說過此事，看來這人是有點來歷，就問：「你難道是諸葛亮、龐統其中之一嗎？」

徐庶拿出畢業證書給劉備看，「我雖然不是諸葛亮，也不是龐統，但也是外國著名軍事指揮學院畢業的，這是畢業證。其實，我知道你叫劉備，特地想來這個辦法找工作的。」

劉備對著日頭照了照鋼印，看著好像不是花幾十塊錢買來的那種，當看到「徐庶」兩個字時，感覺有點眼熟，狠想猛想，一拍腦門：「啊！你就是那天晚上到司馬徽家的那個吧？」

徐庶不好意思起來：「是，就是他推薦我找你的。」

劉備：「既然都是朋友，那我先面試一下啊！你說，那我這馬該如何處理？」

徐庶：「這還不簡單？你把這馬送給你最恨的人不就得了。」

劉備一聽說：「你這小才看來不正道。」說完又要走。

徐庶一看這招不靈，連忙說：「別介呀！剛才你在面試我，我也在面試你，我想看看你是不是損人利己的那種人。」

劉備這才平息了怒氣，兩人商定了試用期的期限，以及正式錄用後的待遇。

話說曹操自從收拾了袁紹之後，一直想再接再厲收拾劉表，就派曹仁、李典帶了三萬兵去打劉備。劉備對徐庶說：「是馬是騾，這下就看你的了。」

徐庶：「你就放心吧！小菜一碟。」

劉備：「先別吹牛逼，打勝了再說。」

果然，在徐庶的英明領導下，劉軍不但打敗了曹操的三萬兵，還捎帶著攻下了曹操的樊城。劉備大喜，提前結束了徐庶的試用期。

徐庶這哥們是從哪裡冒出來的？這麼厲害！曹操大驚，下令不惜一切代價，想盡一切辦法拿下徐庶。

有人給曹操出主意抓了徐庶的老媽做人質，不怕徐庶不來。曹操同意，抓來徐母後，讓她給徐庶打電話，誰知道這徐母倔得很，寧死也不打。曹操沒法，只得以徐母的名譽給徐庶發電報，直說自己被曹操綁爲人質，讓徐庶快來曹營救自己。

徐庶收到電報後，連忙向劉備辭職去看母親，劉備無奈，只得依依送別。

徐母一看徐庶出現在曹營，大罵徐庶太蛋白質，連個電報都辨不出眞假，罵完後居然自盡了。

劉備失去了徐庶，更下定了決心重聘諸葛亮。這天，劉備、關羽、張飛三人來到集上選來選去，最後一致認定腦白金和黃金搭檔廣告做得最火，就各買了一盒提著到隆中去見諸葛亮。

敲了老半天的門才出來一個小孩，劉備問：「小屁孩！諸葛亮在家嗎？」

小孩嘴嘛得老高：「你才小屁孩呢！我都十六歲了，只是長得矮而已。」

劉備連忙說：「我這黃金搭檔廣告說『個子長高，不感冒』，你用了正好。」

這時候，屋內傳來一個聲音問：「誰呀？」

小孩衝裡面說：「推銷保健品的。」

裡面的聲音不耐煩地說：「轟他們走！」

劉備連忙給小孩解釋：「我不是推銷保健品的，我是來請諸葛亮當軍師的。」

小孩問：「你是誰？」

劉備：「我是劉備。」

小孩：「沒聽說過。」

劉備：「漢左將軍宜城亭侯領豫州牧皇叔劉備。」

小孩：「噢——」

劉備：「知道了吧？」

小孩：「還沒聽說過，你就直說你領多少兵，能給多少工資吧。」

劉備就給小孩說了，小孩聽了之後到屋內傳話，過了一會兒出來回話：「我師父說他不在。」

劉備見諸葛亮不給面子，沒法子，只得放下禮物走人。路上，張飛說：「諸葛亮肯定是嫌咱們禮物輕。」

關羽說：「諸葛亮肯定是嫌咱們兵少。」

劉備說：「你們說的都對，又都不對，諸葛亮最主要是嫌工資低。」

第二天，劉、關、張三人又買了三五煙、XO酒去見。敲了老半天的門，這次出來的是一個成人，劉備連忙問：「你就是諸葛亮吧？」

那成人說：「不是，我是他弟弟諸葛均，我哥他不在家。」

張飛生氣：「靠！不就是一個破農民工！他擺這譜也擺得太大了吧？老誆我們說不在。」說著就推搡諸葛均要強行進裡面找。

諸葛均也來氣了：「我警告你！你這叫私闖民宅，不聽警告的話，我可要撥一一〇了啊！」

劉備不想把事情鬧大，趕緊拉著張飛訓斥他。諸葛均這才消了氣：「你們誰是老大？找我哥有什麼事？他去朋友家轟趴了，不過，我可以給他打電話。」

劉備就把事情的原委跟諸葛均說了，最後又把上次的工資漲了點。諸葛均聽完就給諸葛亮打電話，複述了一遍。

諸葛均掛了電話說：「我哥說『以後再說吧』。」

劉備無奈，只得把三五煙和XO酒遞給諸葛均要走。

諸葛均接過來一看說：「你們這是不良示範！我哥說了，煙裡面有尼古丁，酒裡面有酒精，你們想害死我哥？」

劉備聽了不好意思：「對不起啊！那我下次買不危害健康的東東。」說完就要把煙和酒拿回來。

誰知道諸葛均把煙和酒放進了自己的臥室，說道：「我哥怕死，我不怕，我是見了煙酒就不要命的人。」

第三次，劉、關、張吸取了上兩次的教訓，商量好把工資定到心理防線，禮物也花了血本買了五百G內存八百G硬碟的筆記型電腦和最新的MP8，看來是勢在必得。門敲了一陣子後，出來一個比諸葛均大一點的人，劉備不敢冒認，問：「你是諸葛亮的什麼人？」

諸葛亮：「我是諸葛瑾的弟弟，諸葛均的哥哥，諸葛亮正是我本人。」

劉備聽了大喜，連忙把禮物奉上，並說了工資待遇。誰知道諸葛亮聽了並無什麼反應，只是把他們三人讓到客廳喝茶。

劉備哪裡有這心情？看諸葛亮一直不答，就催問：「Yes還是NO？」

諸葛亮：「NO！」

劉備不解：「工資已經定得夠高了！」

諸葛亮直說：「我想再等等，說不定過兩天曹操會聘我，能給更高的待遇。」

劉備：「我一直幹這行，我會不懂？軍師最高也就是這個待遇了，再說了，曹操有大將謀士一兩千人，你去了哪有用武之地？」

諸葛亮沉思了一陣說：「退而求次之，孫權、劉表也行啊。」

劉備自知比不過，只得說：「我跪下給你磕頭行不？要多少，你說吧！」說完「撲通」一聲就跪下了。

諸葛亮嚇了一跳，但立場還是很堅定：「磕多少個響頭也不頂事兒。」

劉備聽了更失望，看來煮了三次的鴨子要飛了，就抱著諸葛亮的腿哭了起來。

諸葛亮：「哭也沒用。」

劉備：「嗚嗚嗚，你不跟我幹，我就賴在你家不走了，嗚嗚嗚，吃你的嗚嗚嗚……穿你的嗚嗚嗚……」劉備一邊哭一邊把眼淚和鼻涕往諸葛亮的褲腿上抹，諸葛亮哪受得住這般糾纏？只得同意，劉備這才破涕爲笑。

第 40 回

# 諸葛亮牛刀小試

兩軍開打，曹軍果然按照諸葛亮編好的作戰程序一一中計，又是被火燒，又是被追打，被殺得潰不成軍，倉皇逃回許昌。諸葛亮的處女戰打得漂亮。

話說諸葛亮正在操練士兵，劉備正待在一邊看，有間諜匆匆來報，說曹操派了十萬兵來打新野。

劉備聽了兩腿發抖，問諸葛亮：「阿亮，咱們只有幾千人，肯定打不過，要不，撒開腳丫子跑吧？」

張飛聽了，小聲對關羽說：「諸葛亮拿了那麼高的薪水，讓他一個人打不就得了？」關羽點頭稱是。

張飛聲音雖小，但還是被劉備聽了個大概。劉備斥責道：「現在是看笑話的時候嗎？計策靠諸葛亮，打仗還得靠你們哥倆，如果光靠諸葛亮一個人就行，你倆早被我炒了魷魚！」

張飛和關羽聽了，只得裝作很聽話的樣子，儘管心裡還不服氣。

劉備又說：「下面由軍師諸葛亮給大家訓話，大家呱嘰呱嘰！」

所有人都沒見過諸葛亮有什麼能耐，並不看好他，劉備讓「呱嘰呱嘰」，大家就應付著零零落落拍了幾下掌。

諸葛亮給大夥分析了敵我形勢，說了一些很有煽動性的動員話語後，又給所有的將士一一指派了任務。

關羽：「你安排我們全都出去打仗，你自己幹什麼？」

諸葛亮：「我在家裡睡大覺啊！」

張飛：「靠！我們都出去拼死拼活，你一個人好爽，我們命好苦呀！」

劉備斥責道：「不得無禮！各位趕快按諸葛亮的《作戰手冊》執行吧。」

兩軍開打，曹軍果然按照諸葛亮編好的作戰程序一一中計，又是被火燒，又是被追打，被殺得潰不成軍，倉皇逃回許昌。

諸葛亮的處女戰打得如此漂亮，這下所有人都心服口服，關羽、張飛見了諸葛亮更是倒頭便拜，連豎大拇指。

劉備給諸葛亮發完獎金後，拍著諸葛亮的肩說：「阿亮，你還眞有兩下子，眞是佩服得緊！」

但諸葛亮反而憂心忡忡地對劉備說：「咱們打敗了曹操的十萬大軍，曹操必然會派更多的兵來打咱們。」

劉備一聽，搓著兩手直在原地打轉，「你別嚇唬我，我膽可小了，這可怎麼辦？這可怎麼辦？」

諸葛亮呵呵一笑：「別急，我早替你想好了一條妙計。」

劉備一聽有妙計，鬆了口氣說：「你又在開涮我不是？什麼妙計？快快說來讓我聽聽。」

諸葛亮：「新野太小，經不起曹操打，聽說劉表已經老得不中用了，現在又有病，咱們趁機奪了荊州，不就有地方待了？」

靠！這種缺德事你也想得出來！劉備聽了直搖頭：「劉表待我不薄，我也不能不義，這餿主意不行。」

諸葛亮歎口氣說：「你不奪，荊州早晚也得被曹操奪走，到時候，你腸子悔青也來不及了。」

劉備：「不仁不義的事，打死我也幹不出來。」

諸葛亮：「你眞是太善良了，那以後再慢慢打算吧。」

曹操果然不服氣，親自帶了五十萬大軍殺奔而來。行前，孔融勸諫阻攔，被曹操滿門抄斬。

這時候，劉表病死了，劉表的老婆蔡氏得了政權，看打不過曹操，只得準備投降，但蔡氏和兒子劉琮都怕死，不敢去曹營，就派蔡瑁、張允小馬過河先探探水。那曹操何等的IQ，二話不說就封了兩人的官，並讓兩人轉告蔡氏和劉琮，有更高的官等著兩人去當，快來吧。

蔡氏和劉琮聽了就屁顛屁顛地去了，結果被曹操喀嚓了。

此時，曹操得了大半個中國，帶來的五十萬兵，加上原劉表的兵馬，大約八十三萬之多，劉備見情勢不妙逃往江夏，江東的孫權也岌岌可危，不得已，兩人只好聯合起來抵抗曹操。

第第一仗PK於三江口，因爲曹操的兵大部分都是北方人，不善於水戰，結果曹軍大敗。曹操總結經驗和教訓，日夜操練水軍。

話說孫權陣營的都督周瑜藝高人膽大，這天親自駕船去刺探曹操水軍操練情況，不看不知道，一看嚇一跳，發現曹操的水軍現在操練得井井有條，嚇出了一臉的冷汗，問手下：「誰這麼大能耐？」

手下有知道的說：「原劉表的人蔡瑁、張允。」

周瑜心想：不行，我得趕快不惜一切代價幹掉這二人。

話說曹操吃了飯沒事幹正在瞎轉悠，有士兵進來報告：「周瑜親自來刺探咱們水軍，我們怎麼辦？這《軍人手冊》裡也沒有這一條。」

曹操聽了大吃一驚，連忙吩咐說：「趕快抓回來！」

那士兵出去一會兒，又回來報告：「那周瑜早跑沒影了，還去抓嗎？」

曹操大怒：「那還抓個狗屁？飯桶！廢物！蛋白質！」

第 41 回

# 烏龍大間諜

蔣幹這哥們有偷看別人信件的不良癖好，連忙翻了翻，居然有一封是蔡瑁和張允寫給周瑜的。蔣幹回頭看了看周瑜睡得正香，就斗膽取出信囊看，這一看不得了……

軍情洩密，曹操連忙召開智囊團擴大會議商量對策，蔣幹自告奮勇站起來說：「周瑜是我鐵哥們，我去說服他投降不就得了？」

曹操眼前一亮：「他聽你的嗎？」

蔣幹把胸脯拍的山響，「你就放一百個心吧，四歲的時候我已經是我們一夥的領導了，再說了，我還得過大學辯論賽季軍，我對我的說服能力充滿自信。」

周瑜回到家正爲除掉蔡瑁、張允卻沒有適當人選，急得焦頭爛額，突然有士兵稟報：「蔣幹到！」

周瑜聽了一拍大腿：「有了！」立即笑眯眯出門迎接。只見士兵一邊奏樂一邊一齊喊：「歡迎！歡迎！熱烈歡迎！」

蔣幹則揮手致意：「同志們辛苦了！」

「幹，什麼風把你吹來了？」周瑜熱情招呼。

「你這是在叫我，還是在罵我啊？叫我蔣哥或小蔣都行，就是別單叫我名字。」

周瑜笑著說：「我們辛苦著爲人民服務，你卻辛苦著爲曹操當說客。」

蔣幹大吃一驚：「我眞是想死你了！我每天都先想你再想我老婆，你如果是以小人之心度我君子之腹的話，那我還是三十六計走為上策。」說完扭頭要走。

幾年沒見，這蔣幹說話還是這麼噁心！周瑜聽了，雞皮疙瘩掉滿地，但還是裝出熱情模樣，連忙拉著蔣幹的手熱情地說：「不是說客就好！我也想你呀！我想你都想得記不起來你長得啥模樣了，只記得你那時候才這長高。」

周瑜說著把手比到腰部。蔣幹連忙糾正：「你得了吧，那時候，你還沒有這麼高呢，要不，我怎麼是咱們的領導，你怎麼只是小嘍囉？」說完又摟著周瑜眼淚涮涮了一陣，Pose相當煽動人的鼻子。

周瑜吩咐手下：「蔣幹是我的發小，要舉辦一個大的Party，肉要多一點，酒要好一點。」手下正要下去，周瑜又吩咐：「通知所有的文官、武將都得到場，不得生病請假。」

手下要走，周瑜又吩咐道：「複印N張『莫談政治』的紙條貼在餐廳牆上。」

手下這回不走了，問：「還有沒有？」

周瑜：「有！就是辦得快一點，辦得好一點。」

話說酒逢知己千杯少，周瑜和蔣幹碰了一杯又一杯，蔣幹有心說正事，但看看牆上貼滿「莫談政治」的紙條，又嚥了回去，最後實在忍不住正要張嘴說，看到周瑜竟然幹脆睡著了，呼嚕打得山響。

手下七手八腳把周瑜抬到床上，周瑜都沒有醒。蔣幹翻來覆去睡不著，一是周瑜的呼嚕分貝太高，二是心中有事，就起來在周瑜的房裡瞎轉悠。這一轉悠，看到桌上有一疊信。蔣幹這哥們有偷看別人信件的不良癖好，連忙翻了翻，居然有一封是蔡瑁和張允寫給周瑜的。

蔣幹回頭看了看周瑜睡得正香，就斗膽取出信囊看，這一看不得了，蔡瑁和張允兩人居然說他們二人投降就是爲了找機會殺曹操的。

蔣幹來不及細看就把信藏到自己的內褲裡，又躺下裝睡。過了一會兒，有手下過來把周瑜推醒說：「蔡瑁和張允捎過來口信，說還沒瞧準下手……」

周瑜對那手下說：「噓！小聲點！」又輕推蔣幹：「小蔣！小蔣！」

蔣幹假裝睡得像頭豬。周瑜和手下躡手躡腳走到門外嘰嘰喳喳了好一陣，蔣幹豎起耳朵也沒能聽清楚。

周瑜說完又回來躺下呼呼睡了起來。蔣幹心想，等天明後周瑜如果發現桌子上的信少了一封，必然會懷疑自己，萬一被發現了……蔣幹不敢往下想，乾脆三十六計走爲上策，我還是連夜落跑吧！

蔣幹氣喘吁吁跑回來，見曹操。

曹操問：「周瑜拿下了嗎？」

蔣幹說：「周瑜雖未拿下，但我得到一個更有價值的情報。」說著就把信從褲頭裡拿出來給曹操看，並把自己聽到的也說給曹操聽。

曹操大怒：「來人哪！把蔡瑁和張允的頭給喀嚓了。」

不一會，手下就提著兩個頭來見曹操，還自誇：「丞相！怎樣？我手快吧？」

曹操一拍腦門，猛然醒悟中了周瑜的計，怎一個後悔了得？

蔣幹問：「丞相！你拍什麼呢？」

曹操：「蚊子。」

蔣幹：「這大冬天的哪有蚊子？」

曹操：「蠅子。靠！再問連你也喀嚓了。」

蔣幹聽了嚇得直伸舌頭，用手摸了摸脖子，灰溜溜地出去。

第 42 回

# 諸葛亮草船借箭

諸葛亮指揮著船隊靠近曹操的水寨，一字排開，然後讓士兵擂鼓吶喊，魯肅大驚：「如果曹操派船出來揍我們怎麼辦？搞自殺也不用這麼大費周章！」

話說周瑜聽說曹操殺了蔡瑁和張允之後，心中很爽，自我感覺良好，便讓魯肅去探探諸葛亮是否看得出來。

誰知道，魯肅剛剛進門，諸葛亮就祝賀：「恭喜你家周瑜殺了蔡瑁和張允。」魯肅把這情景描述給周瑜聽，周瑜大驚：「這諸葛亮的ＩＱ也太高了吧？」就千方百計要給諸葛亮難堪。

第二天，周瑜見了諸葛亮就說：「咱們雖說是聯合抗曹，可事實上，你家劉備根本未動一兵一卒，你諸葛亮還在我東吳吃閒飯，什麼事都不幹。這樣吧，你閒著也是閒著，明天起你督促我的士兵們十天之內造十萬枝箭。」實際上，周瑜早吩咐士兵們只許慢不許快，要是快了就砍腦袋。

魯肅心想：你周瑜這不是強人所難嗎？十天哪能造出來十萬枝箭？就算三十天也夠嗆的。

但諸葛亮聽了卻說：「打仗造箭，哪能拖拖拉拉的呢？不用十天，要造十萬枝箭，三天就足夠了。」

第一天魯肅去看，諸葛亮打了一天的網遊；第二天魯肅去看，諸葛亮在線上聊了一整天。第三天魯肅去看，諸葛亮睡了一天的大覺，天已經黑了，魯肅連忙推醒諸葛亮：「天一明就第三天了，你造的箭呢？」

諸葛亮一拍腦門，一個鯉魚打挺坐了起來，「哎喲！我怎麼給忘了呢？魯哥！你趕快借我二十艘船，船和船用繩子連起來，船上紮上草人，用布圍起來，每船再配三十個人，N個大鼓。」

魯肅不解：「要這有什麼用？」

諸葛亮：「造箭呀！你就別多問了，趕快去辦吧。」

一直整到夜裡兩三點，魯肅才打著哈欠前來：「我把船給你整完了，我去睡覺了，睏死了。」

諸葛亮拉著魯肅的衣服：「別介呀！你不想看看我是怎麼造箭的嗎？」

魯肅一聽來了興趣：「那OK吧，捨命陪君子。」

話說這天好大霧，伸手不……噢！還是能看見五指的，但離個一二十米就什麼都看不清，反正就是起了很大很大的霧。諸葛亮指揮著船隊靠近曹操的水寨，頭朝西尾朝東一字排開，然後讓士兵擂鼓吶喊，魯肅大驚：「如果曹操派船出來揍我們怎麼辦？搞自殺也不用這麼大費周章！」

諸葛亮：「霧這麼大，他不敢，咱們只管吃小菜喝小酒。」

魯肅心裡忐忑不安，哪裡吃得下喝得下？

過了好一陣子，魯肅果然聽見除了箭如雨下外，並無其他意外事情發生，才動起了筷子和杯子。

魯肅信口問：「曹操有百萬人，萬一其中有個二百五駕戰船來怎麼辦？」

諸葛亮心裡咯噔一下，剛挾的一粒花生掉在桌子上。

魯肅並未在意，只顧自吃自的，一會又問：「咱這船上盡是草和布，曹操如果用火箭射我們，該怎麼辦？」

靠！怎麼沒想到這層？諸葛亮放下了筷子。魯肅還未在意，一會再問：「曹操如果用大炮轟怎麼辦？」

諸葛亮兩腿發顫，急出了一頭汗，「我出去看看啊！」

諸葛亮趴著船艙的細縫數數，一、二、三……二十，一艘不少，再仔細看每艘船，並未發現擔心的情形，這才稍微放下心。

正在這時，有士兵過來報告：「咱們好幾條船都快沉了。」

諸葛亮大驚：「是被戰船打的，還是被火燒的，還是大炮轟的？」

士兵：「都不是，是面對曹寨的一面箭太多了，壓沉的。」

諸葛亮聽了轉憂爲喜，命人停了敲鼓歇了吶喊，把船隊調了個頭，頭朝東尾朝西，然後再擂鼓吶喊。

原本曹軍聽到沒了動靜，以爲敵人要走，剛想回去睡覺，船上又擂又喊起來，還讓不讓人活啊！曹軍火大了，立馬一陣暴射。

諸葛亮估計草人上的箭差不多夠數了，再看天漸漸明了起來，霧也漸漸散了，撿起桌子上掉的那粒花生放進嘴裡猛嚼了幾下，又端走杯子裡的酒一飲而盡，然後說：「撤！」

再看魯肅，早趴在桌子上睡著了。

第 43 回

# 赤壁玩火

跑到天快明，曹操回頭看看火光離自己越來越遠了，老毛病犯了，又開始吹了，話音未落，兩邊鼓聲震天，火光沖天，嚇得曹操「撲通」一聲從馬上掉了下來。

話說曹操這晚看月亮又大又圓，就邀將士們在長江北賞月，給他們講吳剛伐樹和嫦娥奔月的故事，還給他們講阿波羅號登陸月球的故事，最後總結爲：中國人比美國人更先登月。

將士開始爭論起來，有人說：「吳剛和嫦娥不算，那只是傳說。」

也有人說：「據說阿波羅登月也有很多疑點。」

正當衆人爭得熱火朝天，有一個士兵過來報告：「江南好像漂過來一群船。」

曹操聽了呵呵一笑：「沒事，那是黃蓋帶兵投降來了。」

手下用探照燈一照，果然見「先鋒黃蓋」四個字，衆將士們都拍馬屁說：「丞相眞是料事如神！」

曹操聽了很爽。程昱拿起望遠鏡，就著探照燈的光亮看了很久，說道：「不好！此船有詐！」

曹操聽了一驚，接過望遠鏡看，「我怎麼看不出來？哪有詐？」

程昱答道：「如果船裡裝的是士兵的話，應該吃水很深，你看它吃水很淺，裝的必定是易燃物。」

曹操聽了驚出一頭腳汗，問：「誰能下水擋住這些船？」下面鴉雀無聲，曹操走到文聘跟前說：「聽說你水性不錯，你下去吧！」

文聘嚇得兩腿哆嗦：「這大冬天，水很冷，要凍死人的。」

曹操眼看江東的船越來越近，來不及講大道理了，就一腳把文聘踹入水中。

文聘在水中一邊用狗爬式游著，一邊想：反正是一死，那就去擋船吧，這樣死得壯烈一點，就向來船的方向游去。

曹操眼看一個文聘不夠，就一腳一個往下踹，也有自覺一點的自己往跳下水。來不及了，黃蓋率領的二十艘火船已經引燃，向曹操水寨撲過來，只N分鐘，整個水寨就火光沖天，一下子把曹操所賞的月光比暗了下來。

有士兵說：「趕快撥九一一。」

有士兵說：「你說的那是在美國，咱們這兒是一一九。」

有士兵說：「估計打了也沒用，趕快逃命去吧。」

霎時，水寨裡的人亂成了一鍋粥。曹操也被火燒連環船的洶洶氣勢嚇懵了，看士兵們全跑了，自己也挽起褲腿要跑。正在這時，黃蓋提著大刀奔了過來：「曹操！你往哪裡跑！」

曹操見了，兩眼一捂：「嗚嗚嗚……其實我不想死，其實我很想留。」

正在這緊要關頭，張遼一箭正中黃蓋，連忙用手去拉曹操。曹操哆嗦著移開一隻手，一看是張遼，遂放下心：「別急，讓我一泡尿撒完啊！」

這時候，周瑜領著大部隊也殺到了，曹操的兵大部分都跑了，張遼看到處都是火，忙問：「老大！往哪跑？」

曹操腦子裡迅速轉了個圈，「烏林！那是咱們藏糧草的地方。這地方很機密，關係一般的，我都沒有告訴他。」

話音未落，腰裡的手機鈴聲大作，曹操接了。只聽那頭上氣不接下氣地說：「丞相！丞相！我是烏林！烏林已被敵軍焚燒殆盡！請指示！」

曹操聽了有氣無力地說：「烏林！烏林！我是丞相！丞相明白！撤！Over！」

張遼聽了問：「還往烏林那邊跑嗎？」

曹操想了想說：「烏林燒也燒完了，嗯，還是那個地方開闊一點，不容易有埋伏，走！」曹操回頭看了一眼，自己的八十三萬大軍只剩下身後這一百多人了，嘆息歸嘆息，逃命還是很逃命。

跑到半道，呂蒙領著兵追了上來，曹操讓張遼斷後，自己騎著馬向前跑。跑著跑著，凌統領兵又截住了去路，曹操又要捂眼，猛然聽到一個聲音：「老大別怕，我徐晃來救你來了。」

於是徐晃部和凌統部乒乒乓乓打了起來，完事後，衆人又向北跑去。跑著跑著，又看到前面冒出三千人馬，曹操不再廢話，當即暈倒，衆人又是噴水，又是掐人中，曹操方才醒了過來。

回過神後，曹操問：「你是閻王爺嗎？」

馬延：「我不姓閻，我是馬延，帶了三千人馬特地救你來了。」

曹操一聽，一個鯉魚打挺站了起來：「靠！早說嘛，嚇死我小心肝了。」

曹操有了三千人馬壯膽，心跳稍平穩了些。繼續前走了不到十里，又被甘寧攔住了去路，又一陣乒乒乓乓，打了之後再向前逃。

跑到天快明，曹操回頭看看火光離自己越來越遠了，就問：「這是哪裡？」

手下人說：「烏林西，宜都北。」

曹操看看附近樹木叢雜，山川險峻，便大笑起來，手下問：「Why？」

曹操老毛病犯了，又開始吹了：「我笑周瑜、諸葛亮ＩＱ還不算高，如果是我的話，在這裡設下埋伏……」話音未落，兩邊鼓聲震天，火光沖天，嚇得曹操「撲通」一聲從馬上掉了下來。

一聲聲音喊道：「你們跑得忒慢，我趙雲在這兒都等不及了，兄弟們！上！」

曹操又指揮讓衆人去和趙雲打，自己跨上馬向前逃命。衆人費了吃奶的勁，終於把趙雲打跑，追上了曹操。

一會兒又下起了傾盆大雨，衣服也全淋濕了，衆人又冷又餓實在走不動了，就到附近的村裡搶了些糧食。正要埋鍋做飯，聽到後面一群部隊趕來，衆人掀了鍋就跑。跑了幾步，回頭一看，原來是李典、許褚護著智囊團來了，一場虛驚。

衆人又前行到葫蘆口，人走不動了，馬也走不動了，曹操只得讓人再次埋鍋做飯。眼看著飯快熟了，曹操又大笑起來。

有士兵說：「老大，拜託你別再笑了，剛才你一笑，蹦出來個趙雲，你再笑，不知道又蹦出來誰呢。」

曹操不管，自顧自地說：「我笑周瑜、諸葛亮IQ還不算高，如果在這裡設下埋伏，那咱們不死也得重傷。」

話音剛落，前後立刻各竄出來一群人馬，原來是張飛領來的。眞是烏鴉嘴！曹操忙令各將士應戰，自己先行逃脫。過了張飛這關，曹操再看將士們，不傷不殘的已經是寥寥無幾了。

再向前走是一個岔路口，大路平坦但遠，小路華容道近但難走，眾人各持主張爭論不休，於是讓英明的曹操來定奪，曹操說：「你們各推出一個代表來壓指頭，誰勝聽誰的。」

結果，主張走華容道的壓勝了走大道的。

話說那華容道本來就是羊腸小道，加上早晨下了大雨路滑身冷，加上經過各關拼殺將士們受傷的很多，加上一直未能吃上飯……通過華容道的難度，可想而知。

過了關後，路稍微好走了一點，曹操回頭看，只剩下三百多人馬了，然後又大笑起來。有將士聽了，連忙用手捂曹操的嘴，但來不及，曹操的笑聲已經發了出去，眾將士暗叫不好，罵道：「你笑什麼笑！沒看過《三國演義》嗎？這地方可是會冒出關羽的！」

曹操答道：「沒這回事，那是羅貫中瞎說的，回頭我叫他改改……」

話還沒說完，關羽就蹦了出來拆台，喝道：「曹操！你哪裡逃？」

以前曹操對關羽有恩，便鎮定自若地說：「是小關呀！你也到這旅遊？」

關羽狐疑：「你不是逃到這的？」

曹操充大款：「我這邊駐有八十三萬大軍，我逃什麼逃？你聽誰胡說？」

關羽：「我們軍師諸葛亮胡……說的。」

曹操：「唉呀，他一定接到錯誤情報了，要不我打個電話跟他更正一下。」

關羽：「我不管，反正他說不能放你走。」

曹操：「你怎麼這樣死心眼呢？如果我是逃命的話，你可以不讓我走，但是，我是來旅遊的，你就沒有理由攔我了。再說了，做人要講道理，難道此樹是你栽？此路是你開？」

關羽想想有道理，只好說：「那你走吧！」

衆將士心中暗喜，論胡扯的功夫，曹操絕對可以登上金氏世界紀錄。

走到天黑，曹操再看，自己的八十三萬大軍只剩下二十七個人了，不由得傷心嗚嗚嗚大哭起來。衆將士又驚，不過想想哭總比笑好，冷不防，前面又衝出一隊人馬，將士們正又要跑，一看原來是曹仁的人，衆人這才把撒開的腳丫子收了回來，都埋怨曹操爲什麼不早哭呢？

第 44 回

# 周瑜飆演技

周瑜憤怒難當，出來和曹仁對罵，罵了一陣後又突然哈哈哈哈大笑不止，然後，口吐鮮血，跌落馬下。眾人紛紛對周瑜的演技大加讚賞，說他和梁朝偉有拼。

曹操大敗，孫權、劉備大勝後，周瑜和劉備互相通電祝賀。周瑜問：「下一步準備發展什麼項目？」

劉備：「還能有什麼？南郡唄！」

周瑜一聽急了：「靠！我費心、費錢、費兵打敗了曹操，你倒要和我爭南郡？做人要厚道啊！南郡是我的！」

劉備：「你說的有些道理，我也是這麼想，只是怕你費再多的心、錢、兵也打不下南郡，我爲了減少你的損失，才考慮打南郡的。」

周瑜：「靠！曹操百萬大軍都被我打趴了，我還打不過一個曹仁？」

劉備：「如果你打不過呢？」

周瑜：「我要是打不過，任由你打。」

劉備：「一言爲定，電話費挺貴的，掛了！」

周瑜親率大軍往南郡進發，很快攻下了南郡邊上的彝陵。把守南郡的曹仁一看周瑜人多打不過，連忙給曹操打電話：「丞相！丞相！我是曹仁！周瑜的大軍已經兵臨城下，請指示！」

曹操如此這般說了一通，末了問：「你明白嗎？」

曹仁：「我很明白！」

曹操：「Over！」

曹仁掛了電話就和曹洪一起去迎敵，叮叮噹噹打了一會兒，打不過就往城裡跑。周瑜哪裡肯放過，窮追不捨，趁城門還未關上就追了進去，突然，城上箭如雨下，周瑜中箭跌落馬下，手下連忙把他救了出來。

軍醫看了看說：「哎呀！這枝箭是毒箭，這就不好辦了。」

周瑜頓時天旋地轉，嗚嗚嗚大哭起來，我家小喬還盼著我回去呢！《三國演義》沒說我會死在這裡啊！哭了一陣問軍醫：「你估計我還有幾個小時的壽命？」

軍醫掰著指頭算了一陣，說道：「按小時算的話太多，指頭數有限，數不過來，能不能按天算？」

周瑜一聽稍舒了口氣：「還有幾天？」

軍醫再掰著指頭算了一陣又問：「還是算不過來，能不能按月算？」

周瑜一聽長舒了口氣：「還有幾月？」

軍醫又掰了一陣手指頭問：「我能不能找個計算機？」

周瑜聽了轉憂為喜：「難道說，我還能再蹦個幾年？」

軍醫：「按年算的話可能好算一點，不出意外的話，大概幾十年吧！具體多少年，那就不屬於我們管轄範圍了，你得去問算卦的。」

周瑜一聽完全放下了心，問道：「這麼說，我沒有性命危險囉？那你爲什麼嚇我？把我的心給嚇得撲通撲通直跳？」

軍醫：「有心跳才沒有危險，沒有心跳才有性命危險呢。我也沒想嚇你，只是想跟你說，你中的箭有毒，需要靜養，千萬不能發火生氣。」

周瑜聽後咧開大嘴哈哈哈哈大笑起來，並問：「這樣是不是好得更快？」

軍醫：「這樣也不行，只要心情舒暢，微笑即可。」

話說另一邊，早有情報人員把周瑜的傷情報告曹仁，曹仁聽後就天天在周瑜軍寨前大罵，專罵一些不三不四的。

這天，周瑜憤怒難當，也出來和曹仁對罵，罵了一陣後又突然哈哈哈哈大笑不止，然後，口吐鮮血，跌落馬下，衆人連忙抬回去急救。

不一會，曹仁發現周瑜寨裡進進出出的人都穿上了白衣，又聽到高音喇叭裡通知晚上八點開追悼會，心想：眞是天賜良機！此時不劫寨何時劫寨？

這夜，天是如此的黑，周營是如此的悲傷，曹仁是如此的高興。曹仁摸黑來到周瑜營中，四下裡看不到一個人，正暗叫不好，霎時箭聲、炮聲、吶喊聲，聲聲震得人膽顫心驚。

曹軍大敗，半道上，又接連遭到凌統、甘寧兩部人馬截殺。曹仁心想：南郡留下的人少，肯定早被周瑜的人攻占了，回去等於送死，那就跑吧。周瑜乘勝追擊，一直追到幾里外。

回來的路上，眾人紛紛對周瑜的演技大加讚賞，說他和梁朝偉有拼，今年的最佳男演員非周瑜莫屬，周瑜聽了自是洋洋得意。

誰知道鷸蚌相爭，劉備得利，等周瑜回師南郡，南郡已經被劉備派趙雲占了。周瑜不想傷了和氣，就計劃攻曹操的荊州和襄陽，誰知道情報人員一打探，兩城的曹軍早被諸葛亮發了假文件騙走了，現在分別被張飛和關羽占著呢。

周瑜聽了口吐鮮血暈倒在地上，眾將士大笑，都誇周瑜越演越逼真。過了好一陣子周瑜再也沒有起來，眾人大驚，才明白這次不是演戲。至於劉備，則一鼓作氣又攻下了零陵、桂陽、武陵、長沙四城。

孫權看周瑜鬥不過劉備、諸葛亮這幫人，就讓周瑜領兵回去了。

正在這時，聽說劉備的老婆甘氏死了，孫權便心生一計，給劉備打電話：「小劉啊！聽說你老婆死了？死了也好，人說舊的不去新的不來，我家小妹天生麗質，今年正好十八歲，待嫁在家。」

以劉備的IQ，當然知道孫權這小子是要用美人計喀嚓自己，一口回絕：「不要，不要，不要！」

孫權問：「你是嫌我家小妹不夠年輕嗎？」

劉備：「太年輕了，我都快五十的人了，我是怕人家說我老牛吃嫩草。」

孫權：「你是嫌我家小妹不夠漂亮嗎？」

劉備：「我早聽說過很漂亮，我是怕人家說一朵鮮花插在什麼什麼上。」

孫權聽了呵呵一笑：「那你爲什麼還不願意？」

劉備：「不是我不願意，我是想，你家小妹肯定不願意。」

孫權：「錯！我家小妹從小就是你的粉絲，她說你既帥又有本事，是她心目中永恆的偶像，她說她這一輩子咬定你了，非你不娶，她還說……」

劉備：「等等！等等！她是女孩子，應該說『非你不嫁』才對吧？」

孫權：「我家小妹對你什麼都滿意，只是你天天領兵打仗，居無定所，又吃苦又受累的，她想招你入贅。也就是讓你移民東吳，吃穿不愁，玩樂無憂，過著天堂般的日子，豈不美哉？」

這孫權也是個扯蛋專家，這話直說得劉備心潮澎湃，躍躍欲試。

劉備放了電話猶豫不訣，諸葛亮問：「什麼事呀？看把你愁的！」

劉備就把剛才孫權的話一一說給諸葛亮聽。諸葛亮聽完說：「這不是天上掉下來個孫妹妹？好事嘛！」

劉備苦笑一下：「你別挖苦人了好不好？他這不是明擺著要使美人計咯嚓我？」

諸葛亮用扇子一拍腦門：「噢！我把這檔子事給忘了，讓我想想。」開始繞著劉備轉圈。

劉備：「阿亮，你別老轉悠行不行？轉得我眼暈。」

諸葛亮：「不轉悠怎麼能想出來妙計呢？這一轉不就有了？讓趙雲帶五百士兵跟著你去東吳。」

劉備：「靠！我以為什麼妙計呢，五百人入到孫權的虎穴，還不夠塡牙縫。」

諸葛亮：「又想得美人又怕死，那會行？不入虎穴焉得虎妹？」

劉備把心一橫：「好吧，這輩子就是栽在孫小妹的石榴裙下，死也瞑目了。」一會兒又猶豫起來：「哎！那我辛苦了大半輩子的江山就這麼放棄了？」

諸葛亮笑笑說：「我準備三個錦囊妙計讓趙雲帶上，遇到困難就依次打開看，保你性命、江山、美人一個不少。」

劉備聽了高興得手舞足蹈，抱著諸葛亮結結實實啃了個Kiss。諸葛亮推開劉備：「你刷牙了沒有？看來你真該找個媳婦了，老婆才死幾天就想搞同性戀！」

第 45 回

# 孫權賠了夫人又折兵

第二天天濛濛亮，劉備就和孫小妹、趙雲及原來的那五百士兵逃了出去，孫權暗叫不妙，急忙派徐盛、丁奉、陳武、潘璋領了幾千士兵去追殺。

話說劉備領著趙雲，趙雲領著五百士兵，出了徐州火車站就不知道該怎麼辦了，趙雲於是解開了一號錦囊。衆人圍上來一看，都說：「果然妙計！」

讚完後，劉備一一做了分工，五百士兵到大街小巷貼小廣告，趙雲去了報社，劉備招手叫了輛出租車，司機問：「東西南北？」

劉備說：「管他東西南北，反正就是電視台。」

第二天，電視台黃金時間隆重推出了特別訪談「孫權要招劉備當妹夫」，報紙頭條赫然是「劉備與孫小妹驚爆不倫戀情」，大街小巷則貼滿了「一個糟老頭將要嫁給妙齡美少女」的小廣告。

這天，孫權哥哥孫策的岳父，也就是大喬、小喬兩美眉的老爸老喬正爲難言之隱愁眉不展地走在大街上，突然抱著一根電線桿激動萬分，老淚縱橫地大喊：「我的病有救了！」

激動之餘，老喬對旁邊的那張「一個糟老頭將要嫁給妙齡美少女」大感興趣，細看內容，大致意思爲年過半百的劉備要倒插門嫁給孫權的妙齡小妹。老喬就各揭了一張放入口袋，然後殺奔親家母吳媽家而去。

老喬一進門就向吳媽道喜，吳媽一驚問：「我有什麼喜？」

老喬嘻嘻笑：「別裝蒜了，妳家不是要招劉備當女婿？」

吳媽連忙掩蓋：「謠言！現在這些電視、報紙，為了掙錢真是不擇手段。」

老喬：「電視、報紙上也有？」

吳媽一聽，原來老喬不是從電視、報紙上知道的，就問：「你怎麼知道的？」

老喬從外衣口袋裡掏出小廣告，遞給吳媽看。吳媽翻出老花鏡看著念：「專治淋病、梅毒、愛滋病……」

老喬聽了好不尷尬，連忙翻出另一張說：「不是那張，是這張。」

吳媽看完後號啕大哭起來，哭夠一個階段就給兒子孫權打電話。剛開始，孫權死不承認，最後坦白，這只是自己要咯嚓劉備使的美人計。

吳媽聽了大罵孫權，女兒還沒有嫁人就要亡夫。又罵孫權，現在這事整得路人皆知，如果把劉備招來，又把劉備咯嚓了，還有什麼誠信？

孫權聽了說：「我錯了，那妳說現在怎麼亡羊補牢？」

吳媽想了想說：「這樣吧，既然劉備來了，我就帶你妹子在甘露寺和他約個會，如果我倆都滿意了，那就這麼著了，如果我倆有一個投反對票，那你就愛怎麼辦就怎麼辦吧！」

孫權聽了心想：就劉備那近半百的年齡，就劉備那豬八戒似的大耳朵，就劉備那……不多舉了，這兩條就足以要劉備的小命了。孫權於是給劉備聯繫約會時間和地點，然後又吩咐刀斧手在甘露寺埋伏好。

吳媽和孫小妹正在方丈室裡喝茶，孫權示意劉備來了，孫小妹頓時坐立不安。劉備進得方丈室看見孫小妹，心中暗想果然是傾國傾城，不虛此行。看得眼都直了，直到口水滴到手上，方才如夢初醒，看到茶桌旁有一位老婦人，猜準是孫小妹她媽，倒頭便拜。

那孫小妹看到了劉備的模樣，氣呼呼地站起來就要走，孫權正要示意刀斧手下手，正在這時，吳媽拉住孫小妹的手，附在耳邊低語：「聽說耳垂長的人有福氣，我看這人兩耳垂肩，妳跟了他必定大福大貴。」

孫小妹聽了頓時眉笑顏開，便問：「三金帶了嗎？」

劉備一聽大喜過望。正在這時，趙雲從外面走進來對劉備耳語：「外面到處都是便衣，我看咱們凶多吉少。」

劉備聽了二話不說，立即跪在吳媽面前，「媽——」的一聲嗚嗚大哭。

吳媽一楞：「我家女兒已經看上你了，你哭什麼呀？」

劉備一隻手抹著鼻涕，一隻手指著孫權說：「就是他！他在外面佈置了忒多殺手要咯嚓我。」

吳媽聽了哈哈一笑：「我兒放心，這是保護咱們的，而不是殺你的。」

劉備聽了，這才寬了些心。

定親儀式結束，又過了幾天，孫家大擺筵席讓孫小妹和劉備成親。

劉備送走最後一個客人正要寬衣解帶，見洞房內刀槍林立，侍女們個個提刀拿劍，大叫不好，當場暈死過去。

孫小妹狠掐狠掐，直把劉備的人中掐出血來，劉備這才喘出一口氣來：「我這是在閻王殿嗎？」

孫小妹嗔怒：「閻王殿有這麼年輕漂亮的美眉嗎？你一輩子帶兵打仗，怎就這麼膽小呢？」

劉備問：「你們東吳的洞房都是這個風俗嗎？」

孫小妹：「那倒不是，我想著哥哥你是打仗之人，小妹我也從小就喜歡舞刀弄劍，就設計出了這麼個有特色的洞房討哥哥喜歡，如果哥哥不喜歡就撤了。」

於是，孫小妹就讓帶刀劍的侍女們退了出去，劉備這才放下心來和孫小妹寬衣解帶。至於這夜兩人如何嘿咻，考慮到有十八歲以下的讀者，咱們就不細說了。

孫權看弄假成眞、弄巧成拙、木已成舟，也別無他法，正自鬱悶，周瑜給他打電話，讓他如此如此、這般這般，孫權聽了連連點頭稱是。

第二天，孫權派人在劉備所住的院落裡種了很多名貴花草，又送了許多好聽、好看、好玩的東東，還送了十個既會各種樂器又會各種舞蹈的美眉。劉備哪裡抵擋得了？一住就到了年三十，把江山的事全忘了。

趙雲每天也無所事事，只是領著弟兄們到城外溜溜馬，射射箭。劉備從來不召見趙雲，趙雲有時候想找劉備玩，但劉備只想和那十個美眉玩、和孫小妹玩，不想和趙雲玩，趙雲氣得乾著急，卻沒有辦法。

這天，趙雲猛然想起了諸葛亮的三個錦囊妙計，就解開編號二的錦囊，看後大喜，跑進劉備住房裡喊：「劉哥！報告你一個好消息，諸葛亮派人捎過來口信說，曹操領了五十萬精兵去打荊州了。」

劉備一楞：「諸葛亮是誰？曹操是誰？荊州又是誰？怎麼聽著有點耳熟？」

趙雲：「靠！諸葛亮是你的軍師，曹操是你的敵人，荊州是你的江山。」

劉備問：「誰規定的？」

趙雲：「沒有誰規定，但就是有這麼一碼事。」

劉備如夢半醒：「噢！你這樣一說我算徹底明白了，不過，我還有一點不明白，曹操要打荊州，你高興個啥？你是曹操那撥的？」

趙雲：「對不起啊！剛才我應該說是壞消息，還有，剛才我的表情也不應該高興，應該哭喪著臉才對。」

劉備問：「曹操要打荊州，那你說我應該怎麼辦？」

趙雲：「應該回去打曹操呀！」

劉備想了想說：「你說了也不算，你等著啊！我得問問我家孫小妹。」

趙雲無可奈何只得坐那等，劉備回屋問孫小妹：「剛才，有一個很面熟的人說曹操要……」

孫小妹：「你不用說了，我全都聽見了，哥哥說吧！現在的情況就是我和哥哥的江山同時掉進水裡，哥哥要救哪一個？」

劉備想了想問：「這是一個腦筋急轉彎嗎？我的答案是：如果在美國，打九一一，在我們這裡，就打一一〇或一一九。」

孫小妹氣得哭笑不得：「這樣吧！我給你想給萬全之策，讓你既不失江山，也不落美人。」

劉備拍著兩隻手：「這個好！這個好！」

除夕夜，孫家舉行了隆重的轟趴，酒過三巡，孫小妹領著劉備把吳媽叫到一邊說：「老媽！明天就是大年初一了，我哥哥想老媽了，明天我和哥哥一塊兒到江邊向哥哥故鄉那邊看看。」

劉備一聽也配合著嗚嗚嗚哭了：「我以前過年都要吃我老媽包的餃子。」

吳媽一聽很高興，「眞是個孝子，你們就早點歇息吧，明天早去早回。」

第二天天濛濛亮，劉備就和孫小妹、趙雲及原來的那五百士兵逃了出去。路上，孫小妹問：「哥哥以前的事都不記得了嗎？難道哥哥是得了健忘症嗎？」

劉備一陣壞笑：「我只是不捨得失去妳而已。」

孫小妹也開心地笑。

前一晚，孫權當然喝得不少，這天睡至日頭曬屁股了才起來給吳媽請安。孫權問：「老媽！劉備和妹妹給妳請安了沒有？」

吳媽：「劉備想他媽，今天一早到江邊去了。」

孫權大吃一驚，到房裡找，果然劉備不在，小妹不在，趙雲及五百士兵也不在。孫權暗叫不妙，急忙派徐盛、丁奉、陳武、潘璋領了幾千士兵去追殺。

劉備眼看追兵越來越近，連忙問趙雲：「這可怎麼辦？這可怎麼辦？」

趙雲：「我也沒辦法。」突然眼前一亮：「對了，咱不是還有一個諸葛亮的錦囊妙計？」就解開了編號三的錦囊讓劉備看。

劉備看後就把孫權如何使美人計說給孫小妹聽，孫小妹聽後大嘆一口氣說：「哥哥你前邊先跑，我和趙雲斷後。」

劉備聽了感動得眼淚涮涮的。孫小妹等徐盛等人追得近了，想證實一下，便問：「小徐！你們來幹啥？」

徐盛等人氣勢洶洶地說：「我們是奉了孫權的命令來追殺你們的。」

孫小妹一聽徹底失望了，喝問：「那你們爲什麼還不動手？」

徐盛心裡暗想，孫小妹和孫權畢竟是親兄妹，現在劉備又不在裡面，如果我沒殺成劉備，倒把他妹子殺了，他孫權早晚不活剝了我的皮？想完便灰溜溜撤了。

第 46 回

# 諸葛亮氣死周瑜

周瑜仰天大哭：「蒼天啊！大地啊！你們為什麼不遵守計劃生育呢？既然生了周瑜，為什麼再超生一個諸葛亮？」然後，箭傷迸裂倒地身亡，享年三十六歲。

孫小妹和趙雲等人看追兵走遠了才回頭追上劉備。看到諸葛亮派了二十多條船停在江邊接應，所有人都上去了，只有劉備在岸上獨自落淚，想想以前的好日子從此將一去不復返了，便自嘆：「可惜呀！」

趙雲問：「可惜什麼呀？」

劉備回過神來苦笑一下：「可惜，孫權的兵沒追上！」劉備的心思只有諸葛亮聽得明白。

正在衆人以爲勝利大逃亡的時候，周瑜又親率大軍追來。誰知道，諸葛亮早有埋伏，殺得周瑜大敗，諸葛亮還讓士兵們一齊喊：「帥哥周瑜獻妙計，賠了夫人又折兵！」氣得周瑜已經快好的箭傷復發，大叫一聲暈倒在地。

周瑜受辱後天天想著報仇，百思不得其計，便打電話給劉備討還荊州。

劉備一聽，就嗚嗚嗚大哭起來，周瑜再問什麼話，劉備就一字不說，只是嗚嗚嗚哭個不停。

周瑜納悶，掛了電話打給諸葛亮：「你家劉備是失戀了?怎麼只是老哭呀？」

諸葛亮：「你是不是跟他討荊州了？」

周瑜：「是。」

諸葛亮：「好你個周公瑾！荊州還了，那我們住哪？」

周瑜想想也是，掛完電話後轉念一想：靠！什麼狗屁也是？你們把我氣得要死，我才不管呢！又打給劉備，「你們是不是除了荊州，沒其他地方住了？」

劉備：「對頭！」

周瑜：「天下是打出來的，哪裡借出來的？你們閒著沒事，不會自己打一個？」

劉備：「打誰的城池人家願意？你推薦一下哪個好打？」

周瑜想了想說：「我看劉璋ＩＱ不高，挺蛋白質的，你就打他的西川吧！回頭你給我傳一份合同，按個手印，這次可不能賴帳不還了啊！」

劉備：「ＯＫ吧！」

不一會兒，果然傳真傳來了帶手印的合同，周瑜看到裡面有「如果劉備打下了西川，三日之內歸還東吳荊州」的字樣，遂放下心。

周瑜等呀等，等了好幾個月也不見劉備打電話催問，便給劉備打電話催問，劉備：「咱們不是有合同？」

周瑜：「靠！要是你一輩子不打西川，就一輩子不還荊州了？」

誰知劉備聽了周瑜這話又嗚嗚嗚哭開了，周瑜：「別哭，先說理由。」

劉備：「那好吧！本來我準備去打西川，但一想到我和劉璋五百年前是一家，哪裡下得了手？」

周瑜聽了怒火中燒，「靠！你這不是要賴皮嗎？這樣吧！我把西川打下來送給你，你把荊州還給我們東吳！」

劉備：「OK！」

周瑜又說：「那我的部隊從荊州路過，我就不說了，你可得好好犒勞犒勞我們的士兵啊！」

劉備：「OK！一定！一定！」

周瑜放下電話，魯肅問：「西川那麼遠，地勢又是那麼險，你怎麼打？」

周瑜哈哈一笑：「這你就不知道了吧？你以爲我眞要打西川？我只是藉口打西川路過荊州時，乘劉備犒勞部隊之機，喀嚓了劉備，占了荊州。」

魯肅連豎大拇指：「高！實在是高！」

周瑜自以爲劉備中計，便親率五萬大軍趕往荊州。半路上，劉備給周瑜打電話：

「快到了嗎？我正在大擺筵席等著犒勞你們呢！」

周瑜大喜過望：「看來荊州就要到手了！看來你劉備也死到臨頭了！」

誰知道周瑜率領大軍到了荊州之後，看到城門緊閉，不見一人，正要派人敲門，諸葛亮發來簡訊：你只不過是藉打西川爲名來殺劉備占荊州的，就你那點小聰明，我會不知道？

周瑜騎虎難下，回簡訊爲：以小人之心度君子之腹，我這就去打西川給你看！

諸葛亮估量周瑜不會眞去打，又回覆：劉璋沒有你想的那麼麵，你如果把大軍引到西川久攻不下，曹操的鐵蹄早乘虛把東吳踏成麵粉了。

周瑜看後把手機往地上重重一摔，仰天大哭：「蒼天啊！大地啊！你們爲什麼不遵守計劃生育呢？既然生了周瑜，爲什麼再超生一個諸葛亮？」然後，箭傷迸裂倒地身亡，享年三十六歲。

第二天，各家報紙頭版頭條爲「周瑜氣死於諸葛亮」。

第 47 回

# 鳳雛先生當縣長

龐統上任後總覺得自己懷才不遇，鬱悶得要死，天天除了喝酒就是呼呼睡大覺。劉備聽了大怒，派張飛、孫乾前去視察，如情況屬實嚴懲不饒。

話說周瑜臨死前推薦魯肅接班，孫權看看左右再也沒有更好的人才，同意了。誰知道，魯肅本人卻不同意。魯肅心想：自己綜合素質遠不如周瑜，周瑜又遠不如曹操或諸葛亮，周瑜都被氣死了，自己……算了吧，自己還想再多活N年。

於是，魯肅推薦了龐統，孫權聽了就讓龐統來面試。

龐統和諸葛亮齊名，網名鳳雛先生，那可是論才能有才能，論長相……唉！公平一點只能說屬於青蛙，給孫權的第一印象可以說是很差。

孫權問：「你學的什麼專業啊？」

龐統：「我不分專業，什麼都學，幹啥啥通。」

孫權：「生孩子也會嗎？」

龐統臉紅：「那倒不會，不過，我可以讓別人生。」

孫權又問：「你覺得你的綜合素質和周瑜比起來如何？」

龐統：「周瑜和我差距可就大了，何止用十萬八千里來形容！」

孫權：「是嗎？那你的水平確實是高，不過我這廟太小，你還是另謀高就吧！」

龐統聽了只得嘆了一口氣，退了出去。

魯肅問：「爲什麼不用他呢？」

孫權：「靠！牛逼吹得也太不靠譜了。」

魯肅走出來安慰龐統：「不用傷心！是金子到哪都會發光，以你的才能到哪不能幹得有聲有色？」

龐統：「是啊！此處不留爺，自有留爺處！」

魯肅問：「你下一步準備到哪面試？」

龐統：「我要到曹操那幹一番大事業，讓他孫權瞧瞧！」

魯肅：「聽說曹操有大將、謀士一兩千人，你去那裡很難有出頭之日。不行的話，你就先到劉備那幹吧，有了好機會再說。」

龐統：「關鍵是劉備那規模小，還有，我的老同學諸葛亮在他那當的軍師，我去最多也就是副軍師，那多沒面子！」

魯肅：「貨比貨得扔，人比人得死，做人不要太爭強好勝，只要你自己覺得划算就行了。」

龐統聽了連連點頭。魯肅：「這樣吧！我和劉備也打過很多次交道，算得上是老熟人，你真想去的話，我給你寫個介紹信？」

龐統：「那就先謝謝你了！」

龐統告辭了魯肅就往荊州趕，見劉備前，龐統想先見見諸葛亮探探底，看到底劉備需要不需要人。

本來龐統想，諸葛亮可能會猜忌自己是個未來的競爭對手，會不歡迎自己，誰知道諸葛亮見了龐統又摟又Kiss，弄得龐統怪不好意思。Over，諸葛亮又給龐統整了點小酒小菜，臨走也給龐統寫了張介紹信。

第二天，龐統懷揣兩張介紹信去見劉備，臨見之前又突然想：靠！我如果讓劉備看到我有兩張介紹信，就好像我沒有眞才實學，只能靠拉關係走後門似的。思前想後，決定還是不拿出來。

誰知道劉備也以貌取人，見龐統是個青蛙就不太想要，但又想多個人多一分人氣，就說：「我的規模小，需要的官也少，如果你不嫌棄的話，就到離這裡一百三十里的耒陽縣當縣令。」

龐統委屈得要哭，本來想拂袖而去，但又想到現在失業率就這麼高，當個縣令總比失業強，罷了，縣令就縣令吧！

龐統上任後總覺得自己懷才不遇，鬱悶得要死，根本不理縣裡的一切事務，近一百天來，天天除了喝酒就是呼呼睡大覺。早有手下看不慣，去劉備那兒打小報告，劉備聽了大怒，派張飛、孫乾前去視察，如情況屬實嚴懲不饒。

兩人到了耒陽縣後，縣裡的大小官員都來歡迎，唯有縣令的龐統不在，張飛問：「你們縣令呢？」

有人說：「正和周公喝酒呢！」

張飛大怒：「派人去把他抓來！」

過了好一會兒，龐統才打著酒嗝，被人扶著，睡眼惺忪地來見。

張飛怒說：「我大哥是讓你當縣令處理縣務的，不是讓你喝酒睡大覺的，看你天天喝酒把縣務全給耽誤了！」

龐統如夢初醒：「縣務？哪有什麼縣務？」龐統一拍腦門全醒了：「是嗎？那你們把這一百天來需要我批的文件全部拿上來！把需要我審的案子的原告被告統統叫過來！」

兩個小時後全部到齊，龐統開始一邊批文件，一邊對原告、被告說：「你們統統一齊說，我能聽得清。」

於是，一堂人嘰哩呱啦說開了，先說完的龐統先判完，後說完的龐統後判完，一直嘰嘰喳喳、嘮嘮叨叨、喋喋不休、沒完沒了。好不容易說完了，龐統也每人發一份判決書，「行了，先看看判決書，有什麼話再補充！」

衆人都非常滿意全退去了，直驚得張飛目瞪口呆。張飛拍著龐統的肩說：「看不出來，你這小子還眞有兩下子，我回去就讓我大哥提拔你。」

過了沒幾天，龐統果然高升爲副軍師，劉備左右兩手拍著諸葛亮和龐統兩人的肩說：「以前司馬徽給我說『諸葛亮和龐統得其一便可得天下』，我現在得了兩個，豈不要得宇宙？」

第 48 回

# 曹操惱羞成怒

曹操大怒：「靠！你是來求我打張魯呢，還是來揭我老底？滾！」張松懊惱不已，再去求，曹操不理，跪下來給曹操磕頭，曹操早沒影了。

劉備這話傳到了曹操的耳朵裡，曹操當然不服氣，本來想發兵攻打劉備，但又想：攘遠必先安近，就設計殺了西涼的馬騰。

馬騰的兒子馬超聽到惡耗後領兵要爲父報仇，但雞蛋哪裡碰得過石頭？幾萬西涼兵見馬超不得勢，紛紛南逃漢中投奔張魯。張魯得了勢力便蠢蠢欲動想打西川的劉璋，整個就是多米諾骨牌。

劉璋聽說後嚇得不得了，便和文武大臣們商議。

衆大臣們聽了鴉雀無聲，劉璋火大了：「平日裡領薪水一個比一個急，開Party一個比一個吃得多，人家說養兵千日用兵一時，你們關鍵時刻可別掉鍊子，倒是獻計獻策啊！」

話音落了一小會，張松進言：「我有一計！」

劉璋：「快說！快說！」

張松開講了：「很久很久以前，有隻狡猾的狐狸，所有動物們見了，都怕跑之不及，原來……」

衆人聽了「暈」聲一片，板磚一堆，劉璋連忙制止：「Stop！Stop！我在我娘肚子裡都胎教聽過N遍了，誰不知道是狐假虎威？現在都火燒眉毛了，你還是快說如何打張魯吧！」

張松：「好吧！那我接下來就分析一下政治形勢吧！目前的政治形勢分國內形勢和……」

衆人再暈，劉璋：「你能不能長話短說，一句話概括了？」

不是說要獻計獻策嗎？怎麼不讓人說話呢？張松鬱悶地嘆了口氣，然後說：「現在曹操是老大，咱們投靠曹操，有了曹操這老虎，張魯……」

劉璋：「I see！I see！下面的省省吧！快說怎麼整啊？」

張松：「實話實說？」

劉璋點頭。張松：「咱們送點禮物，去和曹操談談，讓他去打張魯。」

總算有點譜了，劉璋眼裡潮呼呼的，「這樣吧，如果你和曹操談判成功了，下半輩子就不用愁了！」

張松：「那如果不成功呢？」

劉璋來氣：「不成功的話，把你咯嚓了，你下半輩子也不用愁了！」

這話嚇得張松用手摸了摸脖子，還好，還在。張松：「那好吧，只要進貢的東西足夠多，我就是爲了脖子上這顆人頭，也得盡心盡力。」

張松領了進貢品，辭了劉璋，趕往曹操的許昌。

張松到了許昌，曹操問：「你是誰？」

張松心想，自己既沒有當大官，又沒有鬧緋聞什麼的，知名度不夠，那就直接說吧！「我是西川劉璋的人。」

曹操問左右：「西川我知道是個地名，劉璋是個什麼東東？」

左右會意，都搖頭說「不知道」。

張松明知道曹操是在藐視劉璋，但現在有求於人，也不敢發火，只得說：「劉璋不是個什麼東東，是個人，是西川的老大。」

左右聽了都哈哈大笑。曹操笑完後說：「我以前只聽說過孫權、劉備，既然你說有劉璋這個人，那就算有吧，他讓你來幹嘛？」

張松連說：「劉璋讓我帶了些貢品孝敬你老人家。」

曹操問：「以前怎麼沒見孝敬呢？」

張松心說，以前不就是沒有張魯這瘟神威脅嗎？口說：「不是不想孝敬，關鍵是途中有好多強盜！」

曹操不樂了：「你只要說是孝敬我曹操的，以我曹操的威名，哪個強盜還敢動這念頭？找死啊？」

張松：「你說這話可不對，人家孫權、劉備、張魯哪一個買你的帳？」這話噎得曹操半天說不出話，拂袖而去。

左右都指責張松頂撞了曹操，張松說：「我們西川沒有馬屁精。」

楊修聽了，抬槓的癮犯了，問道：「你說你們西川沒有馬屁精，那你說說都有些什麼？」

張松：「我們西川地大物博，人口衆多，地靈人傑……」

楊修：「等等！」楊修從書架上找出一本《曹操新書》遞給張松，「我家丞相寫的這本兵書，你們西川誰有這能力？」

張松翻了翻說：「什麼東西呀？除了抄襲還是抄襲，這些我們西川三歲的小屁孩都能倒背如流。」

楊修：「吹牛逼吧你！背來聽聽！」

張松二話不說就背給楊修聽，楊修聽完後大驚：「難道眞是抄襲？以丞相這知名度，不會這麼幹吧？」

張松：「林子大了，什麼丞相……」

楊修連忙摀上張松的嘴，左右看看，並無一人，原來其他人見曹操走了，又見他二人說的也沒多有趣，就先後都走了。楊修小聲對張松說：「以後說話注意點，你說這話如果被曹操聽到了，可是掉腦袋的事。」

張松嚇得直伸舌頭。

楊修辭了張松來見曹操，把有關抄襲的事說了，曹操聽完臉色蒼白，心想：靠！被那賣舊書的老頭騙了！那老頭說是全世界僅此一本才買的。曹操連忙吩咐楊修：「趕快把所有的《曹操新書》燒了，以後隻字不許再提！」

楊修邊走邊想，人家秦始皇焚書坑儒是燒別人的書，你倒燒起自己的書來，可見眞是抄襲。楊修嘴裡嘟囔：「眞是林子大了，什麼丞……」說了半截趕緊把自己的嘴摀了起來。

第二天，曹兵在操場上操練，曹操邀請張松來看，曹操問：「雄壯不？」

張松：「雄壯。」

曹操問：「威武不？」

張松：「威武。」

曹操問：「牛逼不？」

張松：「牛逼。」

曹操：「西川有不？」

張松：「沒有，但我們西川不以武治人，而以仁治人。」

曹操哈哈大笑：「仁有狗屁用，我以我的雄師打天下，攻無不取戰無不勝，敵人見了望風而逃，那眞是順我者昌，逆我者亡！」

張松：「也未必，你以前在濮陽打呂布、在宛城打張繡、在赤壁打周瑜、在華容道打關羽……」

曹操大怒：「靠！你是來求我打張魯呢，還是來揭我老底？滾！」

張松懊惱不已，再去求，曹操不理，跪下來給曹操磕頭，磕完仰起頭再看，曹操早沒影了。張松心說：靠！這下我拿著豬頭找不著廟門了！想完扭頭就走。

第 49 回

# 張松賣西川

劉備率軍到西川沒幾天，果然張魯來了，劉備出兵去打。這張魯部雖然人多，但都是烏合之眾，也不算太難打。劉備打完之後回頭又趁機占了西川。

回西川的路上，張松猛然想起，事情辦砸了，這一回去既丟人，又得丟人頭。思前想後，決定投奔劉備，就給劉備打電話：「劉哥！我現在年休，想去你那兒參觀參觀，不知道歡迎不歡迎？」

劉備：「怎麼不歡迎？歡迎！歡迎！歡迎！熱烈歡迎！」

果然，剛到劉備的勢力範圍，劉備就帶著趙雲、關羽、諸葛亮、龐統及眾士兵來迎接，並一齊高喊：「歡迎指導！歡迎批評！」

張松哪受過這般待遇？自是受寵若驚。在歡迎Party上，張松總想張口問劉備需要不需要人，但礙於面子一直說不出口。如此這般喝了三天的酒，侃了三天的大話，張松始終張不了口，劉備也始終沒有說讓張松留下來。張松看再也賴不下去了，只得藉口休假到期要走，劉備又送了老遠老遠。

張松看劉備待自己這麼好，自己無以回報，突然心生一計說：「劉哥！我準備賣你一塊地，不知道你要不要？」

劉備：「哪兒？多少錢？」

張松：「西川，我不要錢，你以後讓我當個一官半職就行了。」

劉備：「靠！那戶主可是你家劉璋的，他什麼時候轉賣給你了？」

張松如此這般說了一通，劉備聽了連連點頭。最後，張松說：「我在裡應，你在外合，不就OK了？」說完並把一張西川軍事地圖送給劉備。

劉備看了大喜過望，劉璋哥們，我來了。

劉璋聽到張松說大功告成後，大擺慶功Party。

酒過三巡，劉璋問：「曹操什麼時候派兵打張魯？」

張松：「曹操那王八羔子不買咱們的帳！」

劉璋暈：「靠！說了半天是事沒有辦成？來人哪！把張松拉出去喀嚓了！」

張松嚇得兩腿哆嗦：「慢！慢！慢！曹操不同意，我又給你做了樁好生意，讓劉備幫咱打張魯。」

這時刀斧手屁顛屁顛過來問劉璋：「喀嚓哪一個？」

劉璋回說：「現在不想喀嚓了，先下去吧！」回頭又對張松說：「靠！你是老大，還我是老大？」

張松：「當然你是老大，我只不過是幫你簽了個意向協議，最後拍板定案還得由你做主，不是？」

劉璋猶豫不決，張松猛吹耳邊風：「你想啊！現在這天下曹操姓曹，孫權姓孫，張魯姓張，唯有皇帝、劉備和你姓劉，除了劉備還有誰能讓你信得過？」

劉璋對眾文武說：「各位，不要只顧啃雞腿雞屁股的，也發表發表高見！」

於是，眾人各抒己見，支持聲無幾，反對聲一堆。

黃權：「你千萬別信張松胡說八道，他肯定和劉備是一撥的，如果你聽了他的話，咱這西川早晚得姓劉，劉備的劉……」

劉璋：「等等！你剛才說張松和劉備是一撥的，有證據嗎？」

黃權：「沒有！」

劉璋：「那不是胡亂栽贓？」

王累：「從歷史上說，劉備剛開始跟著曹操幹，卻害曹操，後來跟著孫權幹，又奪了人家的荊州，按機率算，劉備試圖霸占西川的可能性比較大。」

黃權又說：「對！從綜合實力上說，劉備文有諸葛亮、龐統，武有關羽、張飛、趙雲、黃忠、魏延等，他眞要是不講理要霸占，咱們也打不過他。」

劉璋反問：「關鍵是張魯已經要打咱們了，不請劉備誰又有什麼高招？」

眾文武鴉雀無聲，劉璋一拍桌子：「就是劉備了。」

說完，劉璋就撥了劉備電話，協商出兵事宜。

劉備放下電話，對龐統說：「劉璋果然同意咱們到西川打張魯！」

龐統聽了，「耶！」和劉備擊手相慶。

龐統：「靠！眞是引狼入室！」

劉備：「你就不會說得委婉一點？」

龐統：「引賊入室！」

劉備：「你到底和誰一撥？」

龐統呵呵一笑：「那就叫請君入甕？」

劉備：「不吉利啊！掌嘴！」

龐統聽了裝模作樣意思了一下，並糾正爲：「不來自請！」

劉備這才滿意地哈哈大笑。

劉備率軍到西川沒幾天，果然張魯來了，劉備出兵去打。這張魯部雖然人多，但都是烏合之衆，也不算太難打。劉備打完之後回頭又趁機占了西川，不好的一面是永遠失去了龐統，鳳雛先生爲劉備捐軀了。

這期間，孫權得知劉備領著主力去西川打張魯了，就和文武大臣們商量著武力討荊州。吳媽聽說後怕傷及女兒死活不同意，孫權說：「這還不簡單，打個電話，就說妳病重讓她回來，不就得了？」

孫小妹聽了電話果然相信，連夜趕了回去。

第 50 回

# 諸葛瑾計取荊州未果

諸葛瑾急了，劉備說：「那關羽不給，我也沒辦法啊，總不能我帶兵把荊州攻了還你吧？」諸葛瑾：「靠！你們這不是扯皮？」

曹操退了兵，孫權沒事了，劉備得了西川也沒事了，但人生來就是用來製造矛盾和解決矛盾的，兩人一閒下來就沒事找事。

孫權見劉備得了西川，就想派人拿著合同找劉備索要荊州。

張昭說：「老大！這老一套早就不頂事了，現在這合同狗屁用處都沒有，你也知道劉備是個不講信用之人，諸葛亮又詭計多端，總能想出來法子唬弄咱們。劉備靠的不就是諸葛亮？諸葛亮的哥哥諸葛瑾不就在你這幹？不如這樣，你把諸葛瑾的一家老小扣爲人質，讓諸葛瑾去求劉備，他諸葛亮總不至於爲了荊州而不顧他哥哥一家老小吧？」

孫權聽了說：「你這計好是好，只是咱們平白無故抓了諸葛瑾的家人當人質，太不人道了吧？」

張昭：「哪讓你眞抓了？只是做做樣子，騙騙劉備和諸葛亮而已。」

孫權哈哈大笑：「想不到你張昭的IQ還蠻高的啊！」

第二天，劉備正閒著沒事幹，有人通報說諸葛瑾求見。劉備問諸葛亮：「你哥找我會是什麼事？」

諸葛亮：「還有什麼事？荊州唄！」

劉備：「那我該怎麼辦？不如我們把荊州還了，要不孫權鐵定上網造謠，說我太沒信用了。」

諸葛亮附在劉備耳邊低語，如此這般一番，劉備聽了大喜。

諸葛瑾進來，見了劉備倒頭便拜，然後大哭起來：「嗚嗚嗚……你快救救我一家老小吧，嗚嗚嗚！爲了荊州，孫權把我一家人扣爲人質了，嗚嗚嗚，他孫權眞不是東東，嗚嗚嗚……」

諸葛亮聽了大驚失色，連問：「你說的都是眞的嗎？」

諸葛瑾信誓旦旦地說：「我敢對著地上這歐典地板發誓，我說的都是眞的。」

諸葛亮聽了，也跪下向劉備求情：「大哥！你就發發慈悲吧！求求你看在我的面子上，還了荊州，讓孫權放了我哥一家人吧！」

劉備：「阿亮，你懂不懂生意啊？你的面子值多少錢？你哥一家人值多少錢？我一個荊州又值多少錢？這是等值交換嗎？不行！」

諸葛亮威脅說：「你要是不同意，我就碰死在你面前！」

劉備：「那也不行！」

諸葛亮看這招不好使，又對諸葛瑾說：「他劉備不全靠我諸葛亮？哥！走！我隨你去投靠孫權，我給孫權出點子來打劉備。」

劉備聽了連忙說：「那好吧！我就發一次慈悲，先把荊州的長沙、江夏、桂陽還給你家孫權吧！」

諸葛瑾和諸葛亮兄弟二人看劉備簽完了紅頭文件，「耶」地一聲擊掌相慶。

諸葛瑾喜孜孜地拿著紅頭文件辭了劉備、諸葛亮，就去荊州找關羽交接，關羽看完大怒：「靠！哪有說還就還的？不還！」

諸葛瑾大驚：「你不知道官大一級壓死人？劉備簽的，你敢不聽？」

關羽：「劉備是我大哥，我就是不還，劉備又能怎麼樣？你諸葛瑾又能怎麼樣？不還！不還！就不還！」

劉備那個白臉的還好說話，關羽這個紅臉的怎這麼難溝通呢？諸葛瑾急了：「這紅頭文件，劉備都簽了，你們總不能說話不算話吧？總不能不講理吧？」

關羽：「誰簽的你找誰要，反正我就是不給。」

諸葛瑾無奈，給諸葛亮打電話，同事說出差了，打手機，不在服務區。只得給劉備打電話了，劉備說：「那關羽不給，我也沒辦法啊，總不能我帶兵把荊州攻了還你吧？」

諸葛瑾：「靠！你們這不是扯皮？」

劉備：「我警告你！說話文明點啊！」說完掛了。

諸葛瑾只得把實情報告孫權，孫權怒了：「這幫人眞滑頭，這恐怕又是你弟諸葛亮的計謀吧？」

諸葛瑾：「不是！不是！他也親自替我求情，劉備才簽了紅頭文件的。」

孫權眞撓頭，想了想：「那這樣吧，你先回來，我往長沙、江夏、桂陽三地派過去官員再說。」

過了兩天，孫權派往三地的官員先後都被轟了回來。

第 51 回

# 關雲長單刀赴宴

突然，關羽一手扣上魯肅的胳膊。魯肅頓時傻了眼，想下令刀斧手下手，又怕關羽先殺了自己。就這樣子，五十名刀斧手眼睜睜地看著魯肅被扣為人質。

孫權怎一個氣字了得，氣呼呼去找魯肅，「看你簽的什麼破合同！」

魯肅低頭不語，想了一會說：「不如這樣，咱們開一個Party，請關羽參加，咱們用好話、軟話、講理話、威脅話和他商量。他同意便罷，如果不同意，讓埋伏的刀斧手把他喀嚓了。如果他不肯來，咱們就帶兵武力攻取。」

孫權覺得他這計不怎麼樣，但又沒有更好的辦法，只能死馬當做活馬醫了。魯肅看孫權並不反對，就給關羽打電話，關羽的爽快出乎魯肅的意料，孫權聽說關羽同意後，就在酒店裡佈置了五十個刀斧手。

關羽放下電話，關平說：「老爸！該不會是鴻門宴吧？」

關羽答道：「兒子！你眞是越來越聰明了，是鴻門宴又如何？難道我還怕他魯肅不成？」

關平：「一個魯肅並不可怕，可怕的是，食物裡會不會下毒？暗地裡會不會埋伏下N個刀斧手？會不會……」

關羽：「打住，打住！你怎麼不給老爸打打氣，反而嚇唬老爸？現在已經答應了，你說怎麼辦？」

關平：「這樣吧，既然答應了，你就去，我派五百精兵暗中保護你，如果有個風吹草動，我們一擁而上幹死他們。」

關羽聽了，這才稍微放下心來。

第二天中午，關羽一個人提了口大刀來了。

魯肅親自出門迎接，寒暄之後坐到席前，二人碰了三杯之後，魯肅請關羽吃菜。關羽正要下筷，突然想起兒子說的「可怕的是食物裡會不會下毒」，就停了下來說：「你是主人，你先請！」

魯肅：「你是客人，你先請！」

魯肅越是謙讓，越是引起關羽的懷疑，關羽也是個直腸人，「你不吃，莫不是這菜裡有毒？」

魯肅心裡咯噔一下，心說：是呀！我只著顧埋伏刀斧手了，怎麼就沒想到往菜裡下毒呢？下次一定要記得！

魯肅想完，自顧自拿了個雞腿啃了起來。關羽看魯肅吃了沒事，也拿了個雞屁股大口啃了起來。吃著吃著，關羽沒話找話：「K鈴製造的〈我不想說我是雞〉，你聽過沒聽過？」

魯肅心不在焉地說：「聽過。」

關羽：「頂！現在社會上的說法確實不能全信，全信了你就什麼肉也別吃了，吃雞肉吧怕有禽流感，吃牛肉吧怕有瘋牛病，吃豬肉吧怕有口蹄疫……那你說，還有什麼肉能吃？難道吃人肉不成？」

他這話在暗示什麼？該不會想吃我的肉吧？魯肅聽了，嚇得大氣粗喘，更不敢看關羽一眼。

又喝了一陣子酒，吃了一陣子菜，魯肅想該切入正題了，終於鼓起勇氣說：「以前我和你劉哥簽過一份關於借荊州的合同，現在……」

關羽一聽就知道是還荊州這件破事，藉著酒勁猛搖頭：「不同意！不同意！就是不同意！你能怎麼著？」

魯肅：「關哥，你可想清楚了再說啊！」

魯肅說完示意關羽往電梯口處看，關羽看後倒抽一口冷氣，「魯哥，你算術好，幫我算算，一排十人，那五排一共……」

魯肅：「五十人。」

關羽揉揉眼睛：「是我喝高了，還是那邊確實站著五十個人呢？怎麼好像每人手裡還提著一把刀？」

魯肅答道：「對！你沒喝高，那確實是五十名刀斧手，只要我一聲令下，他們就要把你剁成肉泥。」

關羽聽了，走到窗口向下看，魯肅：「別看了，這是八樓，跳下去必死無疑，你還是同意還荊州了吧！」

關羽看到關平和衆士兵果然在，底氣壯了些：「如果我沒看錯的話，我兒子和五百名士兵就在下面。」

魯肅將信將疑，走到窗前一看，「一、二、三、四、五、六……」

魯肅正在數人數，突然，關羽一手提了大刀，一手扣上魯肅的胳膊就往電梯口走。魯肅頓時傻了眼，想下令刀斧手下手，又怕關羽先殺了自己。就這樣子，五十名刀斧手眼睜睜地看著魯肅被扣爲人質進了電梯下了樓。

出得酒店，關羽說：「魯哥，眞不好意思！今天喝多了不能談正事，改日你到荊州，咱倆再談還荊州的事。」

魯肅支支吾吾，哪裡敢去？

關羽：「不用客氣了，你就送到這吧。」說完就把魯肅鬆開了。

魯肅嚇得臉色蒼白，兩腿一軟癱倒在地，絕口不敢再提還荊州的事。

孫權得知後，正想武力解決荊州，卻聽小道消息說曹操又發神經了，整天嚷著準備打東吳，只得作罷。

後來，曹操並沒有來，原來曹操聽了傅幹的建議，在家養精蓄銳呢。

第 52 回

# 曹操施計滅張魯

走到半道，曹操不走了，對許褚等眾人說：「打仗不但要用手打，更重要的是要用腦打，我剛才說退兵的話，是說給張魯的人聽的，這叫引蛇出洞。」

話說曹營裡，謀士們一閒下來沒事，就商量著把曹操的稱呼由丞相改稱爲魏王。

荀攸不同意，勸諫說：「丞相已經是皇帝下面最高的官職了，再設個王，不合理，不合法！」

曹操不高興了：「靠！我就是理，我就是法，順我者昌，逆我者亡。」

荀攸眼看自己失寵，不久之後抑鬱而死。

獻帝和皇后聽說後鬱悶至極，獻帝：「曹操先是稱丞相，現在要稱王，早晚要廢了我這皇帝，這可如何是好？」

皇后想了想說：「既然如此，不如讓我老爸想法子殺了曹……」

獻帝聽了嚇得膽顫心驚，連忙捂上皇后的嘴，「噓！小聲點！」左右看看，只有個宦官穆順。

穆順見勢忙說：「我耳背，什麼也沒聽見。」

皇后：「不用裝了，既然聽到了，我就託你辦點事。」

穆順只得走到皇后近前聽候安排。皇后簽了個誅殺曹操的密令，藏於穆順的頭髮內，「你務必把這信帶給我老爸伏完，千萬別讓曹操的人發現。」

穆順：「Why？」

獻帝翻白眼，罵道：「你傻蛋啊你？如果被曹操的人發現了，我、皇后、你都得被曹操咯嚓了。」

獻帝說著，用手在穆順的脖子上比劃著，直嚇得穆順用手摸了摸脖子。看看手，還好，沒出血，摸了摸腦袋扭了扭，還好，仍在。

穆順出了宮，直奔伏完家。

伏完看後兩手一攤：「靠！曹操那麼多保鏢，我有什麼辦法？除非曹操在外和孫權或劉備打仗之時，讓殺手乘機除掉曹操……」

穆順：「你和我說再多也沒用，你還不如寫到紙上，我再帶給皇后看。」

回來的路上，有人從背後拍了一下穆順的肩問：「小穆，上哪去了？」

穆順頭也沒回，也沒多想說：「送封信！」回過頭一看是曹操，頓時傻了眼，連忙改說：「不是送信，是為皇后請醫生。」

曹操問：「皇后得的什麼病？」

穆順隨口說：「腎虛。」

曹操：「大膽！敢用這話唬弄我，你以為我跟你一樣白啊？」

曹操立即命人搜身，果然在穆順的頭髮裡搜出信，曹操看後大怒，派人把伏家老小全抓起來喀嚓了，又帶人來到後宮把皇后抓了出來。

皇后求曹操：「請丞相發發慈悲，饒我一命吧！」

曹操：「饒妳？我發了慈悲饒了妳的命，讓妳來殺我？」

皇后：「我下不爲例，再也不敢了！」

曹操：「來人哪！把她拖出去砍了！還有，把她生的兩個兒子順便喀嚓了！」

於是，皇后鬼哭狼嚎地被人拉出去喀嚓了，嚇得獻帝哇哇直哭。

曹操走過來拍拍獻帝的肩說：「別哭了，不用怕，你對我還有用處，我不會殺你，你不就是少了一個皇后嗎？回頭我把我女兒送給你做皇后。」

獻帝小命保住了，這才稍稍安下了心，止住了哭。

曹操休養生息了一段時間後，又琢磨著打孫權和劉備，有人建議：「這兩個硬骨頭，一個也不好啃，不如先捏個軟柿子張魯練練兵？」

曹操看板磚不多，頂的不少，就OK了。

第一撥夏侯淵率兵去打陽平關，結果大敗而歸。

曹操罵夏侯淵：「傻蛋！白癡！神經質！」

夏侯淵：「你直接罵蛋白質不就得了？」

曹操：「還敢頂嘴！小小一個陽平關有那麼難打嗎？」

夏侯淵：「你就只會在家裡瞎指揮，你去打打試試？」

曹操：「我還眞不信那邪！我就去試試。」

第二撥曹操親率大軍去打，到了陽平關一看，大叫：「切！這張魯的ＩＱ也不低嘛！這陽平關險要得也太誇張了吧！算了！不打了，回去了！」

許褚：「既來之則打之，你要是不戰而回，見了夏侯淵還有什麼臉面？」

曹操：「臉面是狗屁！我總不至於蛋白質到要臉面不要性命吧？」

許褚見拗不過曹操，只得跟著往回走。

走到半道，曹操不走了，對許褚等衆人說：「打仗不但要用手打，更重要的是要用腦打，陽平關確實太險要，硬攻不下。我剛才說退兵的話，是說給張魯的人聽的，這叫引蛇出洞。」

曹操一面打手機給夏侯淵如此這般吩咐一番，一面帶衆人往遠處跑。

把守陽平關的楊昂果然中計，帶著大部人馬來追，追了老半天看實在追不上就又帶兵回去了，到了關口敲了Ｎ聲門就是不開。楊昂暗想，莫不是看大門的睡著了，就大聲喊：「芝麻開門！芝麻！芝麻！快開門！」

門還是紋絲未動。難不成暗號改了？楊昂試著唱：「小羊兒乖乖，把門開開，我要進來。」果然裡面有動靜了，楊昂很生氣：「我是楊昂，快開門！你們這群王八羔子不認識自家人了？」

裡面一個聲音叫著說：「誰跟你自家人？現在這陽平關已經改姓曹了！」

楊昂大吃一驚，往關裡的旗桿上看，果然，一面寫著「曹」字的大旗正迎風飄揚。楊昂想不明白，自己不過一出一進，陽平關怎麼就姓曹了呢？曹操不是被自己攆得老遠了嗎？

楊昂正在琢磨，曹操帶著人馬又殺了回來，這時候關裡也衝出夏侯淵的人馬，兩面夾擊下，楊昂的人馬死的死，傷的傷，逃的逃，降的降。楊昂至死都還二目圓睜，愣是沒有弄明白怎麼回事。

曹操奪了第一關，來到第二關南鄭。

南鄭由龐德把守，曹操派了四員大將都打不過，曹操急得抓耳撓腮想不出更好的辦法。謀士賈詡獻計說：「張魯有個謀士楊松腐敗得緊，可以賄賂楊松，讓他離間張魯和龐德的關係。」

曹操拍手叫好。果然，楊松拿了賄賂之後，立刻到張魯那打龐德的小報告，臉不紅心不跳地說：「魯老大！這龐德本來就是投降過來的人，你看他今天打敗了曹操的四將，就是沒有打死打傷一個，該不是收了曹操的賄賂了吧？」

張魯想想是有些小道理，就叫來龐德質問。龐德大吃一驚：「冤枉啊——我絕對比竇娥還冤枉！」

張魯問：「那你爲什麼打敗了四將，卻沒有傷著一個？」

龐德想了想說：「我也搞不明白，他們都是和我打一陣就跑……」

張魯打斷龐德：「我這個人的優點就是不聽解釋，明天出戰再打不死一個，我就喀嚓死你！滾吧！」

龐德鬱悶至極，思前想後……第二天，龐德乾脆投奔曹操而去。

張魯眼看大勢已去，只得投降了曹操，曹操封張魯爲鎮南將軍。楊松見了屁顛屁顛跑過來問：「那封我個什麼官？」

曹操訕笑：「你想要個什麼官？」

楊松猜：「鎮東將軍？鎮西？鎮北？鎮中？你看著隨便給一個吧！」

曹操轉笑爲怒，罵道：「靠！你這個賣主求榮的傢伙還想要官？來人哪！給我拉出去喀嚓了！」

楊松大喊：「冤枉啊——」

曹操兩眼一瞪：「你敢說你冤枉？」

楊松便不再作聲，只在心底後悔，腸子還未來得及悔青，頭已經被砍了下來。

自此，整個漢中也歸曹操掌控之下了。

第 53 回

# 孫曹大戰濡須

甘寧的騎兵見著帶了兵器的曹軍就跑，見著沒帶兵器的就砍，如此這般左衝右突，無一人能擋得住。曹操得報，害怕是什麼計，擔心有埋伏，也沒敢追。

張魯投降後，劉備明白，曹操下一個要捏的肯定就是自己了，於是問諸葛亮：「這可怎麼整？」

諸葛亮想了想說：「現在曹操勢力太強，太牛逼了，確實不好整。這樣吧，咱把答應過還孫權的江夏、長沙、桂陽三郡還給東吳，條件是他得打曹操的合肥。這樣一來，孫權把曹操的兵力引過去了，咱也就不用再怕了。」

還地等於割肉，劉備本來不情願還，但也想不出更好的辦法，只得依計而行。劉備給孫權打電話，孫權聽說劉備要還江夏等三郡當然很高興，又聽了劉備的條件，想想對自己也沒有什麼壞處，就答應了下來。

第一戰戰皖城，甘寧、凌統旗開得勝。

在慶功Party上，酒過三巡，凌統突然想起甘寧是自己的殺父仇人，便說：「這娛樂服務也太不周到了，連個舞女也沒有，我舞段劍給大夥助助興！」說完，拔出劍便向甘寧走過來。

甘寧眼見不妙，連忙說：「一個人玩多沒意思，我陪你玩。」話到手到，兩手取出戟夾住了凌統刺過來的劍。

呂蒙見兩人要鬧出人命了，便說：「我一個人能玩過你們倆。」說完一手提盾，一手提刀把兩人架開了。

話說曹操在漢中正猶豫著是否打劉備，張遼來電，說皖城已經被孫權占領。曹操聽了毫不猶豫放棄了劉備，自帶四十萬大軍來打孫權。

曹軍在濡須駐下後，孫權問：「曹操遠道而來，誰敢去歡迎一下？」

凌統走上前說：「我願帶三千人去打。」

甘寧聽了，在一旁譏笑：「如果是我，只需一百騎兵就夠了！」

凌統聽了，就和甘寧你一言我一語吵了起來。孫權連忙喊Cut：「不要吵了，現在大敵當前，可不是吵架的時候，更不是吹牛逼的時候。凌統說得比較靠譜，你就打個頭陣吧！」

曹軍剛駐下還沒來得及做飯，凌統就前來挑戰，曹操拍著張遼的肩說：「你去對付一陣吧！」

張遼騎上馬來到陣前，對凌統喊道：「我還沒有吃飯呢，等我吃完再打吧？」

凌統：「靠！打仗重要還是吃飯重要？不許吃飯！」

張遼又說：「好吧！那你總得讓我泡包方便麵吧？」

凌統：「不許！真餓的話，你就在馬上乾啃吧！」

張遼無奈，只得乾啃。啃完後張遼又喊：「我能喝口水嗎？」

凌統：「喝吧！」

張遼接過士兵遞過來的水咕咚咕咚喝完，又問：「我能回去泡杯茶嗎？不喝茶，我就沒精神打。」

凌統：「靠！你有完沒完？該不是怯場了吧？」

凌統說完就拍馬殺過來，張遼只得應戰，戰了五十回合，分不出勝負，孫權怕凌統有什麼閃失，就吹哨停止了比賽。

甘寧見了，對孫權說：「我今晚只帶一百騎兵去性騷擾曹軍，如果有一人被抓了鹹豬手，就不算我有功！」

孫權聽了就派了一百精壯騎兵給甘寧。甘寧請騎兵們大吃了一頓，飯畢，說道：「今晚咱們這一百人就去搗曹操的老窩！」發什麼神經啊？眾騎兵聽了你看看我，我看看你。有騎兵問：「不會吧？老大，就咱們這一百人去打曹操的四十萬大軍？」

甘寧聽了，喝斥道：「養兵千日用兵一時，你不知道嗎？怕死你還當什麼兵？

誰不知道在家摟著老婆睡大覺爽！」

有騎兵聽了反對：「聽說，摟著別人的老婆睡大覺才叫爽！」

甘寧瞪了一眼：「小心人家老公捉了你的姦！行了！貧歸貧，仗還是得打，只要按我說的做，保證你們所有人一根毫毛都不缺。」

甘寧交代了一番，衆騎兵這才稍稍放了下心。

半夜，曹軍經過長途跋涉，雖然誰也沒摟老婆但也睡得正香，甘寧領人大喝一聲衝入曹軍。曹軍從夢中驚醒，也不清楚究竟有多少敵軍，紛紛起床找自己的褲頭、褲子、兵器，頓時亂成一團。

那甘寧的騎兵見著帶了兵器的曹軍就跑，見著沒帶兵器的就砍，如此這般左衝右突，從北門進從南門出，無一人能擋得住。曹操得報，也不知敵軍的底細，更害怕是什麼計，擔心有埋伏，也沒敢追。

甘寧領著一百騎兵一個不少回到吳營，孫權帶人親自迎接，衆人齊喊：「甘寧！牛逼！甘寧！牛逼！」

孫權也樂顛顛跑過來親手給騎兵們發獎金，然後拍著甘寧的肩說：「曹操有張遼，我有甘寧，我怕誰！」

天明後，曹軍麾下樂進前來挑戰，凌統見甘寧立了功不服氣，主動請戰，孫權同意，凌統帶了五千人馬去應戰。

兩人打了五十回合不分輸贏，曹休見狀放了枝冷箭，正中凌統的馬，馬一驚直立起來把凌統掀翻在地，樂進見了舉槍就刺。就在這千鈞一髮之際，樂進也中箭倒地，孫、曹兩軍各跑過去急救，把兩將救回去。

凌統見了孫權就跪下來說：「感謝你讓人在關鍵時刻射中樂進之恩。」

孫權呵呵一笑，反問：「你知道射箭之人是誰嗎？」

凌統問：「誰？」

孫權：「甘寧。」

凌統很意外，連忙感謝甘寧的救命之恩，自此，凌統和甘寧一笑泯恩仇。

第二天，曹操派四萬人來挑戰，孫權人少，傾巢出動應戰。

曹軍士兵偷閒的時候玩的撲克牌上有孫權的頭像，孫權一出現，衆士兵都認得，紛紛圍過來要立大功。周泰見了連忙左衝右突殺入陣中，大喊：「老大！我在前，你在後，快跟著跑！」

周泰一邊衝殺一邊跑到江邊，回頭一看，靠！孫權跟丟了，又騎著馬殺了回去，又喊：「老大！你在前，我在後，快跑！」

周泰打到江邊，又不見孫權，又回頭衝殺了一陣才救出了孫權。這時候，呂蒙見了開著船來接應，孫權和周泰上了船剛走一段，孫權又說：「不好！徐盛還在河那邊呢！」

呂蒙勸孫權：「跑一個是一個吧！」

孫權：「那不行，徐盛是我的得力幹將，得救回來。」

周泰問：「你有那能耐？」

孫權：「我看你挺有能耐的，你去吧！」

周泰：「靠！我還以為你一會兒工夫就長能耐了呢，原來還得讓我去拼命。」

孫權：「救人救到底嘛！再說了，我也不會虧待你，你身上如果有一處傷，我就賞你一杯酒。」

周泰：「那好吧！誰讓官大壓死人呢。」

周泰上了岸走了沒幾步又回來了，孫權問：「怎麼了？嫌一杯少？」

周泰：「不是，我是想請呂蒙做個見證，萬一我戰死了，你可不能昧了我的酒帳，得讓我的兒子繼承。」

呂蒙聽了忙找出紙筆寫了三份證明，讓孫權和周泰分別簽字畫押，周泰又看著呂蒙在三份上「公證人」的後面都簽字，自取一份藏入內衣之中才放心離去。周泰又是一陣衝殺，救出了徐盛。

孫權和曹操如此這般打了一陣子，孫權眼看打不過，就申請每年向曹操交保護費，請求曹操撤兵。曹操看繼續打佔不了便宜，孫權這骨頭並不好啃，就賣了個人情同意了。

第 54 回

# 第三次暗殺行動

就在曹休快頂不住的時候，夏侯惇接到曹操的命令，也帶了三萬人來接應，把許昌圍了個水洩不通，接著命令士兵進城廝殺。

曹操回到許昌找獻帝請功，獻帝說：「你已經自稱丞相，後來又加了九錫，除了皇帝，你還想當什麼就儘管說吧！」

曹操：「丞相我早當煩了，你封我魏王吧！」

獻帝哪敢不從，只得說：「既然你想當，那就當唄！」於是，曹操從此以後就由丞相改稱魏王了。

有人高升就有人看不順眼，耿紀見曹操得寸進尺當了魏王，有天見了韋晃就說：「我看見曹操那人模狗樣的，就想幹死他，但又幹不過他。」

韋晃：「衆人拾柴火焰高嘛！咱們可以合起夥來整死他，我有個哥們叫金禕，是御林軍長史王必的哥們，說不定他能幫上咱們一把！」

耿紀聽了大笑：「靠！既然他是王必的哥們，他會幫咱們？」

韋晃：「那也不一定，行不行試試嘛！」

二人商量量來到金禕家，金禕開門一看一個是哥們韋晃，另一個眼生，就問：「這位老兄怎麼不認識呢？」

韋晃：「他叫耿紀，都是酒場上的朋友，我給介紹一下不就認識了！」

一陣寒暄之後，金禕把二人讓到客廳，「坐！請坐！請上坐！」又吩咐下人：

「茶！上茶……」

韋晃聽了說：「靠！幾月不見怎麼還這麼小氣？直接上酒！」

金禕就又改口：「酒！上酒！上好酒！」

酒過三巡，金禕問：「韋兄，今天有何貴幹？」

韋晃：「切！你什麼時候說話變得這麼文謅謅？我也來一句吧！我這叫無事不登三寶殿，求你走後門來了。」

金禕：「靠！我又沒當什麼大官，有什麼後門？」

韋晃：「曹操現在當了魏王，以後看來還要當皇上，你和王必早晚也會高升，你吃肉的時候，我們也想沾沾光喝點湯，不知道哥們你肯不肯賞我們一些光？」

這時候正好下人拿來酒，金禕端起杯子把酒潑到韋晃臉上，酒順著臉往下流。韋晃一楞，用手一抹臉說：「靠！看來要高升了，就不認哥們了！」

金禕生氣：「交你這哥們這麼多年，眞是知人知面不知心，你難道不知道我這人從來都是以漢民爲榮，以魏民爲恥？」

韋晃和耿紀見金禕也很不爽曹操，看來很有共同語言，就說明了來找金禕的眞實意圖，三人一拍即合。

拍完後，耿紀又犯難，「咱們有這賊心，也沒這賊膽呀！」

金禕：「我有兩個哥們吉邈、吉穆，我讓他們也加入，咱們再和劉備聯繫一下，來個裡應外合打曹操，人多了咱們不就有膽了？」

耿紀聽完又說：「咱們有這賊膽，也沒這賊款呀？」

金禕：「這也好辦，和獻帝聯繫一下，讓他撥經費。」

耿紀又說：「咱們有這賊款，也沒這賊權呀？」

金禕：「這更好辦，我想法子殺了王必，不就有權了？」

韋晃不解：「王必可是你哥們呀！」

金禕不假思索說：「我師父早對我說過，哥們是用來出賣的，如果值錢的話。」

三人哈哈大笑，笑完之後又商量殺王必奪權的計謀。

正月十五這天，金禕到王必營中喝酒，酒過三巡，金禕說喝多了，要到WC放放水，這一去就再也沒回來。

王必左等右等，正尋思著難道金禕是不是掉進WC裡面了，突然有人報告營中失火。王必大吃一驚，批覆：「先撥一一九，然後自救！」

王必來到院內，果然見營中火光沖天，見勢不妙，騎上馬就往南門跑，剛一露頭，正好遇見耿紀。

耿紀拉開弓，弦響箭到，王必應聲落地，但哪顧得了疼，一骨碌爬起來就往西門跑，接下來進行了一場人馬賽跑。

人說，兔子逼急了會咬人，那王必被逼急了，兩隻腳丫子賽得過四隻蹄子的馬，估計此時帶傷的王必比劉翔跑得還快。跑了一陣子，見後面暫時沒了追兵，又擔心起哥們金禕來，就跑到金禕家敲門。

金禕的老婆以爲是金禕回來了，就一邊來開門，一邊隔著牆問：「這麼快就把王傻必咯嚓了？」

王必聽了很是詫異，這王傻必是誰呢？想了半天才明白，原來金禕和軍事政變那幫是一撥的，還要咯嚓自己！

王必明白後拔腿就跑，跑到曹休家告訴他金禕們軍事政變的事，曹休聽完連忙帶了一千多士兵鎮壓。

此時，城內到處都是火光，到處都是高喊著：「打倒曹賊！還我漢室！」的遊行示威的人群。

就在曹休快頂不住的時候，夏侯惇接到曹操的命令，也帶了三萬人來接應，把許昌圍了個水洩不通，接著命令士兵進城廝殺，直到天亮，這次軍事政變才算完全鎮壓下來。

結果，曹操毫髮無傷，耿紀、韋晃、金禕、吉邈、吉穆五家老小全被喀嚓，唯一小有收穫的是，王必因中箭失血過多，搶救無效，爲曹操捐軀了。

第55回

# 老將黃忠發威

黃忠前來劫寨，夏侯尚和韓浩沒有半點準備，一直跑到漢河邊。一會兒，張郃也跑來了。黃忠如下山之猛虎；夏侯尚、韓浩兵敗如山倒。

放下許昌不表，再說前線張郃把守在宕渠山，張飛得令前去挑戰。張郃依賴險要的地勢和堅固的工事只守不出，張飛氣得天天前來大罵，但張郃就是龜縮著不出，張飛看實在是沒轍，就在對面的山頭上天天喝酒。

如此這般五十多天，早有手下到劉備那打張飛的小報告，劉備聽說後找諸葛亮商量：「這可怎麼整？」

諸葛亮哈哈一笑說：「這事簡單，前線哪有什麼好酒？買最好的酒五百瓶，大張旗鼓地給張飛送過去。」

劉備：「那得多少錢？還有，你這不是把張飛往火坑裡推？」

諸葛亮：「張飛是你多年的結拜兄弟，你還不知道他那幾招？你以為他傻啊？他這是引誘張郃出洞之計。」

劉備一拍大腿：「噢！我明白了！不過，這五百瓶好酒得費我多少錢呢？」

諸葛亮：「五百個空酒瓶好整吧？裡面再灌上水也好整吧？裝裝樣子就行了，你還想讓張飛眞喝不成？」

劉備聽了開懷大笑。

張郃透過望遠鏡多日觀察，證明張飛確實是個酒鬼，膽子大了起來。這夜，張郃乘著月色來劫張飛的寨，遠遠看見張飛正開著燈喝酒。張郃悄無聲息來到跟前，大喝一聲：「去死吧你！」

一槍刺出，原來是個稻草人，張郃暗叫不好，再看身後，已經被張飛的人包圍。等張郃殺出一條血路時，看到宕渠山上大火連天，知道宕渠山已被張飛占領，只得鬱悶地投奔瓦口關而去。

張飛窮追猛打，追到瓦口關，看看山勢險要，不敢輕舉妄動，先叫雷銅去打頭陣。雷銅叫陣，張郃應戰，打了N回合，張郃假裝打不過，拍馬往回跑，雷銅哪裡肯放過，緊追不捨，半道上正中了張郃的埋伏，衆人劈哩啪啦就把雷銅給喀嚓了。

再去挑戰，張郃打了沒幾回合又敗走，張飛不吃他這一套，「你這計用過就不好使了，換個新鮮的再來吧！」

晚上，張飛和魏延商量，魏延說：「張郃不就是靠他半道上的伏兵嗎？我明天放火燒了他丫的！」

第二天，張飛再和張郃打，張郃應付了幾下又撤，張飛笑了：「我還眞不信那邪！我追你又如何？」

張郃也笑了：「就怕你不追！」回頭一看，半道坡上的草著火了，自己的伏兵被燒得手舞足蹈，又蹦又跳又叫，好不熱鬧。

張郃知道中了螳螂捕蟬黃雀在後之計，也顧不得許多了，三十六計，逃命上策，撒開了馬蹄子跑回瓦口關，從此再也不敢出戰了。

張飛正自鬱悶，偶爾從山民口中得知，到瓦口關還有一條小道，便引著士兵順著小道殺上去，誰知道張郃又走脫，逃往南鄭了。

曹洪見張郃屢戰屢敗，本來要喀嚓了他，但又考慮到張郃是曹操的紅人，便又拔給他五千人去打劉備的葭萌關。

劉備聽說後，急得哇哇直哭，問諸葛亮：「這下怎麼辦？」

諸葛亮：「一物降一物，我看張飛打張郃打得挺順手，還叫他來吧！」

劉備：「張飛離葭萌關忒遠，不通火車，不通汽車，坐飛機又沒有機場，我看是遠水解不了近火呀。」

諸葛亮：「那我就也沒有辦法了。」

劉備問眾將：「各位誰敢去擋？」

有人竊竊私語：「聽說張郃是曹操的紅人，不厲害他怎麼會是紅人？」

「對！我也聽說張郃是員猛將，咱可不能去送死。」

劉備看沒人敢去，便說道：「我就不信重賞之下沒有勇夫？我多發點獎金，有沒有人去？」

又有人說：「切！萬一被張郃打死了，再多獎金又有屁用？」

正在這時，黃忠站出來說：「獎金多的話，我去。」

諸葛亮壞笑說：「這是去打仗，可不是去旅遊，你都快七十的人了，你打得動嗎？可別貪錢而送了老命！」

黃忠看好事要黃，急了，「話說人老骨頭硬，越老越中用，你可別小瞧我這麼大年紀，我的力氣還和年輕時一樣大。」

諸葛亮：「舉例證明。」

黃忠：「我家村口有個石獅子，年輕的時候我試了試，沒抱動，前幾天我又試了試，還是沒抱動。」

眾人聽了爆笑，黃忠瞪大眼睛對眾人說：「眞的！有老夥計嚴顏作證。」

劉備和諸葛亮商量：「其他也沒人敢去，要不就讓他去？」

諸葛亮：「看來只能這麼辦了。」

老將嚴顏看拿獎金如此簡單，也自告奮勇走上前說：「那我也要去。」

劉備：「那好吧！黃忠先說爲主將，嚴顏後說爲副將。」

二老將拿了獎金，領了兵來到葭萌關，黃忠前去挑戰。張郃見是一個白髮白鬍子老頭就不應戰，黃忠問：「Why？」

張郃：「看你也是個要錢不要命的主，我受過中華N千年的文明薰陶，受過尊老愛幼的思想教育，我今天也不欺負你，你趕快回家抱孫子吧！」

黃忠：「你歧視老人！看來我今天不露一手，你是不知道我『中原夕陽紅』的厲害，甭管老貓小貓，能逮耗子的都是好貓，來吧！」

說完，兩部人馬乒乒乓乓就打了起來。張郃正打得歡，猛聽得背後烏泱烏泱的人聲，回頭一看，原來嚴顏領一部人馬從後面包抄了過來，張郃大吃一驚，丟下一句「這老東西還知道兩面夾擊呢」，大敗而回。

曹洪聽說張郃又敗了，又想喀嚓了張郃。郭淮建議說：「你老說要喀嚓他，要是把他逼急了投靠了劉備，咱損失不就更大了？」

曹洪聽了是有道理，則問：「那你說，他老是打敗仗該怎麼整？」

郭淮：「不如再派些兵去幫助他，當然也是監督他。」

曹洪看別無他法，只得派夏侯尙和韓浩帶了五千兵幫張郃去打黃忠。

夏侯尙、韓浩到了葭萌關，和黃忠沒打一會，黃忠就棄寨敗逃了二十多里再紮營；夏侯尙、韓浩追上去打，黃忠又棄寨敗逃。夏侯尙對韓浩說：「這黃忠畢竟老了，並不像張郃說的那麼厲害。」

韓浩：「頂！張郃也太低IQ，太蛋白質了。」

第二天，二人又攻下了黃忠一寨，張郃進言說：「黃忠可是大大的厲害，他這次連敗，說不定又是耍什麼陰謀詭計！」

夏侯尙：「去！去！去！哪邊涼快哪邊去！怪不得你屢戰屢敗，原來這麼膽小如鼠，一朝蛇咬還十年怕井繩不成？」

張郃滿面羞愧地退了出去。

此時，黃忠的人也向劉備打小報告，劉備急得抓耳撓腮，問諸葛亮：「阿亮，你說這又該怎麼辦？」

諸葛亮呵呵一笑：「如果我沒猜錯的話，黃忠這次用的是驕兵之計。」

劉備將信將疑，派乾兒子劉封去問個清楚。

劉封見了黃忠，說明了來意，黃忠拍拍劉封的肩說：「你就放心吧！我這叫驕兵之計，今晚你就替我搬戰利品吧！」

是夜，因為夏侯尚、韓浩對黃忠屢戰屢勝，也就對黃忠放鬆了警惕，二人睡得正香，突然被喊殺聲驚醒，原來是黃忠前來劫寨。夏侯尚和韓浩沒有半點準備，連忙提了褲子就跑，一直跑到漢河邊。一會兒，張郃也跑來了。黃忠，那可眞如下山之猛虎；夏侯尚、韓浩，那可眞是兵敗如山倒。

夏侯尚、韓浩、張郃商量來商量去，不知道下一步該如何是好。夏侯尚一拍大腿說：「靠！有條活命就已經不錯了，留得青山在還怕沒柴燒？走！咱們去天蕩山，那裡有咱漢中的糧倉，吃不用愁，還有我哥夏侯德帶了十萬兵把守，安全也沒問題。」於是，三人就投奔天蕩山而去。

## 第 56 回

# 交換人質

一聲哨響，夏侯尚和陳式展開了一場百米賽跑。陳式跑得快一點，黃忠眼看著陳式跑進了安全區，就瞄準夏侯尚的後心，一箭中的。夏侯淵大怒：「你這人怎麼不講信譽？」

夏侯尙、韓浩、張郃三人到了天蕩山，一杯茶還沒喝完，士兵就來稟報：黃忠前來挑戰。原來，黃忠不知道曹操糧倉所在，跟著夏侯尙等三人就來了。

夏侯德問：「你們三人誰敢去抵擋？」

夏侯尙：「我是你兄弟不能去，我如果被打死了，你會很難受。」

張郃：「我也不能去，第一，我是曹操的紅人，我如果被打死了，曹操會很生氣，後果會很嚴重；第二，我打仗幾乎沒勝過。」

韓浩：「……」想了老半天，也說不出個因爲所以來。

夏侯德：「那小韓就去吧，你們喝了我的茶，總得爲我出點力吧？」

韓浩只得無可奈何地去應戰，走到陣前猛然想出理由來，便自言自語道：「實踐是檢驗眞理的唯一標準，我已經被檢驗過了，和夏侯尙兩個人都打不過黃忠，何況我一個人乎？」

黃忠聽了說：「那就再複檢一次吧！」說完手起刀落，韓浩命喪黃泉。

夏侯德正在一邊翹著二郎腿品茶，一邊心裡想得美：今天可賺了，三杯茶就能換來一個人爲我賣命。突然，嚴顏從窗口跳進來，殺了夏侯德一個措手不及。

夏侯尙和張郃冷不防看到夏侯德的人頭在地上骨碌碌直打轉，怎一個怕字了得，急忙抱頭鼠竄。

張郃氣喘吁吁問：「咱們下一個目標是哪？」

夏侯尙氣喘吁吁答：「米倉山，也是糧倉，由我叔叔夏侯淵把守。」

張郃：「跟著你眞有福！到哪哪有吃，到哪哪有親威。」

夏侯尙：「我跟著你眞晦氣，到哪哪倒楣。」

二人跑到米倉山見夏侯淵，述說天蕩山已失，哥哥夏侯德已爲糧捐軀。

夏侯淵聽了大驚，連忙報告上級曹洪，曹洪立即報告曹操。曹操聽了大怒：「黃忠、嚴顏兩個老玉米有那麼難啃嗎？我去給你們做個示範。」就親自帶了四十萬大軍，浩浩蕩蕩殺奔而去。

不幾天，曹操到了南鄭，曹洪見了就打張郃的小報告，曹操聽了只是哈哈一笑：「勝敗乃兵家常事嘛！」

曹洪：「關鍵是，張郃勝是罕事，敗才是常事。」

曹操生氣：「我就是喜歡他，沒有理由，你說怎麼著？」

曹洪討了個沒趣。曹操問：「夏侯淵那邊怎麼樣？」

曹洪：「他聽說你要來做示範，還沒行動。」

曹操：「給他下令，進攻！進攻！再進攻！」

夏侯淵接到命令正要進攻，張郃說：「黃忠厲害著呢！你只能守，不可攻。」

夏侯淵：「我聽你的，還是聽曹操的？」

張郃：「如果我的意見和曹操的命令不一致的話，聽曹操的。」

夏侯淵問眾將：「各位誰去挑戰黃忠？」

話音落了好大一會，一呼而無一應，最終，夏侯尚站出來說：「打仗親兄弟，上陣叔侄兵，實在沒人去的話，我去。」直感動得夏侯淵眼淚涮涮涮！

夏侯淵對夏侯尚交代：「如此如此，只許敗不許勝。」

夏侯尚：「勝難，敗還不容易。」

夏侯尚前去挑戰，黃忠見不是夏侯淵，便對陳式說：「殺雞怎麼用得著牛刀？你去吧！」

夏侯尚應付了沒幾下子，就裝作打不過敗逃，陳式涉世不深，窮追不捨，結果被伏兵捉了個活的。夏侯尚見開市大吉，就想如法炮製，陰黃忠一把，誰知道還黃忠比陳式厲害多，夏侯尚沒來得及逃就被黃忠捉了個活的，一比一平手。

夏侯淵正要喀嚓了陳式，黃忠打來電話：「請刀下留人！我想和你做筆生意。」

夏侯淵：「你算老幾？我爲什麼要聽你的？」

黃忠：「我現在手上有夏侯尙？你說我老幾？」

夏侯淵一聽馬上軟了下來：「那好吧，交換人質。」

兩方各押著夏侯尙和陳式來到一片開闊地，一聲哨響，夏侯尙和陳式展開了一場百米賽跑。陳式跑得快一點，黃忠眼看著陳式跑進了安全區，就瞄準夏侯尙的後心，一箭中的。

夏侯淵大怒：「你這人怎麼不講信譽？」

黃忠：「信譽値幾個錢？」

夏侯淵正想和黃忠大戰一番，隱隱約約看到山谷中蜀旗飄動，怕中了黃忠的埋伏只得作罷。

第二天，夏侯淵前去挑戰，黃忠不出戰。夏侯淵破口大罵，黃忠還是不出戰；夏侯淵指揮著衆士兵來了個類似合唱的合罵，黃忠還是不出戰。夏侯淵的士兵們合罵到中午正要休息，黃忠突然帶兵如猛虎下山衝了過來，夏侯淵還沒有回過神，已經被黃忠喀嚓做兩半，衆士兵群龍無首，紛紛舉手投降。黃忠乘勢去攻定軍山，張郃知道打不過，溜之大吉。

張郃逃走之後向曹操報告：「我有兩件事需要向你報告，一件是壞事，一件是急事，你想先聽哪一件？」

曹操：「那就先聽壞事吧！」

張郃：「夏侯淵同志不幸為糧捐軀了。」

曹操聽了大驚：「全體起立為夏侯淵同志默哀三十分鐘！」

張郃：「省點時間，就默哀三分鐘吧，後面還有急事呢。」

曹操只得說：「OK！」

默哀Over，曹操問：「急事是什麼事？」

張郃：「天蕩山的糧草已經被燒，定軍山現在又丟，米倉山恐怕不保，得趕快把糧草轉移到一個安全的地方。」

曹操聽了說：「對！對！對！這確實是個急事，米倉山的糧草如果再丟了，那整個漢中不保，那你就趕快去辦吧！」

第 57 回

# 趙子龍大顯神通

曹軍不清楚趙雲到底有多少兵，於是紛紛逃竄，自相踩踏致死者超多，逃到漢河邊，撲撲通通跳進去溺水而死者又無數。曹操自嘆：「唉！今天最殘！」

放下張郃如何準備搬糧工具不提，再說黃忠喀嚓夏侯淵，奪了定軍山後找劉備請功，劉備則封了黃忠一個征西大將軍，黃忠忒興奮。

諸葛亮說：「曹操帶二十萬大軍來，他天蕩山的糧草已經被黃忠燒了，如果有人誰能把曹操僅剩的米倉山的糧草也燒了，那功勞可是遠勝喀嚓夏侯淵十倍！」

黃忠聽了連忙說：「我燒過，縱火我最有經驗，還讓我去吧！」

趙雲在一旁聽了連說：「這麼大的一個功不能讓你一人全承包了吧？你也得給我分一杯羹。」

張著聽了也舉手說：「有這等好事，也不能少了我，同去！同去！」

劉備見了心裡很爽：「那，你們三人全都去吧！誰燒了米倉山的糧草，功勞就是誰的！」

黃忠、趙雲、張著三人來到米倉山山腳下爭著要去，趙雲說：「哪咱出剪刀、石頭、布，誰勝了誰先去。」

黃忠：「OK！」

趙雲想：以黃忠的性格，鐵定愛出石頭，我得以柔克剛出布。張著喊：「一、二、三！」黃忠意外出了剪刀。黃忠勝，張著也要跟著去，黃忠：「靠！我勝了你怎麼也跟沾光？」

張著解釋說：「我一個哪能打得過張郃？我幫你打，勝了三七開？」

黃忠想了想也是，添個蛤蟆還多四兩力呢，就說：「二八開！」

張著不假思索：「OK！」

黃忠和張著領著士兵走了一陣子又回來了，趙雲大喜：「不敢去了？」

黃忠：「不是，我是想萬一中午十二點我回不來，你就去接應，燒得了米倉山我分你一半功勞，如果你救了我的命，我請你喝酒。」

趙雲說：「OK！你多保重！」

話說黃忠和張著領著士兵來到米倉山，把守的士兵早聽說過黃忠的威名，見旗上飄揚是是「黃忠」二字，紛紛嚇得抱頭鼠竄，張著也狐假虎威得趾高氣揚。黃忠和張著的士兵們正在糧草堆上放了柴草澆了汽油，一齊倒數：「九、八、七、六、五、四、三、二……」

黃忠還沒來得及喊「點火」，張郃領兵趕到，於是，二人乒乒乓乓就打了起來。張郃正要招架不住，徐晃領兵趕到，把黃忠圍了個密不透風，張著見了，帶了三百多人望風而逃。

再說趙雲在山下左等右，等不見山上著火，也不見黃忠和張著回來，便知道事情不妙，就領著剩下的士兵衝了上去。

衝到半道被慕容烈截了下來，趙雲技高一籌，只一槍便正中慕容烈要害。衝了一段，又被焦炳截了下來，趙雲問：「我們黃忠的兵在哪？」

焦炳：「靠！你以爲我是路邊可以免費問路的老頭、老太太？」

趙雲大怒：「靠！那你留在世上還有什麼用處？」又一槍刺死了焦炳。

再向前走，終於看到張郃、徐晃圍著黃忠正嘩嘩啦啦打得過癮，趙雲大喝一聲「常山趙子龍來了」，衝了過去。

張郃、徐晃一聽趙雲來了，知道趙雲更生猛，就知難而退不敢應戰。趙雲救出了黃忠往山下趕。

走到半道，黃忠說：「對了，糧草還沒來得及燒呢！」

趙雲：「士兵們都跑了，沒人數倒數，點了也不過癮，明天再來吧！」

黃忠嘆息：「哎！可惜了我的幾桶汽油。」

曹操在遠處山頭用望遠鏡看了，打手機問徐晃：「為什麼不打了？」

徐晃：「趙雲太牛逼了，想打怕打不過。」

曹操大怒：「傳我的命令，全體官兵！一齊去打趙雲！」

徐晃只得傳令，衆官兵只得硬著頭皮去追，追得近到能看到趙雲了，又都嚇得四散而逃。曹操大怒，要親自來督戰。

曹操來到趙雲寨前時，已經將近黃昏，看到趙雲一個人站在寨門前，曹操大吼一聲：「上！」

只聽得從四面八方「嗖！嗖！嗖！」往曹軍放冷箭，趙雲仍巋然不動。曹操心想：話說知己知彼，百戰不殆，我現在是知己而不知彼，於是下令：「撤！」

誰知道趙雲聽了，反倒牛著擂起鼓進攻，曹軍不清楚趙雲到底有多少兵，於是紛紛逃竄，自相踩踏致死者超多，逃到漢河邊，也不清楚漢河究竟有多深，撲撲通通跳進去溺水而死者又無數。

曹操自嘆：「唉！今天最殘！」

趙雲、黃忠、張著在遠處聽了，齊聲說道：「沒有最殘，只有更殘！」說帶兵追殺過來。

曹操見狀連忙帶兵往米倉山逃，還沒到，遠遠就看見米倉山方向火光沖天，原來米倉山已經被劉封、孟達領兵放火燒了。曹操還想嘆，但沒敢嘆，怕又引來趙雲追殺，帶兵連夜逃向南鄭而去。

劉軍得勝，趙雲向劉備請功：「你也封我一個征西大將軍吧！」

劉備：「征西大將軍已經被黃忠占了版權，我就封你個虎威將軍吧！」

趙雲聽了也很高興：「這名稱聽著也蠻不錯嘛！」

第二天，曹操越想越窩囊，便派徐晃前去報仇，王平進言：「老大！我對這一片熟，讓我也去吧！」

曹操：「OK！」

徐晃、王平帶著兵來到漢河，徐晃命士兵：「游水過河！」

王平聽了說：「不可！不會游的怎麼辦？」

徐晃令：「坐船過河！」

王平又說：「不可！沒船。」

徐晃又令：「飛過去！」

王平：「不可！沒翅膀。」

徐晃再令：「搭浮橋過河！」

王平：「不可！這麼窄的橋，萬一需要急退怎麼整？」

徐晃氣憤：「切！曹操是讓你來幫我呢，還是讓你來堵我呢？」

徐晃不聽王平的阻勸，搭了浮橋過了河，領兵來到劉軍寨前挑戰。劉軍無人出戰，徐晃給每個士兵發了盒喉糖，眾士兵喊破了嗓子，劉軍還是置之不理，徐晃覺得很丟面子，眼看太陽公公也快要回西山老窩了，就下令：「撤！」

正在眾將士來到河邊爭著要上浮橋過河，黃忠和趙雲各領人馬殺奔而來，曹軍被喀嚓、自相踩踏、溺水而死者如何能數得過來？只能說N多吧。

徐晃領著敗軍過了河，看到王平操著兩袖晃著膀子站在那看笑話，大怒：「黃忠和趙雲來打我，你爲什麼見死不救？」

王平：「就一架浮橋，你從橋上退，我如果從橋上進，那不更給你添堵？我早給你說過不要過河打……」

徐晃抓狂了：「閉嘴！再說我喀嚓了你！」

王平只好悄無聲息。晚上，王平心想，徐晃這傢伙心眼這麼小，看來自己早晚要被徐晃殺了。王平計議已定，令士兵放火燒了曹營，帶著自己的人馬從浮橋上過去投奔趙雲了。

徐晃正睡得美，夢見自己和士兵們圍在火邊吃烤全羊，睜開眼看果真到處都是火，左右尋覓只不見羊，大吃一驚，提了褲子往外就跑。

第 58 回

# 雞肋要了楊修小命

眾人都誇楊修聰明，於是都收拾行裝。曹操大驚，心想這楊修怎麼正搔到我的痛處呢？下令：「楊修擾亂軍心，抓起來喀嚓了！」

徐晃報知曹操，曹操大怒，親自提領大軍來打。

和徐晃一樣，不管曹操怎麼叫陣，趙雲等人就是不出戰。到了晚上，曹軍剛闔上眼，劉軍鼓號齊鳴、炮聲震天，曹軍以爲劉軍來劫寨，連忙提了褲子出去應戰，劉軍又悄不作聲。

曹軍仔細查看，並不見劉軍有劫寨的任何跡象，就又哈欠連天脫了褲子睡覺去了。曹軍剛要闔眼，劉軍又炮鼓齊響，曹軍只得又起來應戰。如此反覆，整得曹軍一宿未眠。

白天，曹軍再去挑戰，劉軍仍不應戰，晚上，劉軍再騷擾曹軍。

曹操明白這叫「我駐敵擾」，如此反覆了三天三夜，曹軍哪裡受得了？只得退了三十里紮寨。

不久，曹操的間諜探得劉備過了河，在河邊下了寨，曹操心想，這可是個千載難逢的好機會，就又回頭來打劉備。劉軍見了扭頭就跑，邊跑邊扔隨身物品，曹軍見了便紛紛撿，曹操直覺，這必然又是諸葛亮的什麼鬼主意，便令撤軍。

誰知道諸葛亮見曹軍撤就令劉軍追。曹操想，你諸葛亮又跟我玩「我進敵退，我退敵打」呢，你丫挺厲害！我整不過你，還跑不過你？便令軍撤向南鄭。

眾人退到南鄭抬眼一看，靠！旗桿的旗怎麼不是「曹」而是「張」字？難道是張藝謀來拍電影了？

一打聽，原來已經被張飛占領多時了。曹操鬱悶，只得再退守陽平關。

曹操剛過了幾天太平日子，陽平關的大師傅又過來說：「老大！油鹽醬醋米麵酒肉柴全不多了，你說怎麼辦？」

曹操：「那就上市集買唄！」

大師傅為難：「聽說現在攔路搶劫的賊多，你得派個厲害的主押陣才行！」

曹操：「厲害的主？咱們這裡面許褚最厲害了，那就讓他去吧！」

於是，許褚帶著眾人去趕集，去的時候一路無話，回來的路上，眾人餓了就拿出肉啃，拿出酒喝，許褚見了，心想反正是公家的，不吃白不吃，不喝白不喝，便跟著吃喝了一通。

Over，眾人再趕路，許褚只覺得腳下不穩，便問：「是不是要地震？我怎麼看所有的東東都有點晃？」

眾人聽了哈哈大笑。正在這時，前面的樹林裡一通鑼鼓響。眾人都驚，有人問：

「該不是遇上強盜了吧?」

又有人說:「你就不會樂觀一點往好處想?你就不會想像一下前面是有人要娶新娘?再說了,咱們有許將軍押陣呢,怕個鳥?」

於是,眾人又硬著頭皮往前趕。沒走幾步,張飛從草叢裡蹦出來說:「此山是我開,此樹是我栽,要從此路過,留下買路錢!」

許褚一看是張飛,便問:「靠!鬍鬚張,你有產權證明嗎?」

張飛:「少囉嗦!拿錢來!」

許褚:「眞不好意思!錢都買食品了,你看該怎麼辦呢?」

張飛:「那就把食品全留下!」

「你等會,我們討論一下。」許褚轉頭和眾人商量:「當公家的東東和自己的生命只能選其一的話,大家會選哪一個?」

眾人異口同聲回答:「生命!」

許褚:「對!很好!東東誠寶貴,生命無價寶……」

有人提出異議:「要你幹嘛?你就不會和張飛打嗎?」

許褚:「我今天不是喝高了嗎?自我感覺勝算的把握不大,與其生命和東東全丟了，不如先保生命，留得青山在，不怕沒柴燒嘛！」

眾人齊說：「英明！」

許褚：「那還楞著幹什麼？還不扔下東西快跑！」

眾人聽了四散逃竄，許褚邊跑邊朝跑錯方向的人喊：「瞎跑你個頭啊！陽平關在這邊！」於是，所有的東東全被張飛擄走。

晚上，大師傅給曹操端來一碗雞湯，曹操攪了攪發現全是骨頭，挾住一根雞肋咬了半天也沒有咬下多少肉來。

曹操生氣了，喝問：「怎麼你們吃肉，就讓我啃骨頭呢？」

大師傅委屈：「你講不講理啊？我們全餓著肚子呢！就你吃的這些骨頭，也是從狗嘴裡奪過來的！」

曹操不解：「今天不是派許褚等人趕集去了？還沒回來？」

大師傅答道：「據說，許褚等人趕集回來的路上，遇到了強盜張飛，許褚等眾人經過浴血奮戰，終於，人一個不少全回來了，只是……採購的東東不幸全被張飛等人搶走。」

曹操一邊咬著雞肋一邊想：這沒有吃的，怎麼能打仗？正在這時，夏侯惇進來請示夜間口令，曹操隨口說：「雞肋！」

口令傳到楊修那裡，楊修顯擺說：「雞肋！雞肋！食之無味，棄之可惜，看來明天要撤兵。」

衆人都誇楊修聰明，於是都收拾行裝。曹操因爲晚飯沒吃飽，加上心裡鬱悶，夜裡翻來覆去睡不著，就起來到外面看天上的星星，突然聽到營中鬧吵吵的，就走上前問：「幹嘛呢？你們這是幹嘛呢？」

衆人說：「聽楊修說明天要撤軍，於是提早做準備。」

曹操大驚，心想：打吧，士兵們沒吃的打不了，撤吧，又太沒面子，這楊修怎麼正搔到我的痛處呢？於是下令：「楊修擾亂軍心，抓起來喀嚓了！明天除了進攻，還是進攻！」

第二天，曹軍餓著肚子打仗，後果可想而知，戰死、投降者不計其數，除了敗就是大敗，曹操後悔沒有聽楊修撤兵，腸子悔青了又有什麼用呢？還是撤兵吧先。

第 59 回

# 孫權準備來硬的

曹操派滿寵去東吳，孫權聽得連連點頭，滿寵走後，諸葛瑾說：「咱先給守荊州的關羽來個軟的，如果他不吃，咱就給他來硬的。」

劉備得了漢中，眾人就吵吵嚷嚷要劉備當皇帝，以便自己也升個大臣呀什麼的名銜過過癮。劉備說：「才得了這巴掌大地方就稱皇帝，說得我都臉紅了。」

劉備用巴掌試了試臉，果然發燙。

諸葛亮建議：「那就折衷一下，先當個漢中王吧？」

劉備：「我聽大家的，那就舉手表決吧！」

眾人紛紛舉雙手贊成，還有人脫了鞋把腳丫子都舉起來，於是，劉備稱了漢中王，然後又把各官員一一升了官，發了賞。完事，劉備才想起來：「這哪有自封自漢中王的？咱們總得尊重一下皇帝，得找個用辭典的寫個申請，走走過場，讓皇上批一下，這才叫名正言順嘛！」

劉備的申請傳到了許昌皇帝那兒，曹操得知後大罵：「靠！現在這什麼世道？一個賣破草鞋的都要稱王？我過兩天非派大兵幹死你不可！」

司馬懿說：「不可！咱們也不是沒打過，確實沒打贏過，靠！說得我都暈了，一個字，咱們幹不過。」

曹操瞪圓了兩眼：「靠！你會不會算術？『咱們幹不過』是五個字！打人別打臉，揭人別揭人短嘛！我過過嘴癮還不行？」

司馬懿：「孫權不是把妹妹嫁給劉備，又騙回去了嗎？再加上劉備占著孫權的荊州不還，咱們要是派個能把大便說成黃金的人在旁邊搧那麼點小風，離間那麼一小下，這不就……」

曹操聽了樂不可支，「Oh，my god！你IQ也太高了，一級棒！」

於是，曹操派曾得過大學辯論賽冠軍的滿寵去東吳。

滿寵見了孫權就說：「吳、魏本來沒有仇，都怨愛搬弄是非的劉備讓咱兩家鬧了矛盾。現在，我家曹操看到你家的荊州被劉備霸占不還，很是看不慣，要派兵幫你收復荊州，不知道你是同意還是意同？」

孫權只聽得連連點頭，「這樣吧，你先回去，我們商量商量。」

滿寵走後，諸葛瑾說：「咱先給守荊州的關羽來個軟的，如果他不吃，咱就給他來硬的。」

孫權問：「詳細說說看，軟的怎麼來？硬的怎麼整？」

諸葛瑾：「我聽說關羽有個女兒，你不是有個兒子……」

孫權：「打住！那可是我兒子，咱倆親歸親，兒子得分。」

諸葛瑾：「反正就是那麼個意思，他如果同意結為兒女親家，咱們就考慮和他合起夥來搞曹操，他如果不同意，那咱們就和曹操聯合起來整關羽。」

孫權：「也就是說，不管怎樣，士兵們都得打？」

諸葛瑾：「閒著也得一天三頓飯，養兵千日不就是爲了尋釁滋事？」

孫權想了想說：「不錯，不錯，那就OK吧！我說不方便，你給他打吧！」

諸葛瑾摸出手機，撥了關羽的電話：「喂！關老弟吧！我現在想給你和孫權撮合件好事，不知道你同意不同意？」

關羽：「同意！同意！孫權是不是還有一個妹妹要嫁給我？」

諸葛瑾：「他有個兒子想娶你的女兒。」

關羽：「這呀？那不行，我家的寶貝女兒可不嫁他豬頭兒子。」

諸葛瑾：「好事好商量嘛，我家還想和你聯合打……」

關羽：「沒有什麼可商量的，電話費賊貴，不和你磨牙了，掛了！」

諸葛瑾兩手一攤說：「軟的不吃，那就來硬的吧！」

孫權接過手機，撥給曹操：「曹兄！我們經過討論，最後一致通過，就按你說的，幹吧！」

曹操：「OK！」

話說劉備自從當了漢中王後，就在成都大造宮殿，情報部門截獲了孫權和曹操的通話信息，馬上報告劉備。劉備不耐煩地說：「我現在只對建宮殿感興趣，其他一概不感興趣。」

情報人員：「如果地盤被曹操和孫權占了，咱就建不了宮殿了，你也就當不了漢中王了！」

劉備：「它們之間有關係嗎？」

情報人員生氣了：「老大，我看你是當漢中王當昏了頭吧？我替你拍一下腦門，你好好想一想！」

情報人員說著就狠拍了劉備腦門一下。劉備一激靈：「噢！我明白了，他倆如果占了我的地盤，我也就只能建空中樓閣了……」

情報人員又「啪」地拍了劉備腦門一下，「空中樓閣怎麼建？」

劉備恍然大悟：「也就是說曹操和孫權合起夥來欺負咱們？」

情報人員：「對頭！」

劉備：「他奶奶的！那怎麼辦？」

情報人員：「你如果眞不懂的話，就不要裝懂貽誤戰機，快去問諸葛亮吧！」

於是，劉備召來了諸葛亮，還沒等劉備開口，諸葛亮就說：「我這幾天晝觀日夜觀星，早看出來曹兵駐紮在襄陽、樊城，孫權要看曹兵的結果決定是否攻打荊州。所以，咱們要派關羽集中優勢兵力到襄陽、樊城痛打曹兵。曹兵敗了，孫兵自然也就不敢輕舉妄動了。」

劉備看諸葛亮早有心理準備，放下半條心，但還是問：「你怎麼不早說呢？」

諸葛亮：「你請我來我再說，不是顯得更有面子？再說，也不用急，不就是一個電話就完事了？」於是，諸葛亮摸出手機撥了關羽的電話，如此如此吩咐，然後又對劉備說：「完事了，工人們繼續建宮殿，你繼續當你的漢中王。」

衆人聽了鼓掌叫好。

第 60 回

# 關羽水淹七軍

這晚，果然傾盆大雨從天而降，關羽又派人決了襄江的堤壩，霎時，曹部的七軍被淹死的數都數不過來，眼看著水越漲越深，眾人紛紛大喊「救命」。

放下劉備，再說關羽這頭。關羽很有效率，立刻派關平、廖化領大兵先打襄陽。果然，曹仁不堪一擊，兵敗如山倒，關羽很快拿下了襄陽。

曹仁退守樊城，打電話給曹操搬救兵。

曹操聽了大吃一驚，問左右：「誰能去幫曹仁一把？」

于禁站出來說：「我能！」

曹操：「OK！那我就封你個征南將軍！」

于禁聽了喜孜孜的。龐德見了眼熱，也站出來說：「他能，我也能！」

曹操：「好！那我也封你個征西都先鋒！」

龐德聽了也屁顛屁顛的。于禁嫉妒地說：「老大！你真是聰明一世糊塗一時，他龐德怎麼能當征西都先鋒呢？」

曹操：「Why？」

于禁：「龐德原先的老大馬超現在是劉備的五虎上將，他的親哥哥龐柔也在西川當官，你讓他當征西都先鋒，他下得了手嗎？」

曹操聽得連連點頭，末了對龐德說：「阿德，對不起啊！我還是把征西都先鋒安排給別人吧！」

龐德熬了這麼多年才有機會當個都先鋒，煮熟的鴨子哪裡捨得再丟了？於是「撲通」一聲，跪在曹操面前不住的磕頭，「嗚嗚嗚，是啊！馬超都當了五虎上將，我哥也當了官，我好不容易才有這個機會，就是讓我親手把馬超和我親哥喀嚓了，或者他們把我喀嚓了，我也在所不惜！嗚嗚嗚，求求你讓我過一次癮吧！」

龐德繼續不停地給曹操磕頭，直把頭磕出血來，曹操還是猶豫不決。

龐德見這招不奏效，決定使狠招，拿出手機撥了個電話說：「棺材鋪吧！我是龐德，你給我做口棺材。」

棺材訂妥當之後，龐德又對曹操說：「我要帶著棺材去和關羽決一死戰！無非有三種結果：一、我把關羽喀嚓了，用這棺材裝上關羽回來獻給你；二、關羽把我喀嚓了，讓手下用這棺材把我裝上；三、要是誰也沒有喀嚓誰，我跳進棺材裡，自己喀嚓自己。」

衆人聽了都大吃一驚，曹操見龐德有這麼大的決心，連忙把他扶起來說：「好吧！征西都先鋒就是你了！」

龐德聽了這才破涕爲笑。謀士賈詡說：「你勇氣可嘉，但是關羽智勇雙全，千萬大意不得！」

龐德：「軟的怕硬的，硬的怕橫的，橫的怕不要命的。我死都不怕了，還怕他個關羽不成？」

於是，于禁和龐德領了七軍來PK關羽。關羽見陣前有口棺材，知道龐德玩命來了，要和自己決一死戰。傻瓜才和不要命的玩命，就派關平先去應戰。關平和龐德PK了三十回合不分勝負，關羽見龐德的力氣消耗得差不多了，就把青龍大刀拿在手裡一晃大喊：「Stop！本方要求換人，兒子關平下，老子關羽上。」

於是，關羽又乒乒乓乓和龐德PK了起來，直到天黑，兩人打了一百多回合不分勝負，曹劉二軍大呼過癮，紛紛要求加賽。

第二天加賽，關羽和龐德什麼話也不說，上來就開打了起來，打到六十多回合，龐德偷襲成功，關羽被箭射中左臂。龐德舉起刀正要喀嚓了關羽，于禁見龐德就要立功，連忙鳴金收兵。

龐德不解，回來問于禁：「Why？」

于禁想了老半天才想出藉口：「關羽智勇雙全，我怕你被他暗算了。」

龐德聽了很生氣：「靠！我一刀就讓他嗚呼哀哉了，他還能暗算誰？」回頭再看關羽，已經被關平救走了，氣得差點吐血。

第三天，龐德前去挑戰，劉軍見關羽都打不過，沒人敢應戰。第四天，還是沒有人應戰……

第N天，劉軍仍無人敢來應戰。龐德就找于禁商量：「看來，關羽被我一箭傷得不輕，咱們不如趁機讓七軍一擁而上，幹了他丫的！」

于禁怕龐德立功壓了自己的威風，不但不進兵，反而退後十幾里，讓龐德部駐在谷裡，自己部隊把守谷裡的唯一出口，自己不出兵，也不讓龐德出兵。

再說關羽拔了箭，敷了金創藥後，箭傷好得很快。這天，關羽問左右：「龐德呢？曹軍呢？」

左右就報告說：「全駐進北邊十幾里的山谷裡去了。」

關羽：「發現曹軍有什麼陰謀詭計了嗎？」

左右：「那就不得而知了，具體你得去問于禁。」

「靠！」關羽罵了一聲，自己帶人到曹軍駐地，在遠處用望遠鏡察看，然後又到襄江的堤壩處察看。

又過了幾天，天氣預報說夜裡有特大暴雨，關羽聽了一拍大腿說：「有了！」

左右問：「什麼有了？」

關羽：「捉于禁的法子有了。」又吩咐左右：「連夜多造幾艘船，明天得用。」

左右：「咱們這又沒海又沒河的，造什麼船呢？」

關羽：「多舌！掌嘴！」

左右意思意思掌了兩下，關羽交代：「不用多問了，船造出來自有妙用。」

這晚，果然傾盆大雨從天而降，關羽又派人決了襄江的堤壩，霎時，曹軍所駐的谷裡全是水，曹部的七軍被淹死的數都數不過來，只有手腳麻利上得樹的才暫時撿條性命。眼看著水越漲越深，眾人紛紛大喊「救命」，但在這荒谷野外的，又有大水，哪有活著的閒人在這專等著救人呢？

直到天完全放亮，正在眾人絕望之際，有眼尖的看見遠方影影綽綽好像有一群船划過來，眾人從絕望中看到了一絲希望。等船越來越近了，看到船上的旗上都有個大大的「關」字，看來是關羽斬草除根來了，於是眾人又從希望重新回到絕望。

關羽帶著船隊來到于禁所在的樹下，問自己的士兵：「這棵樹上現在有九個人，如果我用箭射下來一個，樹上還剩幾個？」

有人掰著指頭數完後答：「九減一等於八。」

馬上又有人搶著答：「這個我知道，射下來一隻，那八個全飛跑了。」

衆士兵哄堂大笑，有一個說：「靠！你以爲他們是有翅膀的鳥？按我說，實踐是檢驗答案的唯一標準，關老大一試不就知道了。」

關羽點頭稱是，便拿出弓，搭上箭對著樹上的九個人一個一個瞄，瞄到之人都膽顫心驚，關羽一撒右手，隨著「啊——撲通」的兩聲，樹上一個士兵應聲中箭落水，浪花濺得老高，血染紅了那士兵周圍的一片水，那士兵掙扎了N下不動了，然後隨著水流漂啊漂的流走了。

關羽又問自己的士兵：「八減一等於幾？」

有了上次的實踐，衆士兵們齊答：「七。」

關羽：「不對，應該是零。」

於是，關羽又瞄了一遍，射下來一個漂走了，樹上的七個人徹底崩潰抓狂。這時候聽到一陣「嘩啦啦」的聲音，仔細一看，于禁嚇尿了。

于禁：「I服了U，不玩了，我認輸。」

關羽問其他六個人：「你們都跟他一樣棄權了嗎？」

那六個士兵紛紛都說：「棄權！」於是，于禁七個人成了俘虜，周圍幾棵樹上的士兵見于禁帶頭認輸了，也就都棄權做了俘虜。

關羽又領著船隊來到龐德所在的樹下準備拷貝一番，誰知道龐德不吃這一壺，見機跳上一隻船，然後乒乒乓乓喀嚓了船上的十幾個人。

龐德正要一個人駕船Bye-bye，結果被關羽的船隊撞翻落入水中。龐德是個旱鴨子，撲騰了幾下就被水鴨子周倉逮上了船。關羽問：「U服I嗎？」

龐德從口中吐了幾口水，其中一口水裡還有隻活蹦亂跳的小魚。只見龐德伸著脖子說：「寧死不服。」

於是，關羽提起青龍大刀成全了龐德。

第 61 回

# 吳下阿蒙計陷荊州

關羽本來對呂蒙正放心不下，聽說蛋白質陸遜頂了，把荊州的大量兵力調往樊城。呂蒙得知荊州空虛了，就派了八十船兵浩浩蕩蕩向荊州進發。

關羽淹了曹操的七軍後乘勝又來打樊城。關羽朝城上喊：「我把你們七軍都幹掉了，你們這這些二百五還不快快投降？」

曹仁：「你也太牛逼了吧？我讓你下輩子投胎變刺蝟。」

曹仁一揮手，五百士兵齊放箭，結果只有一枝很榮幸地射中關羽的右臂。關羽「啊」的一聲掉落馬下。

曹仁小聲地埋怨士兵：「不要老是上網聊天、玩遊戲什麼的！回頭好好練練箭法！」然後又衝關羽哈哈大笑：「箭上可是有毒的啊！眞不好意思，讓你破費請華佗出山了，哈哈哈哈……」

關羽回到寨中讓軍醫看，軍醫看了果然不知所措，建議趕快請華佗。關羽一狠心一咬牙一跺腳，只得同意破費。

華佗看了傷情後說：「毒已經侵入骨頭了，對一般郎中來說，你已經不治了，但像我這種一級棒的郎中來說，這只是小菜一碟。」

關羽不無擔心地說：「你該不會是要拿狗骨頭換我這人骨頭吧？」

華佗：「不用！不用！只要用我這尖刀把你骨頭上的毒刮去就OK了。」

關羽又擔心：「那得多疼呀？」

華佗：「不用怕，我有麻沸散。」

關羽轉頭對身邊的馬良說：「就算有麻沸散，我也怕疼，這樣吧，你和我下棋分分心！」

馬良：「不想和你玩，你棋太臭！」

關羽：「我現在正要治病，你不會讓讓我啊！等治完了，我請你吃飯行不？」

馬良：「唉！爲了一頓飯，我捨了老命陪君子了！」

於是關羽喝了麻沸散，馬良擺了棋盤，華佗拿刀正要動手，關羽又說：「你這刀也太嚇人了，讓我喝杯酒壯壯膽行不？」

華佗：「OK！」

關羽仰脖喝完後，華佗正想動手，關羽又說：「我能不能吃點肉？」

華佗：「OK！」

於是，關羽一邊吃肉一邊喝酒，不一會兒醉倒在棋盤上，華佗喊了老半天也沒喊醒，就不再喊，動起手來。

等關羽醒來，華佗早領了醫療費閃了老半天了。

放下關羽如何養傷不說，再說曹操在許昌聽說關羽幹掉了自己的七軍後大爲震驚，就和衆謀士們商議：「關羽如此的厲害，他所駐的荊州離許昌又如此的近，咱們不如把都城搬到離荊州遠一點的地方去。」

司馬懿舉手反對，獻言說：「不可！逃避不是辦法，咱們打不過，不會想辦法讓孫權去打？」

曹操一拍大腿說：「對呀！」就撥了孫權的電話：「靠！老孫，不是說好我幫你打劉備？我都損失了七軍，你倒好，坐山觀虎鬥呢！」

孫權敷衍：「那……讓我們商量商量吧！」

孫權放了電話，對衆人說：「靠！曹操的七軍都打不過一個關羽，咱如何敢惹得起這紅臉的？」

呂蒙站出來說：「現在關羽的大軍都在樊城，荊州正空虛，咱們乘虛而入，不就OK了？」

孫權：「你這個吳下阿蒙，說著簡單，你去試試？」

呂蒙不服氣：「試就試，我一定讓你刮目相看。」

呂蒙造完兩句成語，便領了兵到陸口。只見關羽的士兵紀律嚴整，每隔一段距離都有個烽火台。看來關羽是做足了準備，呂蒙想想自己誇下的海口，腸子都悔青了，這打又打不過，退又沒面子，只得靈機一動向孫權請了個病假。

陸遜聽說之後，前來見呂蒙：「靠！誰不知道你是看關羽早有準備，怕打不過，沒病裝病？」

呂蒙不好意思地笑笑：「那你說怎麼辦？我還不至於傻蛋到和他硬拼吧？」

陸遜：「我有一計，你看行不行？」

呂蒙一聽有門，忙道：「快說！快說！」

陸遜如此這般說了，呂蒙直聽得心花怒放。

陸遜給關羽打電話，裝出很自豪的口氣說：「本來孫權讓呂蒙把守陸口，誰知道呂蒙得了愛滋病快死了，孫權讓我頂他，現在我就是陸口的一把手了。」

關羽本來對陸口的呂蒙正放心不下，聽說蛋白質陸遜頂了，心下高興，但口上還是說：「恭喜你啊！你準備怎麼來收拾我呢？」

陸遜答道：「關將軍的英名誰人不曉？據說連外星人都知道！曹操的七軍都被你整沒了，我就是有那賊心也沒那賊膽，只要我在這陸口當政一天，陸口就不會對你關將軍有非分之想。」

關羽聽了放下心來，把荊州的大量兵力調往樊城，只等自己的箭傷好後和曹仁PK一死活。

呂蒙從臥底那裡得知荊州空虛了，就派了八十船兵浩浩蕩蕩——不對，偷偷摸摸向荊州進發。荊州守烽火台的士兵問：「幹什麼的活？」

孫軍之中有人出來陪笑說：「我們都是別人稱之爲奸商的那種人，你看這是桿秤，這是算盤。」

守兵鄙視：「靠！都什麼年代了？人家早都用計算機和電子秤了，你們還用這老古董？」

假奸商：「大人有所不知，這種東東更便於作弊呀！」

守兵：「噢！果然是奸商，我說奸商，此江是我開，此水……好像有點牽強噢？對了，靠山吃山，靠水吃水，你們從我們這一畝三分水裡過，就沒有點孝敬的東東什麼的？」

假奸商兩手一攤，無奈地說：「那你們就上船挑吧！有喜歡的儘管拿！」

守兵們一看不拿白不拿，拿了也是白拿，便紛紛放下手中的武器屁顛屁顛上船挑。只聽呂蒙一聲斷喝：「給我拿下！」於是，幾個守兵全被拿下。

如此這般，所有烽火台的守軍全被拿下。呂蒙把守軍集合起來訓話：「你們是想死還是想活？」

守軍齊答：「廢話！當然想活！」

呂蒙：「想活的話，趕快放下屠刀立地成佛！」

有守軍說道：「長官！我們的武器早被你們沒收了！」

呂蒙一拍腦門：「靠！我把這茬給忘了，這樣，想活的話趕快棄暗投明，跟著誰幹不是幹？跟了我們，一天三頓飯不少吃，獎金不少拿，願意的舉手！」

切！誰想死，「呼啦」一下全都舉了手。呂蒙：「那還楞著幹什麼？還不趕快拿起屠刀殺奔荊州？」

於是，原守軍在前，孫軍在後，殺向荊州。到荊州時已經是播晚間新聞的時候了，把守荊州的士兵用探照燈一照，認得是自己人，也就不搭話，直按把門打開了。孫軍一擁而上PK了起來，最終沒費多大勁就把荊州拿了下來。

呂蒙下令，荊州原班人馬，本來幹嘛的就幹嘛，不喀嚓一人，也不降、撤職一人，就這樣，荊州的原關羽人心安理得地爲呂蒙效勞起來。

聽到呂蒙來電報告說夢寐以求的荊州終於到手了，孫權高興得手舞足蹈，便親自到荊州視察。到了荊州孫權拍著呂蒙的肩說：「阿蒙，你眞有兩下子嘛！沒死多少人就拿下了以前想拿而拿不下的荊州。」

虞翻在一邊聽了不服氣：「靠！這有什麼呀！我可以不費一兵一卒，只一通電話拿下公安、南郡兩地。」

孫權：「吹牛逼可不是你小虞的風格啊！」

第 62 回

# 骨牌效應

徐晃奪了偃城，曹操自領大軍來打樊城，關羽帶著眾人向襄陽逃去。半道，臥底來報：荊州被孫權占了，公安的傅士仁已經投降東吳了，南郡的糜芳投降了東吳……

虞翻見孫權不信，便當面拿出手機，撥了公安守將傅士仁的電話：「小傅吧！我是老虞。」

傅士仁：「是！聽說你小子在孫權那混得不錯。」

本來虞翻混得很一般，但爲了勾引傅士仁上鉤也只得打腫臉充胖子了，「那是，我們孫老大出手很大方的，不像你家劉備那麼小氣。再說了，現在我們大軍壓境，就你那們那幾個守軍能守幾天？公安丟了，劉備還能饒得了你？關羽還能饒得了你？你不如棄暗投……」

傅士仁：「我明白你的意思，你容我想想啊。」

七．三秒鐘之後，傅士仁說：「那好吧！不過，我擔心孫權會虧待我！」

虞翻用眼示意孫權，孫權心領神會接過手機：「小傅啊！我是孫權，你就放一百個心吧！你的待遇絕對不會低於虞翻的。」

傅士仁這傻蛋有所不知，他現在的待遇就比虞翻高很多，喜孜孜地說：「那好吧！你們來吧！」

孫權掛完電話，「耶」了一聲。其他人見孫權「耶」，不太清楚發生了什麼事，但肯定是好事，就也紛紛跟屁很「耶」了一番。

「耶」完，孫權見虞翻鬱悶，就拍拍虞翻的肩安慰他說：「你放心，事成之後我不會虧待你的。」然後，孫權帶兵把公安占爲己有。

考慮到骨牌效應，孫權就把傅士仁的待遇定得挺高，傅士仁一聽還不錯，就又說服了糜芳，於是，南郡也成孫權的囊中之物了。

曹操聽說孫權得了荊州、公安、南郡，頗爲眼紅，便督促徐晃加緊進攻，如不進攻，就停職反省。

徐晃見曹老大生自己的氣，只得打起精神和關羽玩命。

徐晃如此這般吩咐徐商和呂建後，徐商先前去偃城找關羽的兒子關平ＰＫ。只打了三回合，徐商扭頭就跑，關平追了一陣便不想追了。

呂建見機去ＰＫ，打了五六回合又扭頭就跑，關平大怒：「哪裡逃！」一口氣追了二十多里，楞沒追上。

回頭再看，關平大吃一驚，老遠就看見偃城冒起的濃煙，正想回救偃城，路邊又蹦出來個徐晃。徐晃喊：「乖侄子!你老爸的地盤荊州、公安、南郡都被孫權占領了，你還有心情在這跑馬拉松？」

關平：「噢！我明白了，謠言都是你們這種人傳開的。」

徐晃：「靠！你家的地盤關我屁事，信不信由你。」

關平半信半疑，見偃城丟了，不敢再和徐晃PK，領著殘兵敗將直奔四冢。

剛到，廖化就問關平：「聽說荊州丟了？」

關平：「靠！這謠言傳得還眞快，你千萬別信！」

廖化：「OK！不但我不信，我還要開個大會，讓四冢的兄弟們都別信！」

關平：「先放下謠言不說，咱們得商量著今晚去劫徐晃的寨。」

廖化：「OK！我分一半兵，你去劫，我率另一半在這守著四冢。」

關平心想：靠！這廖化眞滑頭，但也沒有別的更好的辦法。

這夜，天黑得伸手只看得見兩三指，關平領著兵偷偷摸摸來到徐晃寨前，結果在寨裡邊轉了一大圈也沒有看到半個人影。

關平感覺事情不妙，小聲喊：「撤！」

正在這時，魏兵殺聲大作，徐商和呂建左右夾擊，關平看PK不過，只得撒開腳丫子向四冢跑。跑著跑著，老遠就看見四冢火光沖天，再近點，靠！城上早插滿了曹操的旗。關平無奈，只得奔向老爸所在的樊城而去。

關平見了關羽說：「現在徐晃奪了咱的偃城等N處，聽說曹操自領大軍來打樊城，還聽說荊州早被孫權給占了，還聽說……」

關羽斷喝：「閉嘴！全是謠言，謠言惑衆，你懂嗎？」

關平：「更正，是妖言惑衆，不是謠言惑衆。」

父子二人正吵得熱鬧，手下來報：「徐晃前來挑戰！」

關羽來到寨外大叫：「我倒要看看是誰來挑戰我！」

徐晃向前走幾步，深施一禮道：「哪裡敢說挑戰，我一向敬仰關前輩，我是來看望關老你的。」

關羽：「既然如此，你為什麼把我兒子關平攆得到處亂竄？」

徐晃：「做為個人，我是你粉絲，但做為魏國的大將，我只能如此，這叫公私分明。」回頭又衝自己的將士們喊：「弟兄們！給我上，誰喀嚓了關羽重重有賞！」喊完，自己先和關羽動起手腳來。

關羽只好帶傷應戰，兩人劈哩啪啦打了八十多回合不分勝負，關平怕老爸支持不了更久，就鳴了金收了兵。

關羽正以為可以歇一會時，曹仁又領兵殺了過來，關羽的兵見情勢不妙，撒開腳丫子就跑，關羽無奈，只得帶著衆人向襄陽逃去。半道，關羽在荊州的臥底來報：「不是謠言，荊州確實被孫權占了，你這一去不是自投羅網？」

關羽大吃一驚，穩住了神後安慰衆人說：「沒事，咱們還有公安呢！」話音未落，公安的間諜來報：「公安的傅士仁已經投降東吳了。」

關羽強作鎮靜：「沒事，咱們還有南……」

正在這時，南郡的地下組織來報：「南郡的糜芳投降了東吳。」

關羽聽了「啊」地大叫一聲，倒在地上不省人事。衆人掐了好久的人中，關羽才甦醒過來，問趙累說：「現在咱們前有吳兵，後有魏兵，這可怎麼辦？」

趙累嘆了口氣說：「以前孫權和咱家劉老大約好聯合著打曹操，現在孫權反而和曹操聯合起來打咱們，咱們先派一個代表到荊州當面質問一下呂蒙，另一方面也看望一下荊州包括你家、我家以及大家的家屬是死是活。」

關羽也想不起來有什麼更好的辦法，只得照辦。

第 63 回

# 關羽敗走麥城

關羽正要命令將士開打，呂蒙組織的家屬團又開始了心理戰，眨眼之間，關羽的將士只剩下三百多人了。關羽採納了關平的建議，眾人駐進了麥城，廖化被派去搬兵。

話說呂蒙自從得了荊州後，就下了十八道紅頭文件規定：凡是現在跟隨關羽出征的士兵家屬，吳兵不能隨意騷擾，並且按時供給錢糧，生病了公費治療……，所有家屬都很感激呂蒙。

呂蒙聽說關羽的代表來見，就親自出城迎接，代表把關羽的話傳給呂蒙，呂蒙說：「沒有永遠的朋友，也沒有永遠的敵人，只有永遠的利益，此一時彼一時，再說了，是友是敵那全是上面的意思，上級指哪我就打哪，身不由己啊！你回去好好把我這話傳給你家關老大。」

代表說：「一定！一定！」

見面會結束後，呂蒙又請代表吃了一頓豐盛的大餐。關羽士兵的家屬們聽說代表來了，紛紛過來打聽自家人的死活，有讓捎口信的，有讓捎書信的，也有讓捎褲子、襪子、鞋的，更有蘋果、栗子、核桃的。

最後，代表又問各位家屬的情況，家屬們眉飛色舞、滔滔不絕說：「呂蒙下令保護咱們家屬，還給米給麵給錢，生病了還給公費治療，我們在這可好了。」

第二天，代表把呂蒙的話及家屬們的實情回話給關羽，關羽氣得牙根發疼，「這呂蒙也太狡猾了！」

代表退出來後，衆將士們又圍過來探問家裡的情況，代表把自己所聽所聞所捎的東東全拿出來和大家分享，頓時，關羽營中哪還有戰心？

關羽率大軍——不對，那是以前，現在只能說是不大不小的軍隊去攻打荊州。幾乎所有的家屬都在城裡，只到半路，偷跑到荊州的將士數目就相當可觀。

走著走著，蔣欽跳出來攔住去路：「你關羽是秋後的螞蚱，蹦達不了幾天了，還不快繳械投降？」

關羽大怒：「少說屁話，有本事PK一下。」

蔣欽應付了幾下掉頭就跑，關羽哪裡肯放過，緊追不捨了二十多里，突然，左邊山谷裡蹦出韓當的人，右邊山谷裡竄出周泰的人。

關羽看實在打不過，只得往回跑，還沒跑幾步，丁奉軍、徐盛軍一左一右又殺奔過來。關羽正要命令將士開打，南邊山岡上呂蒙組織的家屬團又開始了心理戰，頓時，關羽的營中喊哥吼弟、哭爹叫娘的此起彼伏，眨眼之間，關羽的將士只剩下三百多人了。

正在這千鈞一髮之際，關平、廖化帶兵來援把關羽救了出去。關平和關羽商量說：「現在軍心大亂，不是碰硬的時機，咱們不如先駐進不遠的麥城，一來可以從長計議，二來派人到上庸找劉備的乾兒子劉封搬救兵。」

關羽採納了關平的建議，於是眾人駐進了麥城，廖化被派去搬兵。

廖化到了上庸，把實情告知劉封，劉封說：「你等一下，我找孟達商量。」

劉封在密室裡見了孟達問：「我關羽叔叔被困在麥城，你說咱們該不該去救？」

孟達答道：「聽說，現在關羽只剩下三百多人了，麥城就那麼個屁大點地方，又被東吳和曹魏兩國兵圍著。又聽說，光曹操一家就四五十萬兵呢，咱們去了還不是杯水車薪？」

劉封：「這道理我也知道，只是關羽畢竟是我叔叔呀！我能坐視不問嗎？」

孟達對劉封的話嗤之以鼻：「靠！你把關羽當叔敬，人家根本就沒有把你當侄子看。當年劉備剛領養你時，關羽就不高興，後來劉備稱了王要立個傳人，猶豫著是傳你還是劉禪，關羽說：『養子哪能算？』於是劉備傳給了劉禪。這還沒完，怕你和劉禪爭，又把你打發到這偏遠小地。這事路人皆知，只有你還屁顛屁顛的，愛和他關羽稱叔侄……」

劉封打斷了孟達：「靠！你的牢騷比我還多！算了，不說了，先說如何給關羽回話吧。」

孟達：「你就說你老爸讓你守上庸，如果領兵去麥城就是擅離職守。」

廖化坐在那等，左等右等，麥城那邊火燒眉毛了，哪裡坐得住？正急得團團轉，劉封出來了，廖化急切地走上前問：「準備派多少兵？」

劉封：「我不能派兵。」

廖化大驚：「Why？」

劉封：「杯水車薪你懂嗎？擅離職守你懂嗎？」

廖化無奈，只得到成都總部劉備那搬救兵去了。

再說關羽在麥城等，正等得心亂如麻，諸葛瑾前來求見。

關羽出來問：「什麼事？」

諸葛瑾：「就麥城這彈丸之地，就你剩下這些兵，外面早被我東吳大軍圍上了。我家孫權也並沒有別的意思，只是想和你結爲親家永結友好，以便於聯合著打曹操，現在你後悔還來得及。識時務者爲俊傑，你懂嗎？」

關平抽刀說：「懂個屁，再說，我喀嚓了你！」

關羽連忙制止：「他是咱們軍師諸葛亮的親哥，喀嚓了他，傷了老大劉備和諸葛亮的和氣。」

關平不聽，非要動手，諸葛瑾直嚇得抱頭鼠竄。

不一會，城外士兵紛紛招喚城內認識的士兵的名字，當即就有N多士兵看關羽大勢已去，偷偷從城牆上跳了出去。

第 64 回

# 樂極生悲

孫權最後還是把關羽等人喀嚓了。誰知樂極生悲，呂蒙喝高了，一開始是把孫權推倒，自己坐在孫權的位子上，後來精神失常自稱關羽，又後來七竅流血倒地身亡。

關羽見救兵不來，情勢又不妙，就和王甫商量：「咱們不如逃吧！」

王甫：「頂！不過小路恐怕有埋伏，咱們走大路吧。」

關羽：「他有埋伏，我就怕他了？」

王甫：「既然你不怕，跑什麼呀？」

兩人吵了一陣，關羽說：「既然咱倆誰也說服不了誰，來個民主投票行不？」

王甫：「OK！」

關羽衝士兵們喊：「頂我走小路的站在我這邊，頂王甫走大路的站那邊。」

於是呼啦啦士兵分作兩派，二百多人站在了關羽這邊，一百多人站在了王甫那邊。關羽看了說：「那好吧，你走你的陽關道，我走我的羊腸道。」

正要出發，王甫心想，我就這一百人，要是遇上吳兵還不夠塡個牙縫，再說了，人家主要是抓你關羽的，我跑什麼跑？便說：「要不這樣，你儘管跑，我負責守這麥城，麥城雖小，但畢竟是個城，丟了可惜。」

關羽聽了心想：王甫說的有一定的合理性，再說了，王甫留在這，還能分散一下吳兵的注意力，於是就同意了。

趁晚上天黑，關羽領上二百多人悄無聲息逃走了。走了二十多里而未遇見吳的一兵一卒，關羽大笑：「哈哈哈……我終於逃出來了……我終於解放了……」

話音剛落，突然山谷裡金鼓齊鳴，殺聲震天，關羽一聽，一屁股坐在了地上。朱然拍馬過來說：「你喊個球？把我的好夢都給驚醒了，你賠！你賠！」

關羽藉著月光看朱然人多勢眾，不敢應戰，只能策馬狂奔。跑了四五里，關羽回頭數了數人數，「靠！眞是勢利眼，只剩下幾十人了！」

有人說：「老大！你就知足吧！不管多少人，能撿條活命就算不錯了。」

正說著，潘璋聽到動靜又殺了過來。別看關羽人少，潘璋還是很怕關羽的，只胡亂應付了兩三下就跑遠了。關羽回頭再數人數，大部分都趁亂溜之大吉，只剩下十幾個人了。

關羽悲從心生，正自鬱悶，突然連人帶馬跌倒在地上，正要爬起來再跑，已經被人按住並捆了個結實，回頭再看，關平和自己手下十幾個人全都如此，原來是中了馬忠在這裡設下的長鉤套索陣。

天明後，孫權聽說不可一世的關羽等人已經被呂蒙設計全部拿下，就和眾官員開會討論。孫權首先說：「我覺得關羽怎麼說也是個人才，要不我給他多發些工資，讓他跟著咱們幹？」

左咸舉手發言：「反對！當年曹操俘虜了關羽時，又是封侯賜爵，又是大吃大喝，又是送錢送美眉，結果關羽還不是咯嚓了曹操的六個將領過了五關跑了？聽說前陣子曹操還怕關羽打他，準備把都城遷往邊遠地區呢！老大！我跟你說，整這些那是瞎子點燈白搭蠟。」

孫權深思良久，最後還是一揮手，讓人把關羽等人咯嚓了。

然後，孫權大開Party慶功，因爲呂蒙功最大，孫權親自爲呂蒙倒酒，並對衆人說：「咱荊州讓關羽霸占了這麼多年，周瑜、魯肅在位時都拿他沒有辦法，現在呂蒙輕而易舉就把荊州等地拿下，並且把關羽也拿下了，由此證明呂蒙比周瑜、魯肅都牛逼多了。」

衆人也都跟著拍呂蒙的馬屁，呂蒙很受用。

誰知樂極生悲，呂蒙喝高了，一開始是把孫權推倒，自己坐在孫權的位子上，後來精神失常自稱關羽，又後來七竅流血倒地身亡。

衆將見了面面相覷，沒有不害怕的。

這時候，一個聲音從外面傳過來：「刀下留人！」

張昭人未到，話先到。孫權等張昭撞進門後對他說：「Sorry！刀子比你聲音還快，你來遲了幾百步。」

張昭：「大事不好！這下咱們可要大難臨頭了。」

孫權：「Why？你給我個充分理由。」

張昭說：「關羽是劉備的結義兄弟，咱把關羽喀嚓了，劉備豈不抓狂？豈不傾全蜀國之力來和咱玩命？」

孫權聽了頭上直冒汗，張昭又進一步說：「如果劉備為了報仇，再和曹操這麼一聯合……」

孫權頓時嚇得哇哇大哭：「這可怎著整！這可怎麼整！」

張昭：「哭有個屁用？我早想了一計準備著呢。」

孫權擦了一把鼻涕，急道：「快說！快說！」

張昭：「咱把關羽的人頭獻給曹操，讓他處置，這樣一來就可以把劉備對咱的仇恨轉嫁到曹操身上。」

孫權聽了連豎大拇指，「高！實在是高。」

話說曹操在洛陽聽說孫權把關羽的人頭獻來了，就對衆人說：「這下好了，以後我再也不用吃安眠藥了。」

司馬懿聽了說：「好個狗屁！孫權這是要嫁禍於你。」

曹操一拍腦門說：「靠！這孫權也太狡猾了，那你說怎麼辦？」

司馬懿：「這容易，咱用木頭刻個身子，接上關羽這頭，風風光光厚葬了，劉備必然不恨咱們，仍恨東吳。如果劉備眞和孫權玩起命來，嘿嘿！那戲就好看了，吳敗打吳，蜀敗打蜀，只要咱們打下一個，另一個就好整了。」

曹操聽了很興奮，讓人找個木工操辦去了。

第 65 回

# 曹操選擇接班人

曹操死了，曹營一邊哭哭啼啼為曹操治喪，一邊嘻嘻哈哈祝賀曹丕稱王。正在曹丕喜形於色時，左右急報曹彰不服氣，領了十萬兵要和曹丕玩命。

話說曹操這年六十六歲，雖然數字六六大順挺吉利的，但畢竟年輕時人找病，年老時病找人。正在曹操年老體衰，吃遍了中藥、西藥、中西藥卻不見好轉時，孫權見機又生一計，建議曹操稱帝，自願稱臣。

曹操呵呵一笑：「靠！我一稱帝，全漢朝人還不都罵我白臉賊、大漢奸？那遊行示威的人還會少？你以為我是羊肉串，你想怎麼烤就怎麼烤？」

陳群等人不識時務，跟著瞎起哄：「稱帝好啊！你一稱帝，我們也跟著沾沾光，你沒聽說過『一人得道，雞犬升天』？」

曹操笑說：「當了皇帝就牛逼了？還不照是生老病死！我現在有吃有喝有穿有住，生了病有錢治，只是治不好而已，我現在的日子和皇帝又有什麼區別？」

司馬懿建議說：「既然孫權願意稱臣，那就順階騎驢、順水推舟，命他去打劉備，看他怎麼整？」

曹操聽了說：「這主意不錯，OK！聽你的。」

又過了N天，曹操看自己的病不見好轉，知道早晚得翹辮子，就把四個兒子曹丕、曹彰、曹植、曹熊叫到床前囑咐後事。

曹操說：「我打天下三十多年，幹掉了N個地方勢力，功勞嘛還是很大的，只是，現在還有江東孫權和蜀漢劉備一直負嵎頑抗，所以嘛，革命尚未成功，你們幾個還得努力！」

四個兒子一一點頭稱是。曹操繼續說：「接下來，我要在你們四個之中挑選一個接班人，老三曹植嘛，IQ高，又有才華，我最喜歡了。」

曹植聽了心裡喜孜孜的。

曹操又說：「唉！不過，我考慮再三，還是決定放棄了。」

曹植一聽急了：「Why？」

曹操：「理由是華而不實，還有個致命的缺點，就是愛泡酒吧。」

曹植：「那我改，行不行？」

曹操：「我都說了N遍了，你改了嗎？」

曹植聽了眞鬱悶。曹操：「老二曹彰很勇敢。」

曹彰聽了樂開了花。曹操接著說：「不過，勇而無謀。」

曹彰：「啥叫勇而無謀？」

曹植聽了沒好氣，插話說：「像你這種缺心眼、蛋白質，只能當造糞機的人，就叫勇而無謀。」

曹彰聽了個半懂，但還是耷拉下腦袋。

曹操又說了：「老四曹熊體弱多病，到哪都得提個藥罐子，也不行。」

曹熊聽了說：「I see！我有自知之明。」

曹操最後說：「只有老大曹丕老實可靠、辦事嚴謹，他接班我放心，你們們兄弟也得盡力幫助他。」

曹丕聽了說：「多謝老爸的栽培，我一定不辜負你對我的期望。」

這天，曹操交代完後事慢慢閉上了眼，衆人以爲死了，剛想把他抬進棺材，曹操又睜開了眼，交代說：「我差一點忘了，我打仗這三十多年，肯定得罪不少人，死後一定有人想找我麻煩。還有，現在《盜墓筆記》這麼流行，我怕有人打我墳墓的主意，你們要大張旗鼓造七十二座假墳，誤導他們一下，千萬別讓吳邪、悶油瓶那幫人找到，把我拉去展覽，否則我死了也不能瞑目。」

手下說：「OK！你就放心地走吧！」

曹操這才「吧嗒」一聲闔上了眼，好久再也沒睜開，後經測脈搏、心電圖，最終證明曹操確實是死了，隨侍在旁的曹丕哇哇大哭。

司馬孚：「先省點淚吧，你能不能當上魏王還不一定，大臣們說，沒有皇帝的批文，你還當不了魏王呢！」

曹丕止住哭，抹了一把鼻涕說：「借他皇帝一千個膽，他也不敢不批。」

果然，曹丕的話音剛落，皇帝的批文已經即時下來了。

於是，曹營一邊哭哭啼啼為曹操治喪，一邊嘻嘻哈哈開Party祝賀曹丕稱王。

正在曹丕喜形於色時，左右急報曹彰不服氣，領了十萬兵要和曹丕PK。曹丕聽了火起，拿起武器就要和曹彰玩命。

賈逵說：「你消消火，我去，三言兩語就把他忽悠了。」

曹丕：「那你去吧。」

曹彰在城門外見賈逵來迎，小聲問：「老爸的大印，我大哥已經拿走了嗎？」

賈逵也小聲但嚴肅地說：「虧你們還是親兄弟呢，你也不怕外人笑話！你老爸生前是怎麼交代你們兄弟幾個的？」

曹彰臉紅。賈逵則見機大聲問：「你老爸還未入土，你是為你老爸奔喪來呢，還是找你大哥PK來呢？」

曹彰只得說：「奔喪。」

賈逵：「那你帶十萬兵幹什麼呢？」

曹彰：「我老爸生前不是說要我兄弟三個幫他嘛，我這是給我大哥送兵來了。」

賈逵：「既然如此，你把帥印拿出來，讓我轉交給你大哥。」

曹彰騎虎難下，磨磨唧唧了好一陣，最終還是交出來了。

賈逵領著曹彰來見曹丕，把帥印交給曹丕後，當眾哈哈大笑說：「誰說曹彰是來ＰＫ的？人家是來奔喪和交帥印的。」

曹丕那個感動，眼淚涮涮直流，抱著曹彰嗚嗚嗚哭了起來。曹彰受到感染也嗚嗚嗚了起來，當然，讓曹彰嗚嗚嗚的另一個原因是從此丟了帥印。

曹彰走了之後，華歆對曹丕說：「你那三弟、四弟怎麼不見來奔喪呢？是不是不服氣？」

曹丕：「可能吧？那又能如何？」

華歆：「不如派點人嚇唬嚇唬！」

曹丕想了一下說：「ＯＫ，適可而止啊！」

第 66 回

# 曹丕稱帝

曹丕接下魏王之後，便到自己的老家譙縣亮騷著顯擺。有人很不把曹丕放在眼裡，說：「靠！你如果當了皇帝，那才算得上牛逼！」

老四曹熊生性膽小，聽說大哥派人抓他，當即嚇死了。

再說老三曹植，聽說曹丕派人來問罪，心想我就裝醉，給你來個非暴力不合作運動，看看你曹丕能怎樣？曹植見許褚領人到家後，便裝得酒醉似的，對許褚說：「你是給我送好酒來的吧？」

許褚聞到曹植渾身酒氣，便問：「爲什麼不奔喪？」

曹植不理，只是逐一問許褚手下的人：「給我好酒！」

許褚追著曹植：「爲什麼不奔喪？」

曹植抱著許褚的大腿哭道：「嗚嗚嗚，你賠我好酒！賠我好酒！嗚嗚嗚……」

許褚沒轍，就給曹丕打電話：「靠！你三弟耍酒瘋，你說我該怎麼整？」

曹丕聽了和華歆商量。華歆說：「看來他是眞不服氣，一山容不得二虎，無毒不丈夫，不如咯嚓了。」

曹丕猶豫了一下說：「OK！」

誰知道螳螂捕蟬，蟬的老媽卞氏在後。卞氏聽了消息，不知從哪竄出來，揪住曹丕的耳朵罵道：「兔子還不吃窩邊草呢，你好大的膽，親兄弟你都敢咯嚓？我生你們兄弟四個我容易？哪一個不是我十月懷胎一把屎一把尿餵養長大的？」

曹丕歪著頭辯解：「一、聽妳說我早產半個月，也就是說妳偷工減料啦；二、我可不是吃屎喝尿長大的啊！我是喝奶吃飯長大的。」

卞氏加大了手勁，「還敢強嘴！」

曹丕連忙告饒：「我不喀嚓曹植了還不行？」

卞氏：「我不信，你發個誓！」

曹丕不假思索：「我對著耶穌發誓，我不喀嚓曹植。」

卞氏不依：「不行，我不信洋教！」

曹丕又說：「我對著老媽發誓，我不喀嚓曹植。」

卞氏還不依：「不行，你現在是魏王了，眼中哪還有老媽？你得發個毒誓。」

曹丕只得說：「我如果喀嚓了曹植，天打雷……」

「劈」字還未吐出來，外面「轟隆轟隆」傳來打雷的聲音，曹丕聽了心跳猛一下竄升到一分鐘一〇二次。卞氏說：「聽到了吧！這可是老天對你的警告。」

曹丕只得說：「孩兒眞不敢了。」

正在這時，許褚押著曹植來了，華歆厲聲喝道：「曹植！見了魏王還不下跪？我看你是目無領導！」

曹植一見這架勢，撲通一聲跪下了。華歆一心想喀嚓掉曹植，就找茬說：「你哥曹丕當了魏王，你爲什麼不祝賀？」

曹植：「我哥當了魏王，我做小弟的哪能不祝賀的？我剛剛還在喝酒慶祝呢！你看我身上這濕濕的就是酒，你聞聞！」

曹植說完，起身走到華歆身旁讓他看讓他聞，又來到曹丕跟前忽悠說：「我沒來，並不能代表我沒有祝賀。你們在這祝賀，我在自家祝賀，只是祝賀的場所不同而已，你說是吧，大哥！」

曹丕既然答應老媽不喀嚓曹植，便說：「算是吧。」

華歆不依不饒，又反過來問：「曹操死了，你做爲兒子，爲什麼不奔喪？」

曹植大呼：「冤枉啊！大家再看看許褚將軍褲腿這麼濕，你問許將軍，我是不是抱著他的褲腿痛哭的？」

許褚只得說：「是有這麼一檔子事。」

曹丕見了，連忙圓場說：「這樣吧，你在七十步時間內，以兄弟爲題做首詩，做不出來就問罪。」

華歆聽了心說：靠！這不正是曹植的長項？你不想喀嚓就明說，好人都讓你當了，壞人都讓我一個人扛了。

曹植聽了說：「這太瞧不起我了，我自己加點難度，七步吧。」於是，曹植踱著方步念道：「煮豆燃豆萁，豆在釜中泣，本是同根生，相煎何太急！」

眾人聽了都拍著手喊：「好！好！好！」

曹丕也說好，上前和曹植抱頭，又嗚嗚嗚好一陣。其中有個細節，外人都沒看出來，曹丕附在曹植耳邊說：「差點上了華歆老賊的當，讓我喀嚓了親兄弟。」

曹植則哭：「嗚嗚嗚，我也知錯了，我再也不敢了。」

眾人都鼓掌相慶，只有華歆「唉」地嘆息了一聲。

曹丕接下了老爸的魏王之後，自以爲很牛逼，便到自己的老家譙縣亮騷、顯擺。有人很不把曹丕放在眼裡，說：「靠！一個破王有什麼好牛氣哄哄的，哪個山頭沒有個山大王？你如果當了皇帝，那才算得上牛逼！」

曹丕聽了覺得有理，對左右說：「我記得上小學時，有個作文題目叫『我的理想』，我當時寫的是自駕神舟十二號遊太空，現在想想，太空有什麼好？沒有美眉、沒有花草，甚至連空氣、水都沒有。現在讓我寫的話，我肯定會寫：我的理想是當皇帝，皇帝多好呀！想幹啥幹啥，想要嘛有嘛，就是我說樹葉是藍的，天空是綠的，又有誰敢砸板磚的？」

李伏說：「那還不容易？反正他漢獻帝占著茅廁也不敢拉，你把漢獻帝的大印奪來不就得了？」

曹丕：「哪有你想的那麼簡單？你沒聽說過名不正言不順？」

許芝：「奪確實不好聽的話，不如逼著漢獻帝把皇帝的位子轉讓給你。」

曹丕一聽說：「有點意思，怎麼逼？」

許芝：「首先是造謠言啊，要造得有鼻子有眼睛，比眞的還眞，就說各地出現了鳳凰、麒麟、黃龍等，如果說服力還不夠的話，咱們再慢慢想慢慢編，然後再承諾漢獻帝一輩子吃喝不愁。這樣一整，不怕他不答應。」

曹丕樂不可支，「如果他不識相，不願意呢？」

許芝：「軟的不行，就來硬的。」

所有人聽了都哈哈大笑起來。

話說這天漢獻帝剛上班，華歆等四十多位文武便提出議案要漢獻帝把皇位轉讓

給曹丕，漢獻帝看了大驚：「不行！不行！我就不轉讓！看他曹丕又能怎麼樣！」

許芝說：「這些天遍傳石邑縣出現了鳳凰，臨淄城出現了麒麟，鄴郡出現了黃龍，種種跡象表明，風水輪流轉，現在轉到曹丕了……」

漢獻帝：「Stop！謠言！靠！想唬弄我啊？我們劉家以前就是搞這套發家的，我會不清楚？」

華歆：「既然你心裡明白，大家也就不用費盡心機拐彎抹角了，現在曹丕相中你的皇位了，你就是不想轉讓也由不得你！」

漢獻帝：「靠！這不是強買強賣嗎？我如果不轉讓，他敢喀嚓了我不成？」

華歆：「錯！曹丕他喀嚓你一個皇帝，和喀嚓一隻螞蟻又有什麼區別？」

漢獻帝聽了嗚嗚嗚地哭：「這皇帝的大印，我劉家傳了四百多年了，本指望它能繼續升值呢，誰知道今天就要敗在我手裡，嗚嗚嗚……」

華歆：「傻皇帝，別哭了，這世上哪有不亡的國？哪有不敗的家？再說了，你當皇帝圖個什麼？不就是吃穿住玩嗎？這點我可以向你打包票，有了吃穿住玩，還當什麼破皇帝？多累心啊！」

華歆見漢獻帝有些動心，就順勢拿出手機撥了曹丕的電話，然後對漢獻帝說：

「來！和曹丕講個電話！」

漢獻帝：「曹丕吧！聽說你看上我劉家的玉璽了？我劉家都玩了四百多年，也早就玩膩了，你如果喜歡的話就送給你。」

曹丕扭捏：「看上是看上了，可是它在你劉家傳了四百多年了，橫刀奪愛也不是我曹家的風格，你給開個價吧！」

漢獻帝：「你曹丕也不是外人，那我就不客氣了，你保證我這輩子的吃穿住玩就OK了！」

曹丕：「OK！OK！同意！同意！」

華歆舉起拍賣槌，「啪」地一聲落下說：「成交！」

第 67 回

# 劉備稱帝，張飛身亡

范疆、張達二人提刀躡手躡腳向張飛切去。張飛只哼了一聲就喪了命，劉備正領著大軍向東吳挺進，突然得報三弟張飛被人暗殺，聽了咬牙切齒！

再說成都的劉備聽說侄兒漢獻帝把皇位轉讓給了曹丕後，恨鐵不成鋼，大罵了一聲「敗家子」後氣得臥床不起。

諸葛亮就和許靖、譙周一起來見劉備。

諸葛亮對劉備說：「氣大傷肝，你氣什麼氣啊？自稱皇帝不就得了？」

譙周隨和著說：「是啊！是啊！近來聽說成都西北角有黃氣N丈沖上天變成了祥雲，天上還發現有個帝星比月亮還亮十倍……」

劉備：「打住！你還是先歇歇吧！或者出去找個涼快的地方待著也行，誰不知道那是騙老百姓和小屁孩的！再說了，就咱現在四川這屁大的地盤，自稱皇帝豈不是丟人現眼？」

諸葛亮見劉備不稱帝，也不廢話，乾脆裝起病來，劉備信以爲眞去看望。劉備問：「醫生說你得的可是相思病？」

諸葛亮：「是。」

劉備：「相思誰了？」

諸葛亮：「你！」

劉備：「相思我什麼呢？你又不是同性戀。」

諸葛亮打開了話匣子：「你想啊！大家跟著你出生入死，哪個不是盼著高升和多發工資？現在曹丕稱皇帝，說不定明兒個孫權也要稱皇帝，你手下的這些人誰不想當個大官在親戚朋友面前顯擺亮騷？跟著誰幹不是幹？等大夥都投奔曹丕、孫權了，你不就成光桿司令了？」

劉備聽了說：「你說的有道理，不過再有道理，也得等你病好了再說。」

諸葛亮一躍而起，只一擺手，衆文武大臣從裡間紛紛走出來跪在劉備面前，諸葛亮拿著指揮棒說：「預備！開始！」

衆人齊呼：「吾皇萬歲！萬歲！萬萬歲！萬萬萬歲！」

拜完，劉備問：「這麼說，從今兒個起，我就再也不當那破漢中王，而是至高無上的皇帝了？」

衆文武：「Yes！」

劉備：「也就是說我想讓你們幹嘛，你們就幹嘛？」

衆文武：「Yes！」

劉備：「那好，我現在就命令你們去死磕東吳！」

衆文武面面相覷，卻是不動。

劉備：「靠！怎麼了？我的話不好使了？想想N年前我和關羽、張飛桃園結義時說『不求同年同月同日生，但求同年同月同日死』，現在我當上皇帝享受榮華富貴，可憐我二弟被孫權設計喀嚓了，你們說，我不報仇行嗎？」

趙雲站出來說：「不可！你得先搞清楚咱們現在和曹魏的仇是國仇，是主要矛盾，和孫權的仇只是家仇，是次要矛盾……」

劉備：「靠！什麼矛呀盾的，我聽著都暈，管不了那麼多了，我就是要爲二弟關羽報仇！我皇帝都當上了，還報不了一個家仇？」

衆文武紛紛說：「要去你自個兒去，我們都不願去送死。」

劉備生氣：「你們這是撂挑子啊？靠！我也知道你們全是升官發財一個比一個積極，說要拼命打仗一個比一個理由多，算了！你們不去，我一個人去！」

劉備見衆人興趣缺缺，只得和三弟張飛聯繫報仇事宜。

再說張飛自從得知二哥關羽被孫權害死後，對孫權那個恨，可以用咬牙切齒來形容，後來看廣告上說「何以解憂，唯有杜康」，又染上了酗杜康酒的壞毛病，酗酒就酗酒吧，喝酒之後還愛耍酒瘋。

張飛的酒瘋有點個性，也可以說是變態，每次都是拿著馬鞭，看到不順眼的士兵就往死裡抽，於是，張飛手下被抽死的士兵頗多，順眼的士兵越來越少。

這天，劉備打電話說要自帶七十五萬大軍打孫權爲關羽報仇，張飛舉雙手雙腳力挺。商量完後，張飛叫來范疆、張達說：「我命你們三天之內整完全軍的白鞋、白褲、白衣、白帽及白旗若干。」

范疆：「老大！我又不是魔術師，三天期限我哪有這本事？你還是直接把我抽死算了！」

張達也見機說：「是呀！能不能給個三十天？」

張飛兩眼一瞪：「還敢討價還價？要在以前，你倆早被我抽死了，今兒個你們還得爲我辦事，那就各抽五十鞭吧！」說完就「劈哩啪啦」抽了起來，直抽得范疆、張達兩人滿地找牙。

Over，張飛警告說：「如果三天之內整不齊，定抽死不饒！」

這抽人可也是個重體力活，張飛抽了一百鞭，直累得筋疲力盡，正要脫衣上床，猛然想起今天抽人還沒來得及喝酒呢，不能壞了自己的規矩，就提了幾瓶杜康酒「咕咚咕咚」補了起來，這才爛醉如泥上床。

再說范疆、張達被抽之後商量來商量去，還是覺得三天之內完不成。范疆很沮喪：「唉！看來咱倆死定了！」

張達說：「與其被張飛抽死，不如咱先下手爲強，先把他砍死！」

范疆吃了一驚：「行嗎？成功機率你估計有多少？」

張達：「命運嘲笑機率，只要有百分之一的希望，咱們也得盡力去爭取，自己的命運得掌握在自己手裡。」

范疆：「這話聽起來耳熟，從哪兒抄來的？」

張達：「好像是個叫公孫龍策的小子寫的，具體是哪本書想不起來了。別管這個了，幹吧！」

商定之後，范、張二人提刀躡手躡腳來到張飛床前，正要下手，看到張飛圓睜兩眼，二人嚇得扔了刀扭頭就跑。跑了幾步回頭看張飛並無半點動靜，又壯著膽走到近前，聽到張飛鼾聲如雷，這才又拾了刀向張飛切去。張飛只哼了一聲就喪了命，范疆說：「靠！沒想到切一個張飛比切個西瓜還容易。」

二人又按事前商定，把張飛的頭喀嚓下來投奔東吳而去。

再說劉備正領著大軍向東吳挺進，突然得報三弟張飛被人暗殺，劉備聽了咬牙切齒地大喊：「弟兄們！爲了給我二弟關羽、三弟張飛報仇！大家衝啊！」

再說東吳，孫權得到情報後便召開軍事會議。

孫權首先發言：「現在的形勢大家心裡都清楚，以前咱們的呂蒙設計把劉備的結義二弟關羽喀嚓了，前陣子，范疆、張達把張飛也喀嚓了，跑來投靠咱們，現在劉備是皇帝，又親自帶著七十五萬大軍要來和咱們玩命，大夥都想想，看看有什麼對付的高招？」

衆官聽了大驚失色，鴉雀無聲。終於，諸葛瑾站出來打破僵局：「依我看，去和劉備商量著簽定些比如道歉、賠款、割地之類的不平等條約準行。」

孫權：「呸！呸！呸！你這和慈禧又有什麼區別？」

諸葛瑾兩手一攤：「除了慈禧這法寶外，你還有什麼高招？」

孫權沉思老半天只得說：「那就OK吧！」

第 68 回

# 江東危機

蜀兵越圍越近，吳國眾將士衝入蜀營乒乒乓乓打了起來。結果，孫權的兵比劉備的兵死傷更多更難看，孫權急得團團轉，「這下怎麼辦？」

放下東吳，再說劉備正領著弟兄們往東吳衝，黃權手裡攥著手機追上劉備說：「老大！諸葛瑾找你的。」

劉備：「顧不著，不接！」

黃權分析：「諸葛瑾會不會見咱們得勢，要叛變，要給咱透露情報？」

劉備：「很有可能。」於是就接了，「喂！喂！喂！你是不是要叛變？」

諸葛瑾：「我在這混得挺滋潤的，叛什麼變？」

劉備：「那你找我什麼事？」

諸葛瑾：「我也知道你要找東吳的麻煩，我是向你解釋的。」

劉備：「說說看。」

諸葛瑾：「一，你前老婆孫夫人是孫權的親妹子，那麼孫權就是你妻舅！」

劉備：「我呸！那不是早就被你們拐跑了？」

諸葛瑾：「我家孫權正考慮著把她送回去呢。」

劉備：「不勞大駕，我現在已經是皇帝了，老婆的問題已經不是問題了。」

諸葛瑾：「二，關羽在荊州時，我家孫權本來只是想和關羽結爲親家，使東吳和蜀漢來個親上加親，誰知道關羽他不識好歹不同意。」

劉備：「切！關羽的女兒才多大？你不知道早就不流行娃娃親了？再說了，你不知道婚姻自由啊？關羽不同意，你們還要搶親不成？」

諸葛瑾：「三，是關於荊州的事，剛開始曹操說要幫我東吳收復荊州，我家孫權哭死哭活不同意，結果是呂蒙私自動的兵，要不這樣，我把荊州還給你？」

劉備：「晚了！」

諸葛瑾：「四，你說這人死不能復生，要不我們賠你點錢？」

劉備：「靠！我二弟的命豈能用錢來衡量？我對錢不感冒。」

諸葛瑾：「切！慈禧這招用在八國聯軍身上屢試不爽，在你這怎麼就不好使了呢？那你對什麼東東感冒？我回頭和孫權商量商量。」

劉備：「我只對孫權的人頭感興趣，你跟他商量一下，讓他把脖子洗乾淨，等著讓我砍。」

諸葛瑾：「五，張飛可是你們狗咬狗被咬死的，不關我們的事。」

劉備：「滾！不和你磨牙了，手機費賊貴，掛了。」

諸葛瑾：「我還有六、七……喂！喂！喂！」

諸葛瑾把手機揣進口袋對孫權說：「不好意思，劉備不識好歹，不吃一套。」

孫權傻了眼：「慈禧這招怎麼不靈了呢？接下來怎麼辦？」

趙咨站出來說：「咱們不如和魏國曹丕聯繫一下，就說咱們願意稱臣，這麼一來，咱們和魏國是一個聯盟了，他曹丕哪還有不派兵來救之理？」

孫權：「有道理！那就趕快試試吧。」

趙咨也摸出手機撥了曹丕的電話，「喂！曹丕吧？我是吳國的趙咨。」

曹丕：「叫我曹丕皇帝，什麼事？」

趙咨：「我家孫權看你挺有前途的，所以也想合併入魏國，你看O不OK？」

曹丕：「當然OK了，這樣吧，既然你家孫權有誠意，那我就冊封孫權為吳王，並加最高級九錫，委任狀馬上傳眞過去。」

趙咨：「我替孫權謝謝你啊！對了，既然咱們現在是一國了，我就給你彙報一下這邊的國情。」

曹丕：「請講！」

趙咨：「從西邊來了個劉備，手裡握著七十五萬的精兵，在東邊駐著個孫權，手裡握著一百萬的弱兵。因為西邊劉備的二弟關羽被東邊的孫權設計整死了，劉備要找東邊的孫權報仇。東邊的孫權想著打不過，就向西邊的劉備提出簽定個諸如道歉、賠款、割地之類的不平等條約，但是西邊的劉備不願意用道歉、賠款、割地之類的東東換他二弟的性命……」

曹丕：「Stop！你這人講話怎麼這麼囉嗦！一句話，什麼意思？」

趙咨：「就是想請你派兵打劉備。」

曹丕：「噢！我明白了，稍安勿躁，回頭我幫你問問，要是找到閒著沒事幹的兵的話，我就讓他們過去。」

劉曄見曹丕收了手機則說：「咱們不如趁火打劫，收拾了東吳？」

曹丕：「NO！」

劉曄：「那你眞要派兵打劉備？」

曹丕：「你以爲我是傻蛋啊？我既不幫劉備，也不幫孫權，只需坐山觀虎鬥就是了，只要有一個滅了，那另一個就好打了。」

衆人聽了哈哈大笑。

孫權按照曹丕說的稍安勿躁傻傻地等，等了N天，不見魏兵有什麼動靜，蜀兵卻越圍越近。

孫權等不及了就說：「靠天靠地不如靠自己！弟兄們！現在報效祖國的時候到了，給我衝上去狠狠地打！」

於是，吳國衆將士都喊著「衝啊」衝入蜀營乒乒乓乓打了起來。結果，孫權的兵比劉備的兵死傷更多更難看，孫權急得團團轉，「這下怎麼辦？」

闞澤：「你老是轉，除了讓人看了頭暈還有什麼屁用？要想打敗劉備，你得重賞呀！你沒聽說過重賞之下必有能夫？」

孫權急忙問：「先說能夫在哪？」

闞澤：「遠在天邊，近在……你先說獎金多少？」

孫權：「靠！如果誰能打敗劉備的七十五萬大軍，你想我會虧待了他？」

闞澤：「你等著啊！」衝樂隊喊：「Music！」

伴著樂曲和掌聲，年輕的陸遜閃亮登場。

孫權：「Stop！Stop！」

音樂停後，衆人紛紛爬在地上亂摸，陸遜忙說：「不用磕頭，快快請起，你們也太客氣了！」

有人說：「我這不是磕頭，我這是找眼鏡咧！」

孫權也埋怨闞澤道：「現在國難當頭，你還有心開這國際玩笑？他陸遜一介柔弱書生，有個屁用？」

闞澤：「你看走眼了，以前呂蒙整垮關羽，還是靠陸遜幫襯呢！我以全家人的性命擔保，陸遜絕對能打敗劉備的七十五萬大軍。」

孫權問：「好大的口氣！你全家幾百口人？」

闞澤：「沒有那麼多！」

孫權：「那總有幾十口吧？」

闞澤：「我家祖傳都是計劃生育政策的積極擁護者，沒有那麼多。」

孫權再問：「幾口總有吧？」

闞澤：「不好意思，我家就我一個。但是，我敢保證陸遜絕不是水貨，絕對能打敗劉備的大軍。」

闞澤走上前拍拍陸遜的肩說：「兄弟！千萬別演砸了，我全家人的性命全押在你一人身上了。」

孫權：「那好吧！死馬只能當做活馬醫了，現在除了陸遜也沒有其他辦法，大家鼓掌歡迎。」

於是，大夥有氣無力地鼓著掌喊：「歡迎！歡迎！熱烈歡迎！」

孫權：「請陸遜陸大都督發表就職演說。」

陸遜：「我的高論就是兩個字：堅守！Over！」

第 69 回

# 陸遜火燒連營

蜀兵被火燒死、踐踏死、嚇死者不計其數，劉備一邊跑一邊回頭看，自己的七十五萬大軍一眨眼只剩下一百多人了，後面還有多如螞蟻的吳兵追上來。

陸遜來到前線，周泰問：「現在孫權的侄子孫桓被劉備的軍隊圍困於彝陵城中，內無糧草，外無救兵，請問你有什麼辦法？」

陸遜：「好說，孫桓人不錯，估計軍心也不錯，肯定能堅守得住，等我破了劉備的大軍，他自然就沒事了。」

周泰又問：「你有什麼破敵良策？」

陸遜：「堅守不攻。」

周泰：「你堅守就能把敵人守死？」

陸遜：「我只是說先堅守不攻，然後……我先不告訴你，既然孫權讓我當大都督，就說明我的計策自有妙處。」

陸遜任由蜀兵前來挑戰、挑釁、謾罵，就是不出戰。

這天，馮習對劉備說：「現在天氣炎熱，咱們的人整天在陣前打嘴戰，想喝口水都不方便。」

劉備想了想：「那就先把營紮在江邊有樹蔭的地方吧，等天氣涼快再說。」

於是，蜀兵就溜著河邊，一個營挨著一個營，四十座營接連不斷。

馬良擔心地問：「你這樣紮營恐怕不科學吧？不如把咱這地形地貌畫成圖冊傳眞給諸葛亮參謀參謀？」

劉備：「我好歹也讀過好幾本兵書，沒了諸葛亮地球就不轉了？他諸葛亮也只不過相當於三個臭皮匠而已。」

馬良：「你不聽別人的意見，這不是獨裁嗎？」

劉備生氣：「靠！你閒著沒事的話，你就畫吧！」

卻說陸遜見劉備的人全駐進江邊的樹林裡了，就給孫權打電話：「老大！我馬上就要破劉備的七十五萬大軍了，你就讓人安排慶功Party吧。」

孫權聽了心裡樂開了花。

陸遜放下電話對手下衆將說：「誰先去打頭陣？」

韓當、周泰、凌統等名將紛紛站出來說：「我願去！」

陸遜全都不用，選來選去，最後拍拍最菜的淳于丹的肩說：「我看你去最合適了，我給你發五千兵。」

淳于丹吃驚：「你想害死我啊？你讓我帶五千人去打劉備的七十五萬人？」

陸遜：「是！你放心，絕對沒有生命危險，你打不過還不會跑嗎？」

淳于丹半信半疑領了兵就去打，果然，剛到蜀營，傅彤、趙融、沙摩柯三路人馬就跑過來追打，淳于丹見勢不妙拔腿就跑。

跑到吳營回頭再看，只剩下自己一個人了。淳于丹哭喪著臉說：「Sorry！我把你的五千人全搞死了。」

陸遜哈哈一笑說：「沒事，我只是讓你去做個小試驗，探探蜀營的虛實而已，看來七十五萬兵馬確實全在，這我就放心了。」

淳于丹：「啊！原來我只是隻小白鼠！」

陸遜：「別那麼說嘛！小白鼠有小白鼠的用處嘛！」然後又對眾人吩咐：「就按我剛才交代的去辦吧，成功就在眼前。」

放下吳營，再說蜀營。傍晚，馬良顧不上吃飯，終於把劉備所在的地形和紮營的位置繪成圖，傳真給諸葛亮。

諸葛亮看了大吃一驚，連忙給劉備打電話：「老大！誰讓你這麼紮營的？這傢伙必定是臥底，立馬把他抓起來喀嚓了。」

劉備聽了心也不安起來，「沒有誰呀，都是我一手策劃的，怎麼了？」

諸葛亮：「如果是你自己弄的話，那就不咯嚓了！不過，你現在的紮營陣勢是強姦科學，人家一把火，你不就玩完了？」

劉備：「不會這麼嚴重吧？陸遜膽挺小的，就職演說就是『堅守』兩個字，今天我還殲滅了他五千人呢！」

諸葛亮：「你還是把紮營方式改變一下吧！萬一不幸陸遜今晚就來燒營，你就撒開腳丫子跑往白帝城，準沒事。」

劉備：「呸！呸！呸！閉上你的烏鴉嘴。」

正在這時，情報人員來報：一營失火了。

劉備心裡咯噔一下，但還心存僥倖，心想應該是偶然現象吧，就批示：「幸好離水近，趕快用水潑！」

緊接著情報人員又來報：三營失火！劉備還沒來得及批示，又有人來報：五營、七營、九營……營全失火了。劉備納悶了，問道：「為什麼全是奇數營呢？」

接著，情報人員又來報：二、四、六……偶數營也全被奇數營連著染火了。所有情報人員齊問：「怎麼辦？」

劉備：「還能怎麼辦？諸葛亮早替咱們想好了出路，那就是白帝城，還愣著幹什麼？想活命就快跑啊！」

於是，蜀兵跑，吳兵追，期間，蜀兵被火燒死、踐踏死、嚇死者不計其數，還有不少見情勢不妙投降了吳軍。劉備一邊跑一邊回頭看，自己的七十五萬大軍一眨眼只剩下一百多人了，後面還有多如螞蟻的吳兵追上來。

劉備自嘆：「都說你諸葛亮神機妙算，你說讓我跑到白帝城就安全了，看來我是跑不到了，我看我還是早死早投胎吧！」

劉備嘆完正要自絕身亡，死前想再多看一眼這多彩的世界時，突然趙雲領救兵從天而降，劉備這才被趙雲護著逃到白帝城。

陸遜正領著眾將士追趕劉備，見劉備被趙雲救進了白帝城，下令：「撤！」左右問：「劉備的七十五萬大軍都被我們幹掉了，還怕他一個趙雲？」

陸遜：「不是怕他趙雲，我是突然想起來咱們大軍都在這兒，國內空虛，如果曹丕派兵趁虛而入怎麼辦？如果東吳被攻陷了，那咱們打死一個劉備又有屁用？」

果然，走到半道，情報人員報告：魏國的曹仁部隊向吳國的濡須進發，曹休部向吳國的洞口進發，曹真部向吳國的南郡進發。

陸遜大笑：「想佔我便宜，門都沒有！」結果，曹丕的三部人馬啃了一陣子，看啃不下來，只得灰溜溜地退回了洛陽。

趙雲見陸遜的人退了，就建議劉備返回成都，劉備說：「都是我不聽各位同志們的勸，折騰了一下就損失了七十五萬兵，孫權這殺千刀的仍然活蹦亂跳，你說，我還有什麼臉回去見江東父……不對，是蜀漢父老？算了，我就老死在這，再也不回成都了。」

於是，劉備留在白帝城面壁思過，越想越嘔，越想越鬱悶，越想越……想著想著居然把病想出來了，並且越病越重。劉備心裡清楚活不了多久，交代了後事撒寰而去，自此劉備時代結束，取而代之的是兒子劉禪時代。

曹丕得知後，就想把劉禪時代扼殺於搖籃之中，可惜蜀漢有諸葛亮在，曹丕試了試打不過，只得退了。東吳深知和蜀漢互爲唇齒，也深知明哲保身，所以並未出兵打蜀漢，也未出兵打北魏。

第 70 回

# 諸葛亮七擒蠻老大(上)

孟獲正要從原路退出去，王平領人殺了過來；想從左邊出去，魏延又領人圍了過來；想從右跑，趙雲又閃了過來。孟獲慌亂之中跑到瀘河邊。

話說這人生下來就是用來製造矛盾和解決矛盾的，曹魏、東吳剛消停下來，南邊孟獲又不安份起來，諸葛亮向劉禪請示：「我得去打孟獲了，行嗎？」

劉禪：「不是聽說你諸葛亮神機妙算，運籌帷幄能決勝於千里之外嗎？你隨便找個大將領兵去打不就OK了？」

諸葛亮哈哈一笑：「我沒有謠傳中那麼神，再說了，這南方我也沒去過，地形又不熟，得親自看了，才能知己知彼百戰不殆。」

劉禪問：「那你走了，誰來保證我的安全？」

諸葛亮：「那倒是，要不這樣，你也跟著我去打仗？」

劉禪想了想說：「那還是算了吧，再怎麼樣，成都也比前線安全。」於是，諸葛亮領兵去了。

## 之一：孟獲中埋伏兵敗諸葛亮

孟獲聽說諸葛亮的兵到了，就對忙牙長說：「早聽說諸葛亮詭計多端、用兵如神，我也不知道底細，你先小馬過河試試水！」

忙牙長嘟噥道：「眞是官大一級壓死人，看來我今天得當小白鼠了。」

嘟嚷歸嘟嚷，仗還是得打，忙牙長來到陣前就和蜀將王平乒乒乓乓打了起來。還沒有打幾個回合，王平便裝作打不過撤了，關索接著上陣，和忙牙長應付了幾下，也裝作打不過撤了。

孟獲看了大叫：「靠！眞是謠言，諸葛亮哪有傳說中那麼厲害？弟兄們！追！」追了二十多里眼看就要追上，左邊張嶷、右邊張翼殺將出來，王平、關索也回過頭來往死裡打。

孟獲反應最快，見勢不妙扭轉馬頭就跑，只聽得身後「喀喀嚓嚓」聲大作，聽著像切西瓜聲，回頭看，原來是自己士兵的人頭紛紛被砍落地上。

孟獲跑了一陣看看追兵漸漸遠了，剛想喘口氣，趙雲又從路邊蹦了出來，孟獲問：「你幹嘛呀？」

趙雲：「喀嚓你！」

孟獲：「江湖規矩你懂不懂？總得打聲招呼吧？哪有無聲無息跟鬼似的？」

趙雲：「Sorry！我不知道你們南方的規矩，我還是入鄉隨俗，再來一遍吧。」

孟獲見趙雲又退進了草叢，喊一聲：「你在這慢慢練吧！後會有期！」喊完拍馬揚塵而去。

孟獲又跑了老大一陣，累得氣喘吁吁，正暗自得意把蜀兵甩遠了，猛然看見魏延領了五百人擋住了去路。

孟獲在馬上喊：「好狗不擋路，擋路非好狗！」

魏延說：「少廢話！我現在給你個選擇題，A、負嵎頑抗；B、束手就擒。」

孟獲陪笑：「沒了？就沒有個C、D、E、F什麼的？」

魏延：「沒有！嚴肅點！別嘻皮笑臉的。」

孟獲舉起手：「我一個人哪裡打得過你們這麼多人？我還是選B吧！」

眾人都鼓掌喊「好！」

## 之二：孟獲兵敗臥底董荼那

孟獲聽說諸葛亮的兵到了，就和眾人大吃大喝起來，董荼那問：「你不去打諸葛亮了？」

孟獲一邊喝著小酒一邊說：「諸葛亮很狡猾，我只要和他一打，必然中了他的奸計，我以不變應萬變，看他拿我怎麼辦！」

董荼那問：「如果諸葛亮主動來打咱們呢？」

孟獲：「陣前有瀘河，諸葛亮沒有船怎麼打？」

董荼那問：「如果他造得了船呢？」

孟獲：「瀘河那麼急，他怎麼過得了？」

董荼那問：「萬一他造個航空母艦，或架個過山車什麼的過來了呢？」

孟獲：「咱這邊山勢險峻，而且築有防禦工事，就是他過來了也上不來。」

董荼那問：「他如果從下游一百五十里水緩的地方過呢？」

孟獲哈哈大笑：「我正要他從那過呢！我早在那裡下了毒，士兵們沾水必死。」

董荼那問：「那如果有本地人告訴了他，他小心翼翼不沾水用船過了河呢？」

孟獲一楞，然後又大笑：「咱南方哪有這叛徒？」

董荼那問：「那如果是……」

孟獲兩眼一瞪：「你哪一撥的？」

董荼那討了個沒趣退了出去。過了一會兒，董荼那又進來問：「你能不能讓我把最後一個問題問完？」

董荼那看孟獲兩眼閉著靠在椅背上不吭聲就說：「不反對就是同意了，我是想問你，如果我是臥底怎麼辦？」

董荼那看孟獲還沒有反應，又提高了八度問：「我問你，如果我是臥底怎麼辦？」再看，孟獲居然打起了鼾聲，於是董荼那就吩咐衆人把孟獲用繩捆了起來。

## 之三：孟獲自投羅網

孟獲聽說諸葛亮的兵到了，和弟弟孟優商量：「你帶部分士兵給諸葛亮送金銀財寶，以投靠爲名進入蜀營，晚上我再帶三萬人去打，來個裡應外合。」

孟優：「你不虧比我多吃幾年飯，想的點子就是有創意，高！實在是高！」

話說諸葛亮見孟優來投靠果然高興，見他還帶了金銀財寶更高興。諸葛亮：「太客氣了，你能和你哥分道揚鑣來投靠，我已經很高興了，還帶什麼禮物呢？你也知道，我們蜀國是不許受賄的，呵呵呵呵，下不爲例啊！」

孟優：「我和孟獲雖然是親兄弟，但他過他的獨木橋，我走我的陽關道。」

諸葛亮：「你哥孟獲有你一半開明該有多好啊！走！喝兩杯慶祝一下。」

孟優瞅住機會暗中叮嚀士兵們：「咱們是來做內應，不是參加婚禮的，不許貪杯，酒量大的只許喝三杯，酒量小的只許喝一杯，記住了嗎？」

衆人一齊小聲說：「記住了！」

這時諸葛亮正好走進來，「記住什麼了？」

孟優靈機一動說：「我給弟兄們交代，諸葛丞相的好意不能不領，不管酒好酒賴都得多喝！」

諸葛亮：「是呀！既然是一家人了，就不用客氣，儘管喝。」

孟獲看看天黑了下來，就帶著三萬人偷偷摸摸來到蜀營前，按約好的學布穀鳥叫，連叫了三遍都聽不到任何動靜，心想：「算了，反正諸葛亮也沒有準備，咱們直接攻進去得了。」

衆人來到營內，只見孟優的人橫七豎八倒了一地，孟獲拉起一個士兵抽了幾嘴巴問：「是死是活說句話！」

那士兵一激靈：「是活，不過諸葛亮在酒裡下了安……」打了幾個呼嚕吐出「眠藥」後又睡著了。

孟獲小叫一聲：「不好！」正要從原路退出去，王平領人殺了過來；想從左邊出去，魏延又領人圍了過來；想從右跑，趙雲又閃了過來。孟獲慌亂之中跑進了廚房，情急之下從煙囪裡鑽了出去。

孟獲帶著一臉一鼻子的灰來到瀘河邊，正好河邊有條漁船，孟獲喊：「過來！

過來！你把我渡過去，我給你十晚逮魚的錢。」

那漁船果然划了過來，孟獲一邊上船一邊說：「眞嚇死我這小心肝了，差一點就被諸葛亮逮住了。」

漁民聽了卸下斗笠說：「我馬代岀等的就是這一點。」

第 71 回

# 諸葛亮七擒蠻老大(中)

眾人過了啞泉，先後又見了柔泉、黑泉、滅泉，煙霧繚繞的毒氣，眼前出現一座山洞，諸葛亮正要下令攻，楊鋒押著五花大綁的孟獲走過來。

## 之四：孟獲自栽陷阱

孟獲聽說諸葛亮的兵到了，就派兵到蜀營前叫陣，諸葛亮就是堅守不出。孟獲的人叫了多天始終不見諸葛亮的動靜，就派情報人員去打探。原來，諸葛亮所有的人早退了，只留下空營三個。孟獲：「沒想到諸葛亮這般孬種！你打不過也打聲招呼嘛，害得我們白費這麼多口水。」

然後見營內各種設施齊全，而且和南方的不一樣，就把自己的大軍駐了進去，想讓自己的兵也體驗體驗蜀國人的軍事生活。

話說這晚，孟獲等人正自享受，趙雲和馬岱領兵殺得孟獲措手不及。孟獲領著敗軍慌不擇路逃到一個山谷中，放眼望去，南、北、西都有火光，就向東跑。拐了個彎來到一片樹林前，突然看到前面有十幾個拿著火把的人，再細看，中間的那個居然正是諸葛亮。

孟獲來了興趣，對諸葛亮說：「姓諸的，想不到你也有今天！」又對衆人喊：「弟兄們！衝啊！」

喊完自己身先士卒第一個衝了出去，只聽「咕咚」一聲栽進陷阱之中。孟獲在陷阱中喊：「救命啊！」

諸葛亮來到陷阱邊說：「我救你可以，但你得記住了，我不姓諸，姓諸葛。」

## 之五：孟獲躲進禿龍洞

孟獲聽說諸葛亮的兵到了，嚇得和兄弟孟優抱頭嗚嗚嗚大哭。孟優：「我早就給你說安份點，你偏要玩火！」

孟獲：「既然我躲也沒處躲，藏也沒處藏，乾脆去自首得了？」

孟優：「錯！躲藏還是有地方的。」

孟獲：「你怎不早說呢？哪？」

孟優：「禿龍洞！通往這禿龍洞只有兩條路，東北那條平淡無奇但很安全，西北那條雄奇無比但暗藏殺機，不是生靈能待的地兒。如果咱們把東北那條路用鋼筋水泥這麼一封，豈不是比買平安保險還強上千八百倍？」

於是，兄弟倆就投奔禿龍洞而去。

諸葛亮領兵到後，駐紮了好幾天不見孟獲前來挑戰，經情報人員打探，原來孟獲躲進了禿龍洞。再經打探，現在只有西北一條路可走，雖然山高路險，但也風景秀麗，既能打仗，又能順便旅遊。於是，諸葛亮帶著一幫人嘻嘻哈哈向前走，走著走著，前面出現一眼泉水，有士兵說：「這可是正宗的礦泉山。」

於是，衆人爭著去喝，喝完之後都是張著嘴亂動，就是發不出聲，諸葛亮大吃一驚，急忙下令：「Stop！Stop！」

諸葛亮環顧四周，發現不遠的嶺上有座廟，出於好奇就走了進去，廟裡塑著一個軍人的像，再看旁邊的說明文字，原來是以前漢朝平定南方的馬援將軍。諸葛亮看完倒頭便拜，磕頭如雞啄米，「如果你在天有靈的話，看在同行的份上，你就指點我一下吧。」

拜完抬頭看，塑像果然開口說：「向西二十里。」

諸葛亮連忙問：「然後呢？」

塑像又說：「你不是說指點一下？再指點就是兩下了。」然後再也不理諸葛亮了，諸葛亮無奈，只得退出廟，帶人向西走去。

走了約有二十里，果然出現一草庵一戴斗笠的老頭，諸葛亮問：「老頭！我想問你件事。」

那老頭聽後轉過身，取下斗笠。諸葛亮一看那山人比自己還年輕，連忙說：「大兄弟！我是想問你，這附近哪兒有賣治不會說話的藥？」

山人：「我這草庵後有一眼泉水，可以治這種病，自己去喝吧！」

諸葛亮大吃一驚：「你不是誆我，也不是騙我的吧？」

山人：「信不信由你！」

諸葛亮：「我的士兵們剛才喝了一眼泉水，變啞不會說話了……」

山人：「你們剛才喝水的泉叫啞泉，過了六個小時就沒命了！」

眾士兵聽了也顧不得許多了，一個個用手捧了就喝，果然又都會說話了，諸葛亮大喜。山人又說：「你剛才走的路上除了這眼啞泉外還有三眼泉，一個叫柔泉，人喝了身體會變軟而死。一個叫黑泉，人如果沾上了，會全身變黑而死。還有一個叫滅泉，水溫一百八十度，人如果跳進去洗澡，連骨頭你都找不著。過了這四泉再向前，山中到處瀰漫著一種毒氣，美國軍用的防毒面具都不頂事，人如果吸進去一口會暈，吸進去十口會死，吸進去一百口……」

諸葛亮及眾士兵齊問：「怎麼樣？」

山人說：「蛋白質呀？人都死了還吸得進去嗎？」

眾人聽了哈哈大笑。笑完諸葛亮自嘆：「唉！看來我們是過不去了！」

山人：「那不一定，如果口中含了我這草庵前的薤草葉，保準沒事。」

諸葛亮歪著頭問：「我猜你賣過日本大力丸或狗屁膏藥，你剛才的水和這薤草葉賣我多少錢？我們可並不十分有錢，別太坑人啊！」

山人問：「啥叫狗屁丸？啥叫大力膏藥？啥又叫錢？」

諸葛亮一聽不要錢，大喜過望，「等我打敗了孟獲，一定上奏皇帝升你當個大官，先問你姓啥叫啥？」

山人：「姓孟叫節，我的知名度低，你可能沒有聽說過，不過，你剛才好像說過認識我弟弟孟獲？」

諸葛亮大驚失色，連忙改口說：「是！是！是！我和他關係可鐵了，我這就是去約他喝小酒的。」說完，每人採了幾片薤草葉撒開腳丫子就跑。

於是衆人過了啞泉，先後又見了柔泉、黑泉、滅泉，因爲孟節交代過，沒敢招惹它們，倒也相安無事。再向前走，就見到了煙霧繚繞的毒氣，諸葛亮命衆人口中含了薤草葉，果然安全。

又向前走，眼前出現一座山洞，諸葛亮正要下令攻，楊鋒押著五花大綁的孟獲走過來，楊鋒：「話說識時務者爲俊傑，我也知道打不過你們，就把他抓來了。」

第 72 回

# 諸葛亮七擒蠻老大(下)

眾藤甲兵剛到谷中心就踩中了連環地雷，被炸得哭娘喊爹。趙雲吩咐眾士兵點著了火把往下扔。孟獲許高勞務費誆來的三萬藤甲兵全軍覆沒，一個沒剩。

## 之六：諸葛亮PK木鹿大王

孟獲聽說諸葛亮的兵到了，就嗚嗚嗚大哭起來，小舅子帶來洞主說：「現在我敢肯定我姐的眼光確實有問題，你到底是不是男人？」

孟獲抹了一把鼻涕說：「你眞是不當家不知道油鹽醬醋的貴，沒打過仗，不知道被抓的滋味。」

帶來：「那你就束手就擒、坐以待斃？哭有什麼屁用？我能請來絕對PK得過諸葛亮的人。」

孟獲破涕爲笑：「快說！快說！」

帶來：「木鹿大王！聽說他能呼風喚雨，山中的虎、豹、豺、狼、蛇、蠍都聽他的，法術可厲害了。」

孟獲：「那還不快請？」

話說諸葛亮探知孟獲要請木鹿大王，心下也暗吃一驚，左思右想，終於想出來一個辦法，讓士兵連夜做幾百個卡通大怪獸，越大越好，越怪越好。

第二天，木鹿大王果然騎著大象前來挑戰，只見木鹿大王手中搖著個鈴鐺，口中念念有詞：「&＊︿@＃%￥……」

有蜀兵喊：「有本事你就過來，念什麼破咒！」

一會兒，只見山中無數的虎、豹、豺、狼、蛇、蠍……紛紛向蜀軍這邊跑過來，蜀軍哪見過這等架勢，膽小的嚇得直捂眼睛，膽大的嚇得哇哇直哭。諸葛亮說：「不用驚慌，趕快把怪獸拉起來！」

眾士兵聽了連忙壯著膽，紛紛拉起繩子，讓三層樓高的怪獸站起來。虎、豹、豺、狼、蛇、蠍……一看，驚呆了。

老虎說：「乖乖！這怪獸也太怪了，我在這山中闖盪這麼多年，聽所未聽，聞所未聞，就它那牙就比我身子還大，得了吧！我過去還不夠塡它個牙縫呢！」

豹、豺、狼們見老虎都不敢去就更不敢去了，蛇、蠍之類的見一個就大得遮了半邊天，看著都暈，也扭回了頭。眾野獸回頭看到孟獲的士兵大小還適中，於是紛紛下了口，直咬得孟獲兵哭爹喊娘。

孟獲眼看砸了鍋，連忙對木鹿大王喊：「Stop！停！停！這些野獸你從哪招來就讓牠們回哪去吧！」又舉著雙手來到陣前衝諸葛亮喊：「我PK不過，認輸了！」

## 之七：諸葛亮PK藤甲兵

孟獲聽說諸葛亮的兵到了，就對小舅子帶來洞主說：「現在諸葛亮來抓我，走！咱倆去PK他諸葛亮的十萬大軍。」

帶來：「靠！你用腳趾頭想想，這能打得過嗎？人和動物的區別在於人會製造和利用工具，高IQ人和低IQ人的區別在於高IQ人會發現和利用人才。」

孟獲：「喲！喲！喲！看不出來我小舅子還高IQ呢！現在諸葛亮的大軍在前，你準備發現和利用哪個人才？」

帶來：「我早替你想好了人選，咱們東南七百里有個烏戈國，國王叫兀突骨，手下的兵穿的甲都是用藤做的。你可別小看了這藤甲，雖然簡陋了點，但這藤甲可是用特製的油浸過十幾遍，然後曬乾，裝在身上，刀槍不入啊！」

話說沒有不透縫的牆，也沒有間諜搜羅不到的情報，諸葛亮得報孟獲去請藤甲兵，就親自視察能對付藤甲兵的地形，發現有個叫盤蛇谷的長峽谷後，一拍大腿說：「就是它了，不過好是好，就是離孟獲的根據地太遠了。」

諸葛亮狠想猛想，終於想了個引蛇入洞的法子。諸葛亮：「魏延聽令！據可靠消息稱，明天孟獲去請的藤甲兵就要到了，我選來選去覺得你去最合適！」
魏延：「聽說藤甲兵刀槍不入，很牛逼的，丞相！你還是饒了我吧！」
諸葛亮：「靠！你不會勝，還不會敗？我要的就是你這種敗的效果，並且還要連敗十五陣，直把藤甲兵引誘到這盤蛇谷內，OK之後！你就大功告成了。」
魏延：「呵呵！我好像有點明白了。」
諸葛亮又吩咐馬岱：「你負責在谷裡埋地雷。」
馬岱領命：「是！」
諸葛亮又叫住趙雲：「你負責往谷裡邊扔火把。」
趙雲也領命而去。
第二天，魏延領兵前去挑戰，PK了沒幾下便往盤蛇谷的方向跑，兀突骨要追，孟獲阻止：「說不定前面有埋伏，諸葛亮那可是大大的狡猾。」
兀突骨：「靠！我這藤甲刀槍不入，他就是有埋伏又能如何？」
孟獲：「我可是醜話說在前頭，你如果不聽我的，後果自負！」
兀突骨：「天下是打出來的，不是嚇出來的，我偏不信那邪。」於是就領著藤甲兵向魏延追去。

魏延見藤甲兵離得遠了就坐在那等，看到藤甲兵追上來了就又跑，如此反覆了十五陣後就進了盤蛇谷。兀突骨一路追下來，眼看著魏延跑進了盤蛇谷消失了。環顧山谷的左右上方也不像能藏住人的地方，兀突骨大怒：「靠！你這鳥人打不過就打不過，還挺會戲弄人呢！弟兄們！給我往死裡追！」

衆藤甲兵剛到谷中心就踩中了連環地雷，被炸得哭娘喊爹。趙雲在谷上聽到叫喊聲，就吩咐衆士兵點著了火把往下扔。這藤甲在油裡浸過十幾遍，見火就著，藤甲兵爹娘喊了一陣子就沒了動靜。孟獲許高勞務費誆來的三萬藤甲兵全軍覆沒，一個沒剩。

話說孟獲正在寨裡等好消息，間諜來報：藤甲兵全被諸葛亮燒死了。孟獲大驚失色，正考慮著往哪個方向跑，張嶷、馬忠帶來了一千多蜀兵來到寨前。

孟獲：「我認輸了，再狡猾的狐狸也逃不過獵人的獵槍，大鬧大宮的孫悟空逃不出如來佛的手掌，我孟獲挖空心思、費盡心機，終於，我還是PK不過諸葛亮，我舉手，我投降！」

第 73 回

# 空城計騙倒司馬懿

司馬懿見招拆招，沒幾天就親帶十五萬大軍攻到了諸葛亮的老窩西城縣。此時諸葛亮已經是光桿司令，沒有一兵一將可調，情急之下……

話說諸葛亮制服了孟獲剛回到成都，情報人員急報：魏國皇帝曹丕死了，十五歲的兒子曹睿即位。蜀國文武齊聲「耶耶」歡呼，衆人紛紛說：「曹睿一個小屁孩當皇帝，咱們趁火打劫幹了魏國。」

諸葛亮砸板磚：「現在時機還不成熟，聽說魏國的司馬懿相當牛逼，等他老死了咱再打。」

馬謖：「靠！等司馬懿老死了，那曹睿不也長成大氣候了？」

諸葛亮：「你說的倒也是啊！那怎麼辦？」

馬謖：「人家說你諸葛亮神機妙算、詭計多端，我看也是徒有虛名，你想啊！曹睿一個小屁孩很好騙，只要咱們散布些謠言，離間一下不就……哈哈哈哈！」

諸葛亮：「切！我想的全讓你說出來了。」

馬謖：「你諸葛亮果然是大大的狡猾。」

不幾天，鄴城內外遍傳司馬懿要軍事政變，曹睿急得嗚嗚大哭。

華歆：「小皇帝！不要哭啦，擦乾眼淚，你把司馬懿咯嚓不就得了？」

曹睿想了想又說：「他那麼大，我這麼小，我如何能咯嚓得了？」

王朗：「他雖然人大，但只是個大將軍，你雖然人小，但是個皇帝，你沒聽說過官大一級壓死人？你讓他死，他還敢不死？」

曹睿正要下旨，曹眞說：「不可，司馬懿打仗殺敵可是把好手，你如果把他咯嚓了，以後什麼時候急著用，可就後悔莫及。不如把他的官一抹到底，什麼時候想用，官復原職不就OK了？」

曹睿：「你們大人怎麼總把事情想得這麼複雜？兩個說要咯嚓，一個說不要咯嚓，我聽誰的呢？」

華歆：「二比一，少數服從多數吧？」

曹睿看看華歆，看看王朗，又看看曹眞說：「我看你最面善，不像壞人，又和我同姓，我還是相信你吧！」

於是，司馬懿一下子就由大將軍變成平頭老百姓了。

陰謀得逞後，諸葛亮就帶了三十多萬兵向魏國漢中進發。曹睿得報後急得嗚嗚嗚大哭：「諸葛亮爲什麼打我？他爲什麼不講理？」

駙馬夏侯楙說：「小皇帝有所不知，這天下本來就是弱肉強食，誰強誰有理。」

曹睿：「那我怎麼辦？」

夏侯楙：「小皇帝！你放心，強中更有強中手，我這就把諸葛亮給你捉來！」

曹睿一聽，拍著兩隻小手：「這個好！我喜歡！聽說大都督這官挺大的，我就送你了。」

卻說這夏侯楙金玉其外敗絮其中，中看不中用，打了沒幾個回合，就被王平活捉了去。諸葛亮又略施小計得了魏國的大將姜維，以及冀城、天水、上邽三地。

曹睿得知後又嗚嗚嗚哭，哭了一段落後問：「各位叔叔、大爺！咱們這麼大一個魏國，就沒有一個能PK過諸葛亮的能人嗎？」

衆人沉默，沉默，再沉默，突然七十六歲的王朗站出來說：「有！」

曹睿破涕爲笑：「誰？」

王朗：「遠在天邊，近在你眼前，我！」

曹睿歪著頭問：「你有什麼能耐？」

王朗：「罵街！我老婆是個遠近聞名的潑婦，自從她下嫁給我後，我偷學成材，又經過這幾十年深造，現在我罵人已經是爐火純青、登峰造極。」

衆人都哄堂大笑，曹睿：「你能把諸葛亮罵退？」

王朗：「我要用我畢生所學，罵得他諸葛亮天昏地暗、狗血淋頭、知難而退，如果超水準發揮的話，當場把他罵死也是有可能的。」

曹睿聽了大喜，即派王朗前去罵陣。

令王朗意外的是，諸葛亮在家也深諳此道，只是平時在眾將士面前不好意思顯山露水而已，今天見王朗前來罵陣，那是正中下懷。

諸葛亮畢竟比王朗年輕，再加上在家勤於操練，所以心快口快，直罵得王朗天旋地轉、口吐白沫。王朗今天會了諸葛亮方才知道天外有天，山外有山，高人之外更有高人，最後大叫一聲栽死於馬下。

話說曹睿得知王朗沒能罵過諸葛亮後，急得像熱鍋裡的螞蟻，鐘繇說：「咱們有大將軍司馬懿，爲什麼放著不用呢？」

曹睿聽了眼前一亮，於是司馬懿又官復原職了。

卻說諸葛亮連勝幾場心裡很爽，就大開Party慶祝。正在這時，李豐跑過來說：「報告丞相，我有兩個消息，一個好消息一個壞消息，你先聽哪個？」

諸葛亮說：「那就先聽壞的吧！」

李豐：「司馬懿又官復原職了。」

諸葛亮大吃一驚，然後又問：「那好的呢？」

李豐：「先前跑去魏國，防守新城的孟達準備在兩周之內軍事政變。」

諸葛亮分析道：「如果司馬懿得到這個情報，按正常的程序應該是寫個平叛申請上傳給皇帝曹睿，就魏國那腐敗樣，沒有個一個多月批不下來，也就是說，司馬懿拿到批文之前黃花菜早涼了。如果我是司馬懿的話，肯定先斬後奏，快的話十天就能領兵到新城把孟達給幹了。不過，各位放心，司馬懿畢竟不如我諸葛亮。」

話說司馬懿得到情報後想都沒想，放下飯碗領著兵就向新城趕去，只八天就把孟達給平了。諸葛亮得知後大驚，急忙傾所有將士前去PK司馬懿。司馬懿見招拆招，見兵將擋，沒幾天就親帶十五萬大軍攻到了諸葛亮的老窩西城縣。

此時諸葛亮已經是光桿司令，沒有一兵一將可調，情急之下，把城門上的牌子取下反過來，用毛筆唰唰唰唰題上「臥龍琴校」四個大字，然後又在街上隨便拽了兩個正在玩耍的小屁孩，並許諾配合得好的話各獎一大把糖。兩個小屁孩聽說有糖吃，果然都樂意獻身。

諸葛亮剛提了破琴，領了小屁孩到城門上的城樓上，司馬懿的十五萬大軍已經到了。眾人來到城下，看城門上掛的並不是「西城縣」而是「臥龍琴校」的牌子，只聽諸葛亮在城樓上扶著琴講道：「今天我先教大家學一、二、三、四、五、六、七，然後再教大家學節拍，再然後教大家學和弦，再然後教大家學裝飾音，再然後教大家……」

一個小屁孩說：「諸老師！這麼多我們哪裡能學會？」

諸葛亮威脅道：「學不會的話，先打屁屁，然後不讓吃飯，然後不讓打遊戲，然後不讓……」

兩個小屁孩聽了嚇得哇哇大哭，只聽得一陣劈哩啪啦打板子聲，兩個小屁孩哭得更厲害了。

司馬懿聽了大怒：「此等暴力老師留他何用？弟兄們！咱們先把他革命了，然後再……」環顧四周，居然空無一人了。

原來，這些將士全是年少過來之人，一聽講課聲就頭疼，一聽說還要懲罰，哪一個還不腳下抹油溜之大吉？

司馬懿朝著城樓上喊：「姓諸的，算你狠！」然後悻悻而去。

第 74 回

# 司馬懿氣死諸葛亮

司馬懿打開一看，原來是女人的內衣，心中大怒，但仍是笑著說：「你家丞相天天花這麼多精力想歪點子算計別人，你回去後讓他多多保重身體。」

話說諸葛亮兵敗祁山回到漢中後，做了深刻的反省和檢討，認眞總結了經驗和教訓，自以爲八九不離十了，就又帶了三十萬精兵向祁山進發。

魏延問：「先打哪？」

諸葛亮說：「先打陳倉！理由是陳倉小，最多能駐三千人馬，咱們有三十萬精兵，打起來心裡也更有底一點，把握也更大一點。」

魏延聽說好打就說：「那讓我先去建首功！」

諸葛亮：「OK！」

誰知，魏延領兵攻了N天居然沒有一點進展。諸葛亮很生氣，後果很嚴重，非要把魏延喀嚓了不可。

魏延辯解：「不能怪我太孬種，只能怨守城的郝昭太厲害、太牛逼！」

諸葛亮：「我就不信這邪！」說著就要親自帶兵去攻。

靳祥忙勸阻說：「你先消消氣，只要我老靳出馬，不用動你的一兵一將，就能攻下陳倉。」

諸葛亮驚問：「你有什麼牛逼的方法？」

靳祥：「我能不能先喝口水？」

諸葛亮：「靠！你以爲是讓你做長篇報告？趕快長屁短放！」

靳祥只得嚥了口唾沫說：「我和郝昭是老鄉，打穿開襠褲子那時候我就是他的領導，像偷西瓜、蘋果什麼的，他都聽我的。」

諸葛亮：「那現在呢？」

靳祥：「那就不得而知了，好多年都沒有聯繫了，不過你放心，事在人爲嘛！」

諸葛亮：「那好吧！反正也不費槍不費刀，只是費點唾沫，既省錢又環保。」

靳祥來到陳倉城門口，見了個人就逮住說：「去叫你們老大郝昭出來，就說我是他的老上司！」

那人問：「我就是郝昭，你是靳祥吧！」

靳祥一驚：「我想死你了，想得我都記不得你長什麼樣了。」

靳祥伸了雙手，想摟著郝昭嗚嗚嗚哭一陣子，郝昭問：「聽說你跟著諸葛亮混，該不是爲他當說客來了吧？」

靳祥一愣說：「哪裡的話，我是讓你請我喝小酒的。」

酒過三巡，靳祥一邊啃著雞腿一邊說：「實話實說，我就是來當說客的。」

郝昭生氣：「走！走！走！」

靳祥也來氣：「你也太不夠哥們義氣了吧？總得讓我把雞腿啃完再攆人吧！」

郝昭拿了個雞腿塞到靳祥空著的那隻手裡：「滾！滾！滾！」

靳祥就被郝昭推搡著攆出城去。

靳祥回頭說：「老弟！你再考慮考慮！」

郝昭：「你回去給諸葛亮說一聲，讓他是馬是驢儘管拉出來溜，就是別使花花腸子，不頂事！」

靳祥回營給諸葛亮一說，諸葛亮大怒：「溜就溜！」

諸葛亮吩咐衆人架雲梯登城，郝昭見了就命士兵用箭射。諸葛亮見不好使，就換用衝車，郝昭見了就命士兵用彈弓打。諸葛亮見還不頂事，就又讓人挖地道，郝昭聽得動靜就命人在城內挖深溝，進來一個捉一個，進來兩個捉一雙。

諸葛亮氣得無計可施，正鬱悶，又聽說魏將王雙帶兵來ＰＫ，諸葛亮派謝雄去堵，過了一會兒還不放心，又派龔起去堵。又過了一會兒，正想問戰況如何，兩路人馬紛紛來報，謝雄、龔起早被王雙砍死多時了。諸葛亮膽顫心驚，又派廖化、王平、張嶷三人去堵，結果還是大敗而回。

諸葛亮找姜維商量：「看來不使狠招不行了，我看你就獻身詐降一次吧？」

姜維說：「爲了國家，爲了人民，爲了……我想先問問，有生命危險嗎？」

諸葛亮把胸脯拍得超響：「絕對沒有，你只要把我寫的這假降書抄一遍就OK了，抄完後寄給司馬懿……喔，不行，司馬懿腦瓜子太好使，就寄給曹眞吧！曹眞的IQ稍低一點。」

曹眞接信果然中計，魏軍大傷元氣。從此以後，司馬懿更是一朝被蛇咬十年怕井繩，號令各軍嚴格執行四字方針：堅守不出，以不變應萬變，縱使你諸葛亮有千條計也是瞎子點燈白搭蠟。

諸葛亮實在無計可施，就整了個精美的盒子，讓一個蜀兵送給司馬懿。司馬懿打開一看，原來是女人的內衣，拿起來，下面還有一封信，信中寫道：

小司：

你好！我現在越來越懷疑你是不是男人了，如果是的話，為什麼像小女生似的，不敢以男人的方式出來PK一番？

小諸敬上

司馬懿看後，心中大怒，但仍是笑著說：「替我謝謝你家丞相的好意啊！」

蜀兵不解：「你不生氣？」

司馬懿：「我生什麼氣？我有個小蜜正吵著要我給她買套蜀國的名牌內衣呢！對了！你家丞相天天花這麼多精力想歪點子算計別人，那他吃得一定很多吧？」

蜀兵實話實說：「不多。」

司馬懿：「像他這般日理萬機、廢寢忘食，吃得又像小女生般少，如何能長久呢？你回去後讓他多多保重身體。」

蜀兵回營後如實說於諸葛亮，諸葛亮「啊」的一聲吐血不止，昏絕在地，姜維等眾人頓時嗚嗚嗚痛哭起來。

過了一小會兒，諸葛亮把眼睛眨了幾下又睜開了，姜維見了破涕爲笑：「我知道你爲了國家、爲了人民，捨不得這麼早就去死。」

諸葛亮：「那倒不是，我是還有一個心願沒有完成，我死不瞑目啊！」

姜維：「什麼心願？儘管說！」

諸葛亮：「我名字叫亮，亮了一輩子，不想就這麼黑燈瞎火地去死，我想讓你們這四十九個人全穿上黑衣服來襯托我的亮。還有，再整四十九盞小燈圍成圈，裡面再放七盞大燈也圍成圈，最裡面再放上一盞代表我的特大號燈，我要讓它們亮上七天七夜。只有這樣，我才覺得有點創意；只有這樣，才能不辜負我英雄一世的威名；只有這樣，才能遂了我的心願；只有這樣……就先說這麼幾個理由吧！」

於是，衆人就照諸葛亮說的辦了，並輪著穿上黑衣服在諸葛亮的身邊守了六天六夜。話說魏延是個勤儉持家之人，聽說後就風風火火撞了進來，嚷嚷道：「這是哪個敗家子出的餿主意？什麼叫節約，你們懂嗎？現在國際油價一天比一天看漲，你們知道嗎？伊拉克就是因爲油滅的國，你們沒忘吧？我……我……氣死我了，我還是把它們吹滅先。」

諸葛亮聽了氣得大叫一聲「嗚呼」而後哀哉，享年五十四歲！

又過了N年，孫權也去世了，自此，三國最主要的風雲人物曹操、劉備、孫權、諸葛亮、關羽、張飛、周瑜、司馬懿……全都一一謝幕。

蜀國自從沒有了諸葛亮便日漸衰敗，皇帝劉禪眼看著要破產了，只得投降了魏國，魏國不但沒有咯嚓劉禪，還封他爲安樂公。

此時，司馬懿的孫子司馬炎見當皇帝挺好玩兒又有利可圖，就拷貝了當年曹丕以魏替代漢的手法，如法炮製以晉替代了魏，眞是十年河東，十年河西。

吳國皇帝孫皓見劉禪投降後樂不思蜀，混得還不錯，便也盜版了劉禪的方式投降了晉國，至此魏、蜀、吳三國歸晉。

•全書完

群星會

197

# 三國大爆笑全集

作　　者　七月來雪
社　　長　陳維都
美術總監　黃聖文
編輯總監　王　凌
出 版 者　普天出版社
新北市汐止區康寧街 169 巷 25 號 6 樓
TEL / (02) 26921935 (代表號)
FAX / (02) 26959332
E-mail：popular.press@msa.hinet.net
http://www.popu.com.tw/
郵政劃撥 19091443 陳維都帳戶
總 經 銷　旭昇圖書有限公司
新北市中和區中山路二段 352 號 2F
TEL / (02) 22451480 (代表號)
FAX / (02) 22451479
E-mail：s1686688@ms31.hinet.net
法律顧問　西華律師事務所・黃憲男律師
電腦排版　巨新電腦排版有限公司
印製裝訂　久裕印刷事業有限公司
出 版 日　2020 (民 109) 年 11 月 第 1 版
ISBN◉978-986-389-747-7　條碼 9789863897477


國家圖書館出版品預行編目資料

三國大爆笑全集

七月來雪著. —第 1 版. —：新北市, 普天

109.11 面； 公分. - (群星會；197)

ISBN◉978-986-389-747-7 (平裝)

普天之下・盡是好書

普天 出版家族
Popular Press Family

凌雲 文創
A-Plus Creative Company